中國新聞史研究輯刊

四 編

主編　方漢奇

副主編　王潤澤、程曼麗

第 10 冊

「寄居」在灰暗處：
《泰東日報》中國報人研究（1908～1945）（下）

梁德學 著

花木蘭文化事業有限公司

國家圖書館出版品預行編目資料

「寄居」在灰暗處:《泰東日報》中國報人研究(1908～1945)
(下)／梁德學 著─初版─新北市:花木蘭文化事業有限公司,
2019〔民108〕
目 4+180 面;19×26 公分
(中國新聞史研究輯刊 四編;第10冊)
ISBN 978-986-485-819-4(精裝)
1. 中國新聞史 2. 中國報業史 3. 讀物研究
890.9208   108011526

ISBN-978-986-485-819-4

9 789864 858194

中國新聞史研究輯刊
四 編 第 十 冊
ISBN:978-986-485-819-4

「寄居」在灰暗處:
《泰東日報》中國報人研究(1908～1945)(下)

作　　者　梁德學
主　　編　方漢奇
副 主 編　王潤澤、程曼麗
總 編 輯　杜潔祥
副總編輯　楊嘉樂
編　　輯　許郁翎、王筑、張雅淋　美術編輯　陳逸婷
出　　版　花木蘭文化事業有限公司
發 行 人　高小娟
聯絡地址　235 新北市中和區中安街七二號十三樓
　　　　　電話:02-2923-1455／傳眞:02-2923-1452
網　　址　http://www.huamulan.tw 信箱 hml810518@gmail.com
印　　刷　普羅文化出版廣告事業
初　　版　2019 年 9 月
全書字數　307014 字
定　　價　四編 13 冊(精裝)新台幣 26,000 元

「寄居」在灰暗處：
《泰東日報》中國報人研究（1908～1945）（下）

梁德學　著

目次

第五章 1931～1937：中國報人對日立場「轉變」與新聞業務領域拓展

　　從 1931 年「九一八」事變發生直至 1945 年 8 月日本戰敗，《泰東日報》的言論與新聞報導進入受權力操控的「殖民話語」和「他者敘事」模式。即便在形式上，《泰東日報》也不再把「中國」作為國家認同的指向，而是將偽滿洲國甚至日本作為自身的國家歸屬。〔註1〕基於日本殖民利益的考慮，《泰東日報》明顯地、有意地將歷史的真相隱匿抑或歪曲，其所呈現的新聞文本嚴重脫離了新聞事實本身，造成新聞文本與歷史真實之間尖銳的「對立」。這一時期，《泰東日報》各主要部門負責人已全部更換為日本人。

第一節　中國報人群體結構的歷史轉型

　　「九一八」事變發生後，《泰東日報》自 1931 年 9 月 20 日開始全面報導該「不幸事件」。當日報紙頭版頭條題為《中日不幸事件勃發 瀋陽全入日軍掌握》，信源為日本聯合通信社和日本電報通信社。報導稱：「（瀋陽）北大營北側柳條溝附近之南滿鐵路於本日午後十時半，忽為中國軍隊破壞，隨即發生衝突。故日本守備隊即將北大營一部佔領，繼更為掃蕩附屬地附近之中國軍隊，即時開始軍事行動云。」〔註2〕但該文按語同時指出，「本報原擬並載

〔註1〕1941 年元旦以報社名義發表的《新年頌詞》中，《泰東日報》使用了「我日本帝國」的說法。
〔註2〕中日不幸事件勃發 瀋陽全入日軍掌握〔N〕，泰東日報，1931-09-20（1）。

雙方之消息，然中國方面之消息尚未入手，故先揭日本方面消息之一部，以完成速報之使命。」〔註3〕

總體而言，至1932年2月中旬，《泰東日報》對「九一八」事變的報導並無明顯偏袒日本的傾向。如2月11日報紙頭條題為《顏惠慶沉痛演說 對日再隱忍則中國危殆矣》，報導了國聯行政院會議首席代表、中國駐國聯代表團團長顏惠慶在國聯會議上的慷慨陳詞。〔註4〕此外，雖已預感到日本將在中國東北扶持傀儡政權，〔註5〕但《泰東日報》仍堅持認同「中華民國」，對國家遭遇的「未曾有之艱難」感到悲切。在事變發生後不久的第20個「雙十節」，報紙發表「國慶感懷」，一方面哀歎國是日艱，一方面篤信中國「必有富強之一日」：

> 每屆國慶紀念日，吾人輒疾首蹙額，相顧而發深痛之慨歎者。
> 此又何故耶，蓋以國家情狀者言，誠可慶者少而可悲者多之所致也。
> 今日又逢國慶日，吾人所感，又將如何，及一尋思之，不幸仍與前無少異焉。……環顧舉國之中，竟無一片樂土，且外交日非，國難方殷，此際縱恣忍痛言歡，亦有不可得者矣。惟國家之謀富強，必須鍛鍊其國民。所謂多難正所以興邦者是也。夫以今日之國情言，內外交迫，所遇皆未曾有之艱難，是則鍛鍊我國人也。國人經此鍛鍊，苟奮發圖強，將來國勢，必有富強之一日。〔註6〕

然而，自1932年2月中下旬起，《泰東日報》言論與新聞報導的話語風格發生變化，1932年3月間有關偽滿洲國「建國」報導則是這一轉變的重要標誌。（詳見本章第二節）自此，這份曾為華人聲張權益、將中國作為國家認同歸屬的報紙完全站到了中國的對立面，成為日本殖民侵略的工具。在政治立場上，它擁護日本在中國東北所建立的傀儡國家——偽滿洲國，走上與中國相對立的道路；在新聞與言論的話語表述上，它喪失了金子雪齋時代遺存下來的民間立場，對日本極盡「諂媚」，這在此前是不曾有過的；在報紙經營上，日人對報紙進行全面控制，中國報人不再擁有話語權。

《泰東日報》中國報人對日立場轉變也與日偽強化新聞統制有關。1933年9月，關東廳在大連設立出版物檢閱事務所，專門負責審查各報送檢的稿

〔註3〕 中日不幸事件勃發 瀋陽全入日軍掌握〔N〕，泰東日報，1931-09-20（1）。
〔註4〕 顏惠慶沉痛演說 對日再隱忍則中國危殆矣〔N〕，泰東日報，1932-02-11（1）。
〔註5〕 如1931年10月9日，《泰東日報》第1版曾以《外間盛傳擁清遜帝建設滿洲王國》為題報導此事。
〔註6〕 今歲國慶日之感懷〔N〕，泰東日報，1931-10-10（1）。

件。〔註7〕與此同時，日本特務機關還令報紙新聞報導中須分清「本國」與「外國」：

> 其所指的「本國」，就是東北以內的消息；關於關內方面的消息，必須冠以「中國」字樣，且須少載中國消息，以突出所謂「滿洲國」。並令報紙對日軍稱爲「皇軍」或「友軍」，而對抗日義勇軍和抗日聯軍則稱爲「匪軍」。〔註8〕

此時期，《泰東日報》中國報人群體在結構上也出現顯著變化，關東州本土報人開始成爲社內中國報人的主體。前已述及，至1931年5月，吳曉天、陳濤、傅希若、周璣璋等人已先後離開。在此之後，《泰東日報》採編部門甚少關內報人活動的身影，關東州本土報人逐漸成爲中國報人群體的核心。他們大多出生於大連被俄、日佔領之後，自小接受殖民教育，其家國觀念有別於來自關內或大連被殖民佔領前出生的第一代本土報人。在言論與新聞方面，他們主動配合日人社主的態度明顯，在各類文章中也有刻意美化「宗主國」日本的痕跡。

根據現存史料，大致證知，在本章所研究的時段，《泰東日報》大連本社社員總數約一百人，〔註9〕社長先後爲日本人阿部眞言〔註10〕和風見章〔註11〕。其中，日人社員不足10人，但核心部門負責人全部爲日人，包括社長、主幹等。1935年底，作爲採編業務核心部門的編輯局，共有編輯記者約24人，其中，日人兩名，分別爲局長橋川浚和一名被稱爲「二上先生」的日本人，其餘22人均爲華人，分別爲周振遠（一版要聞編輯）、趙恂九（二版要聞編輯）、侯如五（兒童版編輯）、沈榮泉（東北地方新聞編輯）、孫玉軒（此時職責不詳）、周靜庵（本埠新聞編輯、「藝苑」編輯）、劉醒亞（記者）、楊子餘（此時職責不詳）、張興五（外勤部長）、牛毓章（此時職責不詳）、高信齋（此時職責不詳）、于春

〔註7〕 關東廳，關東州治概況〔G〕／／日本侵佔旅大四十年史，瀋陽：遼寧人民出版社，1991：498。

〔註8〕 黑龍江日報社新聞志編輯室，東北新聞史〔M〕，哈爾濱：黑龍江人民出版社，2001：236。

〔註9〕 參見1935年2月24日《泰東日報》第11版《本報故阿部社長告別式莊嚴舉行》中有關本社出席人員情況的報導；1935年12月8日和12月10日《泰東日報》連續登載的《本報曲君逝世　各界醵金撫孤》一文中列出的《泰東日報》捐款者名單；整理部長張仁術1986年撰寫的《〈泰東日報〉的史料回憶》中提及的1934年11月時報社的人員構成情況。

〔註10〕 阿部眞言（1884～1935），擔任社長職務時間爲1925～1935年。

〔註11〕 風見章（1886～1961），擔任社長職務時間爲1935～1937年。

江（此時職責不詳）、李生源（此時職責不詳）、牛範五（此時職責不詳）、尹仙閣（評論作者、論説委員）、李國華（編輯）、畢序封（此時職責不詳）、王宗嶺（此時職責不詳）、李永蕃（編輯人，經濟版編輯）、畢殿元（記者，文藝部主任）、張仁術（此時職責不詳，後爲整理部長）。

第二節　殖民話語轉向：以僞滿洲國「建國」報導爲例

　　在主辦者和中日報人群體保持基本穩定的情況下，以 1932 年 3 月初報導僞滿洲國「建國」爲界點，《泰東日報》言論與新聞紀事開始出現明顯受殖民權力操控的跡象。在僞滿洲國「建國」報導中，《泰東日報》權力話語機制下的「他者化」新聞敘事策略表現得十分明顯，不僅蠱惑了關東州與東北國人，使其不僅對所謂的「王道樂土」心嚮往之，甚至形成了「滿洲非中國本來之領土」、「新國家之建設基因於滿洲人民發露自主的精神」等錯誤認識，〔註 12〕亦即造成了東北國人的自我奴化現象。本節取 1932 年 2〜4 月間《泰東日報》中國報人僞滿洲國「建國」相關報導爲分析樣本，力圖呈現其殖民話語機制下的「他者化」新聞敘事策略及潛藏其中的歷史邏輯。

　　需說明的是，在此時期，《泰東日報》取消了言論欄目，新聞類稿件也不署記者姓名，這對從報人視角展開敘述造成一定困難。但可確證的是，當時《泰東日報》採編部門仍主要由中國報人構成，本埠稿件採寫、外來稿件編排、標題與版式製作等均由他們實際完成。因此，本節研究雖無法具體指明每則引文的中國作者，但無疑他們每一個人均參與到報紙殖民話語與他者敘事的生產過程之中。儘管生產出的文本和文本的生產過程可能使他們的民族性受到刺激或壓抑，但又不得不承認，他們無奈地接受了這種殖民威權下的「馴化」，從而改變了《泰東日報》之前的品格，也改變著他們自身的民族精神和民族心理。〔註 13〕

〔註 12〕鄭孝胥，滿洲建國溯源史略〔M〕，新京：（僞）滿洲國政府，1937：1，13。
〔註 13〕本節既提及文本，又提及話語。一般來說，文本的問題涉及的是詮釋，關注的是言説的結果，話語的問題則往往關注權力，體現的是一種言説的過程。（李彬，傳播符號論〔M〕，清華大學出版社，2012：218。）因此，本節旨在通過分析《泰東日報》僞滿洲國「建國」報導文本，揭示殖民話語背後隱匿的權力機制是如何策略性地「他者化」東北淪陷區的，同時也從「宗主國」政治與文化霸權的理論深處反觀「九一八」事變後《泰東日報》新聞報導文本中所潛藏的「令人生畏的結構」。

一、「他者敘事」與「殖民話語」

　　法國哲學家薩特在其《存在與虛無》中對「他者」以及由此衍生出的「自我」曾有過經典論述，薩義德則通過其《東方學》一書使「他者」成爲一個描述傳統西方殖民理論的頗受關注的術語。若僅從文詞本身去理解，「他者」是一個相對於「自我」之外的身份概念。若應用於殖民理論中，殖民者是擁有主體性的「自我」，遭受奴役的殖民地人民（同時也包括文化、風情、器物等）則是與之對立的「他者」。如日本殖民者之於中國東北，前者是擁有霸權、文明開化的主體性「自我」，東北人民及一切風物則是遭受奴役、愚昧落後的「他者」。

　　本書是從殖民話語與新聞敘事的雙重視角來審視「他者」概念的。「殖民話語」由薩義德借自福柯並首次使用，用以「描述一種在其中產生著廣泛『殖民』活動的實踐體系」。〔註14〕作爲殖民者的話語，它所建構的是一套殖民地被殖民者所觀看、觸摸、處置的話語闡釋體系，其「所建構的現實不僅服務於它所代表的客體，而且服務於它所賴以存在的社會主體」。〔註15〕因此，殖民話語可看作是一種「組成殖民關係內社會存在和社會再生產的複雜的符號和實踐」。〔註16〕在殖民話語機制下完成的新聞敘事，來自殖民者一方的媒介機構以其權力話語呈現被殖民者的一方，通過選擇性報導、曲解事實或構建失眞的「他者」形象爲其非正義的殖民活動僞飾或辯解，同時在意識形態領域奴化殖民地土著居民。

　　對《泰東日報》而言，殖民話語機制下的「他者化」新聞敘事即是其在新聞文本中巧妙地建構起一個需要被拯救、被開化的「他者」形象，而東北國人因不具備在公共空間中表述自身的任何機會，便淪爲一群無法敘述自身的歷史客體和失語的「他者」。僞滿洲國建立後，《泰東日報》中國報人在殖民威權下通過「他者化」的新聞敘事，生產出一個爲日本人所認同的「歷史記憶」，並以此向世界、也向東北人民摹畫了一個五族協和、王道樂土的「滿洲幻象」。

　　日本殖民者在中國創辦中文報紙的目的，是用中國人可閱讀和理解的新

〔註14〕Bill Ashcroft，Gareth Griffiths，Helen Tiffin. *Key Concepts in Post - Colonial Studies*（London and New York：Routledge，1999：36〜37。

〔註15〕姜飛，殖民話語的特性分析〔J〕，學習與實踐，2006（7）：151。

〔註16〕愛德華・W・薩義德，東方學〔M〕，王宇根，譯，北京：生活・讀書・新知三聯書店，2007：7。

聞書寫方式爲其殖民活動張目，同時借助虛假的文辭美化其侵略行徑，進行意識形態方面的奴役。既然借助「他者」的母語，則須將殖民者自身（即擁有殖民主體性的「自我」）也僞裝成「他者」，藉此取得「他者」的信任與支持。因此，在《泰東日報》此時期及之後的新聞敘事中，事實上存在著「雙重他者」現象：其中一個是需要被日本「拯救」、「解放」的「他者」，或者說是一個將被日本同化、奴役甚至消滅的真正意義上的「他者」，即東北及其他殖民地人民；另一個則是與「他者」相對立卻披著「他者」外衣的「自我」，即作爲侵略者一方的日本。然而，由於「自我」與「他者」本質上是一種二元對立的存在，因此，無論通過何種僞裝與矯飾，《泰東日報》在新聞敘事中構建出來的「他者」形象注定扭曲，或者嚴重失真。「九一八」事變後，在以欺瞞和奴化爲主要目的的情況下，《泰東日報》「他者化」新聞敘事實際上成了一種權力話語「遊戲」。

如果將散落於薩義德《文化與帝國主義》一書中的下面三句話連綴在一起，似可很好地闡釋上述《泰東日報》「他者化」新聞敘事背後深藏的話語霸權及其長期荼毒殖民地人民思想而造成的「孽果」：「敘述本身是力量的表現」，「歷史的書寫與帝國的擴張相聯繫」，「簡單地講述一個民族故事就是在重複、擴大並且製造新形式的帝國主義」。〔註17〕而《泰東日報》中國報人則是這種「孽果」的實際生產者之一。

二、他者敘事的權力邏輯

日本與僞滿洲國之間存在的權力關係、支配關係、霸權關係，決定了《泰東日報》中國報人表述僞滿洲國的話語模式。研究也印證了這一判斷：《泰東日報》對僞滿洲國「建國」這一新聞事實的呈現極具策略性，在報導時機、結構、規模等方面都嚴格遵照了日本政府及關東軍方面的行事安排，巧妙而有節奏地設置議程，顯示出「他者化」敘事背後的權力邏輯。

若按常理，一個新國的肇建，持支持立場的報紙理應提前數日在輿論上進行鼓譟，但觀乎《泰東日報》，似在此一方面略顯「遲鈍」。雖然從 1932 年 1 月初開始，有關「滿蒙」脫離中華民國獨立的消息開始在報上出現，但數量甚少，目前僅在 1 月 9 日第 2 版上發現 1 篇題爲《滿蒙獨立國行將成立 日本持絕

〔註17〕愛德華・W・薩義德，文化與帝國主義〔M〕，李琨，譯，北京：生活・讀書・新知三聯書店，2003：389，294，390。

對不干涉主義》的文章。2月10日後，《泰東日報》關於僞滿洲國「建國」的報導明顯增多，但僅在次要版面出現，內容主要涉及群眾請願、「建國」籌備、元首確定及國體政體等方面的零星報導，且與上海「一・二八」事變、東北剿匪等新聞相混雜。3月1日，在日本關東軍的具體策劃下，僞滿洲國發布《建國宣言》，正式宣告成立，年號「大同」。3月6日起，《泰東日報》紀年方式由「中華民國」改爲「大同」。即便在這種情況下，報紙頭版還是詭異地予以冷漠處理，如宣布「建國」當日，《泰東日報》頭版未刊登任何相關報導。至3月7日之前，僅在第2、3、4等版面中進行「建國」報導，且與剿匪等其他新聞相混雜。但3月7日，報社突然發出啓事，稱爲籌備滿洲建國紀念號將於3月8日休刊一日。〔註18〕3月9日後，因即將舉行「建國」大典，清朝遜帝溥儀將在長春就任「執政」，頭版方轉以「建國」報導爲主，進入僞滿洲國「建國」的全面報導階段，報紙頭版及其他各版被「建國」活動、慶祝盛況、各地宣言及各類「祝辭」等所充斥。但3月16日後，頭版關於僞滿洲國「建國」的相關報導突又驟然減少，復又轉入上海停戰交涉、國聯調查團等方面的報導。亦即是說，《泰東日報》的報導高峰維持僅一週左右，不可謂不短暫。

看似不尋常的報導節奏與時機選擇，實與日本當時的外交策略有很大關係：扶持僞滿洲國成立時，日本蓄意在與歐美列強有著巨大利益關切的上海挑起「一・二八」事變，以此轉移國際視線，《泰東日報》自然領會其意。之所以在3月8日、9日後報導強度突然增大，一是因爲溥儀已「決定」出任執政、「建國」慶典舉行在即，更爲重要的是，此時國聯派出的李頓調查團即將到東北進行實地調查，日本爲造成既成事實並逼迫國際社會承認僞滿洲國，開始在其控制的報刊中大力宣傳僞滿洲國「建國」盛況，通過所謂的「客觀」報導爲僞政權尋找「合法性」。3月16日後，《泰東日報》「建國」報導出現「降溫」，則是日本方面不得不顧及中國方面的強烈反對以及美、英等大多數國家對僞滿洲國持明確的不承認態度。鑒於國際關係漸趨尷尬，日本注意到已不宜再做高強度的、違背歷史眞實的虛假報導，以免招致國際輿論反感，不利於下一步侵略計劃的實施。

爲將一個傀儡政權「合法」地呈現給外界，《泰東日報》通過巧妙的輿論引導來刺激東北國人的「獨立」情緒，對「建國」報導的構成要素、報導基調及報導重點均進行了細緻的安排與設計。當然，報導結構的設計是在日僞

〔註18〕啓事〔N〕，泰東日報，1932-03-07（1）。

的操控下按照統一步調行動的。這種情況下，《泰東日報》「建國」報導的構成要素基本限定在日本規定與許可的範圍內，包括「建國」宣言發布、迎接溥儀、「建國」慶典、人民「歡慶」、國際承認、匪患猖獗等，其核心元素則是「建國」慶典、人民「歡慶」以及看似晦氣且極不協調的匪患肆虐問題，報導的基調則是「滿洲國之成立乃民族自決」，〔註19〕偽滿洲國「建國」的熱烈氣氛「開空前未有之盛況」，〔註20〕偽滿洲國未來將是「以道德仁愛為主，除種族之別、國際之爭」的「王道樂土」。〔註21〕

　　再來考察《泰東日報》偽滿洲國「建國」報導的報導規模與強度。這裡所謂的「規模與強度」，主要是指《泰東日報》偽滿洲國「建國」報導占其版面空間的大小和持續的刊期長短。《泰東日報》於1932年3月9日啟動「建國」專題報導，至12日結束。報導規模方面，在8個常規版面數的基礎上，3月10日至12日將8版擴至12版。此外，該報還於3月9日推出「一四色美麗之紀念特刊，隨報分送一般讀者……俾吾東北民眾得知建國之由來，而不忘此世界史上之最新一頁也」。〔註22〕至於「建國」報導持續刊期的長短，鑒於上文已經提及，此不贅述。

　　可注意到的是，《泰東日報》對偽滿洲國「建國」報導的規模大小，主要不是基於對報導客體的價值判斷及其吸引讀者視線的能量大小，而是潛藏其後的殖民話語機制在起作用。否則，對一個如此重大事件的報導不可能出現如此小的規模與數量，尚不如對此間發生的上海「一・二八」事變和東北匪患報導用力，其用意不過在於：報導上海「一・二八」事變是為了轉移視線，報導東北匪患肆虐則是暗含「滿洲」亟需「救贖」。

三、呈現「他者」的方式選擇

　　新聞話語中有許多隱含在字裏行間的意義，亦即所謂的「隱而不述」。在一般性的新聞話語中，意義要麼可以通過閱讀順利推導，要麼被事先認定為讀者當然知道的一般或具體的信息。〔註23〕而在殖民報刊的「他者化」新聞

〔註19〕滿洲國之成立乃民族自決〔N〕，泰東日報，1932-03-20（1）。
〔註20〕民眾歡欣鼓舞之建設新國家運動〔N〕，泰東日報，1932-2-25（5）。
〔註21〕滿洲國執政宣言〔N〕，盛京時報，1932-03-10（2）。
〔註22〕本報分送讀者建國紀念附錄〔N〕，泰東日報，1932-03-09（1）。
〔註23〕托伊恩・A・梵・迪克，作為華語的新聞〔M〕，曾慶香，譯，北京：華夏出版社，2003：71。

敘事中，「隱」的不僅僅是那些可以通過閱讀順利推導或已然知之的意義，更有不可告人的秘密與野心。

偽滿洲國是日本一手策劃建立的傀儡政權。在這個鬧劇上演初期，日本出於國際關係等方面的考慮，努力造成這樣一種假象，即偽滿洲國的成立是東北人民的夙願與努力，與日本方面無關。

> 據七日抵京（係指日本東京——筆者注）關東軍大佐之談話云，東北三千萬民眾熱望滿蒙獨立國家，迄今已達完成之域。獨立國家縱無我國干涉，亦可確之者，已為明確之事實。但我國已屢次聲明，即將來亦絕對不干涉內政為主義。〔註24〕

3月4日《泰東日報》頭版登出一條消息，正文中有一句為「力辯日本在滿洲無任何領土的企圖」，但其標題卻是《日本在滿洲並無大企圖　希望中日關係早日恢復》——「無大企圖」，那說到底還是有所企圖的。又如 3 月 13 日頭版的一條發自東京的新聞談及偽滿洲國向日本借款三千萬元一事，「遺憾」的是，「日本政府在其承認新國家前不能應約」，但文尾卻有一句頗具暗示意味的話：「但在特殊公司等似已有相當通融之希望。」〔註25〕

經過一番歪曲與矯飾，在彼時信息閉塞、公共輿論完全被日人報刊獨佔的東北，《泰東日報》讀者中的相當一部分有可能相信偽滿洲國是一個主權獨立的國家、「執政」溥儀受到民眾「支持」及所謂的日滿「一德一心」。而對於東北獨立「建國」，人們則很難從《泰東日報》的報導中發現日本的身影，此時日本似乎「隱身」了，僅僅是一個親密的「友邦」。

那麼，《泰東日報》對日本一手策劃的「滿蒙」獨立是真不知還是佯裝不知呢？1932 年 1 月 1 日《泰東日報》頭版的《歲首感言》可供揣摩：「惟以今年大勢，既露有由亂入治之朕兆，故特此指出，以作新年祝詞，當為閱者諸君所樂聞也歟。」2 月 25 日報紙第 2 版《國號採取大同之深意》更是暴露了日本與偽滿洲國的關聯：

> 聞滿蒙新國家之國號之所以決定為「大同」之理由，乃依據易經上有「天下大同」一句，繫於治利、完全發達之下樹立一新國家之意味也。又考之於日本天智天皇即位之詔書中亦有「天下乃大同，

〔註24〕滿蒙獨立國行將成立　日本抱絕對不干涉主義〔N〕，泰東日報，1932-01-09（2）。
〔註25〕日對滿洲國態度〔N〕，泰東日報，1932-03-13（1）。

非彼我之物」之句，故「大同」含有極深蘊之意義也。〔註26〕

《泰東日報》報導偽滿洲國「建國」另一個話語策略是設置了一個與「匪」相關的宏大議題。考察東北近現代史，「匪」（或曰「鬍匪」）對東北國人產生了嚴重的滋擾。但也必須注意到，「九一八」事變後，日本侵略者大肆入侵，民族矛盾急劇上升，導致東北地區大大小小千百股土匪發生了嚴重分化，有的繼續為匪嘯聚一方，也有的參加抗日義勇軍隊伍或加入中國共產黨的抗日武裝。〔註27〕而《泰東日報》在新聞敘事中刻意將「匪」的概念模糊化，將愛國抵抗運動中的仁人志士與傷天害理、胡作非為的匪混為一談，使東北國人在心理上對其一併牴觸和厭惡，以致對日本人鎮壓與迫害愛國志士持某種同情的態度。正是基於此種考慮，偽滿洲國「建國」期間，《泰東日報》關於「匪」的報導依然保持相當高的強度，並不介意是否污染「建國」喜慶氣氛。如 1932 年 3 月 11 日的《泰東日報》全版均為偽滿「建國」專題報導，第四版的頭條為《新國家之成立聲中 奉垣之所見所聞》，介紹了奉天省政府、警察、商會、民眾等的慶祝盛況，但同版中另一條被突出處理的新聞則為《匪首趙亞洲再次攻打瀋陽 警耗傳來商民關門閉戶》。這其中所隱含的「心機」其實不難理解：一方面，為東北建構一個「匪患猖獗」的「他者」形象，由此導致的民不聊生恰需一個新國家來治理、來拯救，從而為「獨立」製造藉口；另一方面，可借剿匪行動掩蓋日本方面的侵略動機，並藉此打壓東北民眾的愛國抵抗運動。

《泰東日報》的偽滿洲國「建國」報導中另一個「隱而不述」的話語策略是為偽政權披上「合法性」外衣。若要展示偽滿洲國的「合法性」，最合適的方法是對日本的幕後操縱不作任何相關報導，而是高強度呈現「三千萬滿洲民眾」的「熱望」與「自決」。2 月 25 日，報紙以《關於建設新國運動 各縣急起直追》為題，用近三分之一版篇幅報導了莊河、遼源、關東州、營口、錦縣、海城、鳳凰城、遼陽、安東、遼西以及鐵嶺等地民眾及各類團體請願建國的「熱潮」。〔註28〕此後直至「建國大典」舉行前，每天報紙幾以同樣篇幅、同樣的標題密集報導各地「請願」活動，如 26 日的《奉吉兩省及時而起 新國建設積極運動》〔註29〕、27 日的《各地對於新國建設一致舉行熱烈運動》〔註30〕、28 日的《各

〔註26〕國號採取大同之深意〔N〕，泰東日報，1932-02-25（2）。
〔註27〕劉景嵐，姜瑩，試析「九一八」事變後東北土匪抗日原因及其局限性〔J〕，東北師大學報（哲學社會科學版），2013（6）：117。
〔註28〕關於建設新國運動 各縣急起直追〔N〕，泰東日報，1932-02-25（2）。
〔註29〕奉吉兩省及時而起 新國建設積極運動〔N〕，泰東日報，1932-02-26（2）。
〔註30〕各地對於新國建設一致舉行熱烈運動〔N〕，泰東日報，1932-02-27（2）。

地建設運動一致熱烈舉行》〔註31〕……無一例外，建立「新國家」不是日本的幕後操控，而是東北民眾的「熱望」：

> 吾東北三千萬民眾，苦於苛政，困於誅求，仰於軍閥，劫於匪患，於茲為烈。吾民何辜，遭此荼毒。茲值世界民族日趨大同之會，和平幸福人類同爭，而我東北三千萬民眾微特不缺儕位世界民族共濟光明之域，即期諸自營自給，亦且未能，嗚呼！此豈何故而然哉。溯自東北軍閥執政以來，予智自雄，罔恤民意，沿封建之餘緒，肆專制之淫威，勢力則恒壓其雄，金錢則恒病其少，致吾民日展轉呻吟於武健嚴酷之下，而莫敢誰何。誠吾東北民眾，大可哀痛者也。茲幸民眾，均已覺悟，亟望昭蘇正可及時，外應新潮，建設一新國家，以一政權而使改進，闢新生之覺路，以同登夫樂土，庶幾禮運大同實現。今日當為吾東北民眾，所馨香禱祝者也，願新國家之成立，非謂已脫離軍閥之勢力已也，非謂盡仰□友邦之扶持者也，是在吾人以十二分之努力，奮然奮起，好自為之，以與吾友邦本共存共榮之真精神，符親仁善鄰之旨趣，為東亞開一新紀元。邇者，東北各首領正為新國家之運動，適與吾人所素期望者，相吻合□人，又烏可不相互號召，以促其早日實現耶。邦人君子幸共勉旃。〔註32〕

不僅致力於展示傀儡國家的「合法性」，《泰東日報》也在新聞報導中暗示日人操縱政權的「正當性」：

> （中央官制）其令人注意者，則為任官參政之種族平等之一項，即新國家外漢滿蒙兩族之國民，乃包含滿漢日韓蒙回白俄省七民族，以居住於現下滿蒙新國家之領土內之民族，總稱之謂新國家之國民。而基於民族協和之大精神，不問國民之係何種族，均可得為官吏及參與政治。〔註33〕

偽滿洲國正式建立後，美英等國出於自身利益考慮仍然堅持不承認態度。為此，3月21日的《泰東日報》頭版轉發了一篇日本《東京日日新聞》的社論，該社論認為「滿洲國之成立恰如廣東獨立」：

> 九國條約係相互約誓毋須外由部侵害中國之領土並非誓約中國自體依其自家作由分其自家領土，或即行以行政的分權，阻止其

〔註31〕各地建設運動一直熱烈舉行〔N〕，泰東日報，1932-02-28（2）。
〔註32〕各縣宣言及決議〔N〕，泰東日報，1932-03-02（2）。
〔註33〕以民族協和大精神為國家憲法大綱〔N〕，泰東日報，1932-02-22（1）。

妨害使中國守一單位之國家者也，滿洲國家之出現恰如廣東之獨立
政府，故不能以非法理的而否認新國家之出現。〔註34〕

除上文引述的幾條自辯性報導較爲直露外，《泰東日報》對僞滿洲國「合
法性」的表述是相當隱秘的。在日人操縱下，該報頗費心機地以一種貌似中
立、客觀的新聞敘事方式，將僞滿洲國描繪成一個自古非中國領土、且「三
千萬民眾積年呪咀軍閥之苛斂誅求，與夫暴虐的行爲，翹企脫離其桎梏」的
「他者」，新「國」的建立則「宛然如大旱之見雲霓」。〔註35〕

四、難以調和的敘述衝突

從某種意義上說，僞滿洲國僅是一個飄浮在日本殖民夢想與現實之間的
「虛構空間」。日本想做這塊土地的主人，但也僅是視其爲戰略防禦與資源獲
取的基地——這塊土地上生活的中國人，是一群與大和民族優等文化相異的
「他者」。對於東北國人而言，他們「既不生活在過去，也未生活在當下，而
是生活在虛幻的未來之中」。〔註36〕無論主動還是受迫，《泰東日報》中國報
人都是這種「幻象」的生產者之一。

僞滿洲國「建國」期間，《泰東日報》建構了多種話語，既有「極呈祥瑞
氣象」、「民眾之熱望」、「一片慶賀聲」等溢美之詞，也有「匪患頻傳」、「蕭
條日甚」、「否認新政權」等哀聲怨語，話語的混雜性與衝突性十分明顯。由
於《泰東日報》的僞滿洲國「建國」報導不是基於理性的判斷和建構，而是
基於飽含殖民幻想的一種「歷史的感情」，因此，其話語表述存在著強烈的矛
盾與衝突。經常可在同一期報紙，甚至同一版面中看到極不「和諧」、「悲喜
交加」的話語。如在「建國」慶祝氣氛最熾的 3 月 11 日本埠新聞版上，頭條
爲《今日萬人空巷 舉市歡忭共慶新國》，第四條卻是《市面蕭條日甚 商戶倒
閉日有所聞》，所述景象與「建國」的喜慶氣氛格格不入。

若將 1932 年 2 月 1 日至 4 月 1 日之間的《泰東日報》作縱向考察，話語
之間的衝突則表現得更爲明顯。從報紙的新聞敘事中，我們僅能感受到一種極
爲有限而短暫的「喜慶」氣氛。除 3 月 10 日前後極力渲染「五色旗飄揚」、「萬

〔註34〕滿洲國之成立恰如廣東獨立〔N〕，泰東日報，1932-03-21（1）。（所引文字似
　　　有不通順之處。原文如此，此處照錄。）
〔註35〕鄭孝胥，滿洲建國潮源史略〔M〕，新京：（僞）滿洲國政府，1937：1。
〔註36〕Prasenjit Duara，*Sovereignty and Authenticity：Manchukuo and the East Asian
　　　Modern*〔M〕，New York：Rowman & Littlefield Publishers，2003：232。

人空巷」的「喜慶」氛圍以外，此一階段被認爲有「價值」的新聞仍然是中日上海戰事、東北匪患等問題，「喜慶」的「建國」報導夾雜其間頗顯突兀。

愈是從較廣的時域去觀察，愈能發現那些擁護「滿蒙」獨立的「人民」主要是那些懾於日人淫威、自甘爲日人鷹犬的所謂東北「精英」，從 3 月 1 日第 5 版《促進新國遊行　主席灑淚演說》、3 月 4 日第 3 版《各代表敦請溥儀出爐》、3 月 16 日第 4 版《滿洲新國之兩要人　僕僕於奉長道上》等報導中可見一斑。在考察的所有樣本中，未發現一篇新聞報導是通過普通百姓之口表達對「滿蒙」獨立的支持態度。即便是連續刊登的各縣「建國」宣言，也只是伴借民眾之口大贊「建國大業」，這與《泰東日報》大力宣傳的僞滿洲國「建國」乃「民眾之熱望」形成了強烈對比。

中國報人在對僞滿洲國「建國」進行「他者化」新聞敘事的過程中，「自我」與「他者」的根本性對立以及敘述「他者」時出現的悖反形象，顯露了殖民話語表述「他者」時無法調和的衝突與矛盾。受控於日人的《泰東日報》中國報人，雖然在新聞敘事中力圖展現一種「苦難深重」的東北「土著」立場，滿含深情地「謳歌」新「國」的肇建，但最終呈現出的新聞文本卻暴露了殖民話語的欺瞞與虛僞。

五、失眞的「他者」形象

「形象」作爲一種文化隱喻或象徵，是對某種缺席的或者若有若無的事情的想像性、隨意性表現，其中混雜著認知的與情感的、意識的與無意識的、客觀的與主觀的、個人的與社會的經驗內容。〔註37〕作爲一種必然的傳播「效果」，《泰東日報》中國報人的僞滿洲國「建國」報導事實上爲這個初生的「國家」建構了一個展示給外界的形象與姿態。通過「建國」報導初步建構起的新「國」形象主要通過三個維度來呈現：國家的總體形象、國家元首和主要臣僚的形象、東北地區國人的形象。這三種形象相互補充，爲新「國家」披上了一件「合法性」外衣，也對東北國人的民族認同與國家認同造成了強烈的心理衝擊。

在僞滿洲國總體形象建構方面，《泰東日報》中國報人在「建國」報導中刻意爲新成立的傀儡政權描繪了一幅美好的、充滿烏托邦色彩的「遠景」，稱其將實行「王道政治」，「以道德仁愛爲主，除去種族之別，國際之爭，王道

〔註37〕周寧，跨文化研究：以中國形象爲方法〔M〕，北京：商務印書館，2011：23。

樂土」。〔註38〕3月9日，報紙在第8版登出《天產富饒的滿蒙 將來努力開發前途頗有望》一文，以日本爲參照，描述了東北廣袤的耕地和豐富的物產。3月29日，報紙頭版又有一條題爲《滿洲農業經營得宜 中國各省均無倫比》的新聞，以一種觀覦的眼光誇讚了中國東北的農耕條件，「即大豆一項已成爲國際商品，產額約占全世界之六成七強」。〔註39〕至於對外方針，《泰東日報》3月3日第2版的一篇文章稱僞滿洲國「對外重信義，力求親善，凡國際間舊有之通約無不遵守」。〔註40〕3月15日，報紙又在頭版頭條刊登了一條來自日本東京的消息，以一種「局外人」的立場報導了僞滿洲國外交部長謝介石3月12日向日、英、美等國發出的外交通告，並將其主旨提煉爲新聞標題《滿洲國政府即遵守誠意信義之原則 遵守國際法及國際慣例 守公約以增進世界和平》。經過如此「美顏」，《泰東日報》向外界呈現了這樣一個新「國家」形象：物產豐饒、民族自決、道德仁愛、種族平等、遵守國際公約……當然，這個新「國家」還不甚安定，正鬍匪四起，民不聊生，亟待整理社會秩序，這也暗示著亟需某個有力的「友邦」來拯救。

在塑造僞滿洲國總體形象的同時，《泰東日報》中國報人也通過新聞編排製造出這個新「國家」的元首和主要臣僚們的「高大」形象，予其人民以「信心」。如3月9日第2版一篇題爲《幾經苦難的溥儀氏 今日始得撥雲見日 一篇枯榮哀怨的中年歷史》的報導，再次爲「被推戴爲滿洲國執政」的清朝遜帝溥儀塑造了一種「哀苦」的形象，以博人同情與尊敬：「溥氏現年二十有七，窺其過去二十七年中之生活，實一篇之哀史也。」3月10日的《泰東日報》在「建國」特刊第1版、主刊第1版及12日頭版分別將溥儀刻畫爲「仁慈之念極富」〔註41〕、「極熱心□政」〔註42〕的賢明聖主。但頗具諷刺意味的是，這些極具溢美之詞的報導出現後僅月餘，溥儀便發現「『執政』的職權只是寫在紙上的，並不在我手裏」。〔註43〕

不僅著力刻畫溥儀的形象，《泰東日報》中國報人還對新「國」主要臣僚的形象進行描摹。3月9日，報紙用半版篇幅介紹了所謂的「新國家中樞人物」，

〔註38〕滿洲國執政宣言〔N〕，泰東日報，1932-03-11（1）。
〔註39〕滿洲農業經營得宜 中國各省均無倫比〔N〕，泰東日報，1930-03-29（1）。
〔註40〕本三千萬個民眾之熱望 新國家乃正式成立〔N〕，泰東日報，1932-03-03（2）。
〔註41〕要人慶祝建國談話〔N〕，泰東日報，1932-03-10（1）。
〔註42〕執政溥儀氏極熱心□政 要人均感激而努力〔N〕，泰東日報，1932-03-12（1）。
〔註43〕溥儀，我的前半生〔M〕，北京：群眾出版社，1964：316。

文中稱「參議府議長」張景惠「溫厚忠實、淡泊持身」、稱「民政部總長」藏式毅「頭腦明朗、人格廉潔」、稱「參議院副議長」湯玉麟「曾爲綠林中好漢，有不可輕視之武力背景」〔註44〕……經此一番修飾，《泰東日報》爲這些「開國元勳」們貼上了道德高尙、文韜武略、捨身爲國等標籤。又如3月12日第5版刊登了一篇《馬主席注重民生　不顧個人小節保全萬民生命》的文章，而在此前，馬占山〔註45〕還僅是一個「匪頭」而已。〔註46〕可以看出，在知其爲傀儡的情況下，《泰東日報》之所以仍對所謂的東北「政治精英」極盡逢迎之詞，無非是想在東北民眾心中建立起對新「國家」的「信任」。由於從新聞報導中看不到任何「太上皇」日本的身影，這更易使東北國人相信這個新「國家」是主權獨立、人民自決的，從而增進了對新「國家」的認同。

較之於僞滿洲國的總體形象和「政治精英」的形象，《泰東日報》中國報人在僞滿洲國「建國」報導中對東北原住民的形象並未給予刻意摹畫。考察樣本區間內所有新聞文本，尙未發現有關東北普通國人爲新「國家」舉行慶祝活動的報導，他們只是在與愚昧和悲慘事件相關聯時才作爲素質低下的「他者」被呈現。如2月29日第2版上的《愚！細故口角　服毒何爲》一文，講述了海城縣一對恩愛夫妻因瑣事引起口角，妻子一氣之下服毒，「時以毒性爆發而無策拯救，竟至香魂一縷雲散，濃情三更夜夢無，其舊家庭慘史，實爲文明國社會所不能云」。而當表述東北人民爲僞滿洲國的建立「歡心鼓舞」時，他們則總是以一種群體性的面目出現，表達的是一個統一的聲音：「籌建新國，以求安全，本縣民眾，極爲贊成」。〔註47〕

事實上，近代東北雖淪爲日本殖民地，但勤勞隱忍的東北人民卻依舊保持著一種重視血緣關係和鄉土關係的觀念，過著一種近乎「無政府主義」的生活。無論面對艱難的生活，還是面對戰爭的危險，他們總是泰然處之。然而，從此時的《泰東日報》來看，東北國人在理智上和道德上均不成熟，是一個遲鈍愚昧的群體。他們無法爲自己思考，也無法表述自身，必須讓文明、優越的民族替他們思考與表述。

總的來說，《泰東日報》中國報人在日人授意下通過新聞敘事建構了僞滿

〔註44〕新國家中樞人物〔N〕，泰東日報，1932-03-09（特三）。
〔註45〕指愛國將領馬占山（1885～1950），扶持建立僞滿洲國時，日本曾對其誘降，就任僞黑龍江省長、僞滿洲國軍政部長，但隨後反正，繼續從事抗日活動。
〔註46〕馬占山猶□反吉　率部駐防馬家溝〔N〕，泰東日報，1932-02-01（4）。
〔註47〕東北新國家之建設　吉省各縣響應電〔N〕，泰東日報，1932-02-26（5）。

洲國的「國家」形象、「國家」領導者形象及普通國人形象，從而構建出一種日本殖民侵略所必要的、非眞實的「他者」形象。在這種形象裏，僞滿洲國是一個符合國際法、主權獨立、五族協和的「王道樂土」。但這種依靠殖民話語建構起的「他者」形象，違背了歷史眞實，正如葉芝所言：「殖民主義不僅僅滿足於掌控一個民族並從一切形式和內容上挖空人民的頭腦，它借助於一種歪曲的邏輯將這個民族的過去扭曲、變形與摧毀」。〔註48〕

第三節　到「宗主國」去：中國報人的日本之行及遊記

在本章研究的時間段內（1931～1937），《泰東日報》中國報人共有兩次有史料可考的公務訪日之行，分別爲 1934 年編輯人兼經濟部主任李永蕃隨「東三省赴日實業考察團」訪日及 1935 年文藝部主任畢殿元「扈駕」溥儀訪日。1937 年之後，又陸續有張洪運、趙恂九、劉士忱、侯立常、魏秉文、張仁術、張孟仁等 7 位《泰東日報》中國報人隨團訪日——這些人的訪日活動將在第六章中略述。故此，本節在概述《泰東日報》歷史上中國報人的公務訪日活動後，僅對 1934 年李永蕃訪日、1935 年畢殿元訪日，同時補充 1924 年呂儀文訪日活動作以詳細考察。

一、中國報人訪日活動概述

作爲日本在華租借地的「子民」，《泰東日報》中國報人本應有機會經常往來於「宗主國」和租借地之間。且《泰東日報》在東京、大阪等地設有分社，中國報人赴日的機會應較多。但從現存史料看，情形並非如此。〔註49〕無論是金子雪齋，還是阿部眞言及其後的歷任社長，因公或因私返日時，大多由日人社員相隨從。只有在由中國人組成的各類公私團體訪日時，供職於《泰東日報》的中國報人才有機會作爲隨團記者跟訪，然後按要求向報社傳回訪日行記，「將見聞所得完全介紹給國人，使國人眞正明瞭友邦日本的內容」。亦即是說，他們需要成爲那個有記錄能力的「親歷者」，將「友邦」器物與制度的現代化、文化的昌明、人民的「有責任心」傳達給中國同胞。

〔註48〕轉引自：愛德華・W・薩義德，文化與帝國主義〔M〕，李琨，譯，北京：生活・讀書・新知三聯書店，2003：338。
〔註49〕對於《泰東日報》來說，一般如有報人訪日，會在「人事消息」、「時人行蹤」、「啓事」等欄目或本埠新聞中介紹或報導。

　　統計目前留存的《泰東日報》及其他相關史料，在《泰東日報》歷史上，中國報人的公務訪日之行共計 10 次，偽滿洲國成立前僅 1 次，其餘 9 次全部集中於偽滿洲國成立後，分別爲：1924 年 3 月，記者呂儀文隨「東三省赴日實業考察團」訪日；1934 年 4 月，編輯人兼經濟部主任李永蕃隨「赴日商工視察團」訪日；1935 年 4 月，文藝部主任畢殿元隨「扈駕溥儀記者團」訪日；1937 年 11 月，記者張洪運隨「偽滿治外法權撤廢答謝使節團」訪日；1938 年 9 月，編輯人趙恂九隨「滿人記者日本考察團」訪日；1939 年 11 月，整理部長劉士忱隨「滿洲國記者團訪日」訪日；1940 年 2 月，整理部次長侯立常參加「東亞操觚者懇談大會」訪日；1940 年 6 月，民生部長魏秉文隨「溥儀慶祝日本紀元 2600 年」訪日；1940 年 9 月，翻譯科長張仁術隨「加盟社視察日本新聞事業記者團」訪日；1943 年 11 月，記者張孟仁隨「滿洲國考察決戰下日本的姿態記者團」訪日。

《泰東日報》訪日報人統計表

訪日日期	記者姓名	籍貫	時任職務	出訪內容	行記名稱
1924.03	呂儀文	關東州	記者	隨東三省赴日實業考察團訪日	《赴日視察團消息》、《赴日視察感想追錄》
1934.04	李永蕃	關東州	編輯人	隨《泰東日報》日本商工視察團訪日	《本報日本商工視察記》
1935.04	畢殿元	關東州	記者	扈駕溥儀記者團訪日	《本報扈從記者通訊》、《日本之一般社會情況及感想》、《滿洲國記者團在日所得印象》
1937.11	張洪運	關東州	記者	隨偽滿治外法權撤廢答謝使節團訪日	《治廢答謝使節隨行記》
1938.09	趙恂九	關東州	編輯人	隨「滿人」記者日本考察團訪日	《日本視察記》
1939.11	劉士忱	關東州	整理部長	隨滿洲國記者團訪日	《東遊漫寫》
1940.02	侯立常	不詳	整理部次長	參加東亞操觚者懇談大會訪日	《出席東亞操觚者大會見聞錄》

1940.06	魏秉文	奉天營口	民生部長	隨溥儀訪日慶祝日本紀元 2600 年	《東瀛行》
1940.09	張仁術	不詳	翻譯科長	隨加盟社記者團視察日本新聞事業訪日	《東遊雜記》
1943.11	張孟仁	不詳	記者	隨僞滿洲國記者團考察決戰下日本的姿態	《決戰下日本的姿態》

　　上述《泰東日報》中國報人的公務訪日活動一般持續半個至 1 個月左右，參加者一般是當時社內最為「當紅」的親日派編輯或記者，級別為部長或主任。對《泰東日報》來說，它的日人社主似乎更信任來自關東州本土的中國報人到他們的祖國去。在所統計的 10 位訪日的中國報人中，至少有 6 位可確定其出身於關東州，分別為呂儀文、李永蕃、畢殿元、張洪運、趙恂九及劉士忱。這與這些人自小接受殖民教育、精通日語不無關係。

　　除此以外，《泰東日報》中國報人的訪日活動另有如下幾方面特徵：一是基本相同的訪問路線。從統計來看，幾乎都是東京、名古屋、奈良、京都、大阪、神戶、橫濱這些日本當時最為著名的都市。而且，去程或回程，必有一次經由當時被「劃入」日本的朝鮮，藉以顯示其殖民「業績」。二是行色匆匆，少則半月，多則一月，到各處參觀視察大多走馬觀花，「以短促之時間閱若繁多之事物，馬耳東風，所得幾何」。〔註 50〕三是「來回都得寫通訊」，「炫示日寇的國力和文明」。〔註 51〕自畢殿元開始，不僅要按要求寫「通訊」，報社要求其回連後召開「旅行報告講演會」，以親歷者的身份向州內「滿人」講述訪日感想。

二、呂儀文、李永蕃及畢殿元的訪日之行

　　之所以在《泰東日報》中國報人的 10 次訪日之行中選擇 1934 年李永蕃訪日、1935 年畢殿元訪日並補充 1924 年呂儀文訪日三次訪日活動作詳細考察，除考慮篇章結構的設計因素外，也是此 3 次訪日活動的性質使然：呂儀文的訪日活動是目前所知《泰東日報》中國報人的首次隨團訪日活動；李永蕃訪日是旅行日記連載週期最長的一次訪

〔註50〕　視察團最後之愉快〔N〕，泰東日報，1924-04-20（2）。
〔註51〕　劉淳，我和《泰東日報》〔M〕∥大連日報社，大連報史資料，大連，1989：310。

日活動，共計 94 篇；畢殿元的訪日活動在政治意義上最爲重要，該訪問團受日本方面接待規格最高，也是《泰東日報》中國報人首次與其他報社記者共同訪日。此外，考察 1924 年呂儀文的訪日行記，也可與之後不同「風格」的訪日行記相對比。

（一）呂儀文訪日

呂儀文，又名呂宜文，金州人，1901 年生〔註52〕，入職《泰東日報》時間不詳，任記者、社論作者，筆名「虬髯」。他是目前所知《泰東日報》歷史上首位隨團訪日的中國記者。1924 年 3 月 24 日至 4 月 16 日，他隨「滿蒙文化協會」主辦的赴日視察團訪問日本。這次視察團通過公開招募的形式吸納團員，最終滿鐵沿線有 6 人，大連地區有 7 人（含呂儀文），加上嚮導 1 人，共計 14 人。大連西崗子公議會會長龐睦堂任團長，「滿蒙文化協會」代表都甲文雄任指導員，呂儀文本人則作爲視察團主要成員，「一方面幫助指導員照料一切，一方面爲本報逐日情形報告讀者」。〔註53〕

呂儀文等一行於 1924 年 3 月 25 日從奉天車站出發，由時任東北保安總司令張作霖派陸軍二十六旅一位李姓副官到站歡送。此後，視察團經安奉線至安東入朝鮮，經停京城（今首爾）後，在釜山乘船渡海到達日本馬關（今下關）。登陸日本後，呂儀文一行於 3 月 27 日赴宮島，參拜嚴島神社；28 日至大阪，歷訪大阪府廳、市廳、商業會議所、朝日新聞社、公會堂圖書館、住友伸銅所、大阪每日新聞社等處〔註54〕；3 月 31 日至京都，參觀當時在該地舉行的萬國博覽會，〔註55〕並在帝國大學與 14 名奉天藉男女留日學生集會，呂儀文代表未到場的視察團團長龐睦堂致辭。〔註56〕4 月 3 日，視察團一行抵達東京，得到大陸浪人頭山滿等人的迎接。〔註57〕遊覽完東京後，又赴名古屋、奈良、神戶等處。4 月 8 日，在日本溫泉勝地別府會見了中華民國前總統黎元洪。4 月 13 日，黎元洪設宴招待。14 日早晨，自門司搭郵船哈爾濱丸返回大連。〔註58〕

〔註52〕一説 1903 年生。
〔註53〕察團本日歸來〔N〕，泰東日報，1924-04-16（2）。
〔註54〕大阪各方面歡迎之情況〔N〕，泰東日報，1924-04-05（2）。
〔註55〕都博覽會之感慨〔N〕，泰東日報，1924-04-06（2）。
〔註56〕於京都之第三日〔N〕，泰東日報，1924-04-09（2）。
〔註57〕視察團安抵東京〔N〕，泰東日報，1924-04-05（2）。
〔註58〕視察團本日歸來〔N〕，泰東日報，1924-04-16（2）。

　　從 1924 年 3 月 24 日至 4 月 16 日，呂儀文以《赴日視察團消息》爲題向報社發回旅行通信 15 篇（含《視察團最後之愉快》1 篇）和《赴日視察感想追錄》12 篇。雖然日後呂儀文投靠日僞，但此時他仍認同於自己的中國人身份，隻字未提日本爲「友邦」。視察中的一些見聞，也觸及他的民族自尊，如在京都參觀萬國博覽會時，「一行所最不快者爲館內設有滿洲牧豬奴之實型，蓋純出於弱點不欲示人之心理，然勞動社會，各國俱有不必以此爲有失體面，苟以此爲非於怨人之先，何不勇於自改」。〔註59〕也是在京都，在帝國大學奉天籍學生集會上，他代表未到場的團長龐睦堂發言：

> 　　原來一國之振興，實業不能專恃出資之資本大家，更須有可經營一切之各種人才。今日之中國，非缺資本與原料，實乏經營能力之人才。吾人於視察之上，是敢希望諸君能安分守己，專心向學，待諸君學成歸國之日，拭目以待，相共勉旃。〔註60〕

　　對滿蒙文化協會組織不力，呂儀文也直接提出批評，如針對列車席位安排中出現的失信問題，指出：「主催者既誇大於先，失約於後」〔註61〕。這在 10 年之後《泰東日報》其他 9 位中國報人的訪日言行中是不曾出現的。或者說，即便慍辱於心，也不能形於言了。

（二）李永蕃訪日

　　《泰東日報》中國報人第二次隨團訪問日本已是呂儀文訪日 10 年之後的 1934 年。此時的東北早已「換了人間」，不再是雄踞的張氏父子，取而代之的是日本操縱下的傀儡國僞滿洲國。

　　1934 年《泰東日報》紀念創刊 25 週年，作爲社慶紀念活動之一，《泰東日報》聯合僞滿洲國協和會，共同發起組織「赴日視察商工團」，旨在「謀滿日兩國間之感情益趨進展，並爲普及一般民眾之智識，俾國內今後之進展」。〔註62〕成員包括來自齊齊哈爾、哈爾濱、新京、安東、營口、熱河、關東州、奉天等地知名紳商 13 人，另有主辦方派出的指導員 4 人。〔註63〕因是考察商工業，《泰東日報》此次派出的隨行記者爲經濟部部長兼編輯人李永蕃。

〔註59〕京都博覽會之感慨〔N〕，泰東日報，1924-04-06（2）。
〔註60〕於京都之第三日〔N〕，泰東日報，1924-04-09（2）。
〔註61〕赴日視察團過奉之情形〔N〕，泰東日報，1924-03-27（2）。
〔註62〕視察團昨晨東渡　於歡送聲中離連〔N〕，泰東日報，1934-04-14（2）。
〔註63〕赴日商工視察團今晨出發東渡矣〔N〕，泰東日報，1934-04-13（9）。

　　李永蕃，又名李本良，金州人，生卒年不詳，1926 年畢業於旅順第二中學校。此次赴日，他除作為記者，也是視察團的 4 名指導員之一。4 月 13 日，視察團一行從大連乘船東渡，時任《泰東日報》社長阿部眞言率領社員 30 餘名為之送行。〔註 64〕15 日晨，視察團一行從下關登陸日本。〔註 65〕在日期間，視察團一行先後赴神戶、大阪、京都、名古屋、濱松、東京、橫濱、橫須賀、大阪、別府、八幡、福岡、久留米等地，參觀考察川崎造船、川西飛行機、住友伸鋼、中山化妝品、大日本麥酒、明治製藥、王子製紙、陸軍省被服工場、橫須賀海軍兵工廠、八幡製鐵所、久留米日本膠皮鞋工場等數十家「日本有名會社」並各地名勝。〔註 66〕之後，視察團一行又由釜山港入朝鮮，並在京城停留，到該地商工業界參觀。5 月 11 日晚，從京城乘車，經由安東於 5 月 12 返抵奉天後解散。

　　訪日期間，李永蕃一方面參與視察團的安排組織，同時極為詳盡地記錄下了此次視察所看到的日本工商業概況及人情風光，自 1934 年 4 月 19 日起，開始在《泰東日報》連載《本報日本商工視察記》。因篇幅龐大，訪行結束後多日這些視察記仍未連載完，至 8 月 9 日才全部登載完畢，共計 94 篇，約 20 萬字，為《泰東日報》歷史上中國報人訪日行記篇數及總字數之最。此外，作為經濟新聞領域記者，李永蕃的視察記具有較強的專業性，並配有大量的數據、圖片和圖表，以親歷者身份向《泰東日報》讀者展示了日本現代工商業概況。而為「視察團一行之觀光行動永留紀念」，《泰東日報》還特派電影技師隨時拍攝電影，之後在東北各地放映。〔註 67〕

（三）畢殿元訪日

　　李永蕃訪日一年之後，另一位中國報人畢殿元也踏上訪日之旅，這也是《泰東日報》歷史上出訪記者所參與的訪問團級別最高、受到日方接待規格也最高的一次訪日之行。這次隨訪被稱為「扈駕」之行──1935 年 4 月 3 日至 4 月 17 日，隨同「對『盟邦』日本朝野自『建國』以來所給予的『援助』

〔註 64〕赴日商工視察團今晨出發東渡矣〔N〕，泰東日報，1934-04-13（9）。
〔註 65〕赴日視察團視察記〔N〕，泰東日報，1934-04-19（9）。
〔註 66〕赴日商工視察團視察日程與內容〔N〕，泰東日報，1934-04-07（9），另參見：本報赴日視察團獲極好結果回國　昨午後二時抵奉解散〔N〕，泰東日報，1934-05-13（9）。
〔註 67〕赴日商工視察團決定本月十三日由連出發〔N〕，泰東日報，1934-04-07（1）。

表示謝意」的偽滿洲國皇帝溥儀訪問日本。〔註68〕（溥儀訪日時間爲 4 月 11 日至 4 月 23 日）

畢殿元，金州人，1910 年生，青少年時期就讀於傅立魚等人創辦的大連中華青年會學校，「扈從」溥儀訪日時任《泰東日報》文藝部主任，主編《文藝週刊》與《群星》副刊等。〔註 69〕（詳見本章第五節）《泰東日報》對此次派記者隨溥儀訪日十分重視，4 月 2 日的報紙頭版特別對讀者加以提醒：「本報□彙集此項消息，迅速報告讀者起見，特派記者畢殿元君，已於今日離連東渡，以期隨時搜集軼聞郵傳電達無少遺憾。」〔註 70〕事實上，畢殿元此次扈駕訪日爲偽滿洲國國務院情報處所派，「其使命在將視察所得，報告國人，用以將友邦之善政，介紹於我國，使國人極力學而改革，俾便愈使兩國趨於親善之境」。〔註 71〕記者團中除來自《泰東日報》的畢殿元外，另有《大北新報》侯小飛、《民報》梁世錚、《大亞公報》傅鐵夫、《盛京時報》裕振民、《滿洲報》楊華亭、《關東報》劉召卿以及《哈爾濱公報》關鴻翼。〔註 72〕

雖說是「扈駕」，記者團卻未跟隨溥儀一行從海路出發直接赴日。1935 年 4 月 3 日，「扈駕」記者團一行從奉天出發，經朝鮮，在釜山港乘船至日本下關，於 5 日抵達東京。在東京期間，記者團在日本首相官邸會見時任日本首相岡田啓介、外相廣田弘毅，在陸軍省會見陸相林銑十郎，參加在偽滿洲國駐日公使館舉行的留日「滿人」奉迎溥儀儀式，參觀東京養育院、東京朝日新聞社、日活東京攝影場、大滿洲國展覽會、大日本雄辯會講談社等處。12 日，記者團一行抵京都，遊覽嵐山、桃山，參觀帝國大學。13 日至奈良，「飽覽風景並參觀女高師」。〔註 73〕14 日，又從奈良赴大阪，至王子製紙、大阪每日新聞、丸松合資會社、島田硝子工廠等處參觀，並邀請大阪經濟界聞人舉行座談會。17 日下午，記者團一行告別大阪，「參觀世界第一吳海軍工廠，更

〔註68〕謝學詩，偽滿洲國史新編〔M〕，北京：人民出版社，2008：222。
〔註69〕《群星》短啓〔N〕，泰東日報，1935-04-05（7）。
〔註70〕本報特派專員扈從誌盛通訊〔N〕，泰東日報，1935-04-02（1）。
〔註71〕畢殿元，記者團所負使命〔N〕，泰東日報，1935-04-07（2）。
〔註72〕「JACAR（アジア歴史資料センター）Ref.C05034152900、公文備考 昭和 10 年 D 外事 卷 9（防衛省防衛研究所）」
〔註73〕十三日下午別京都至奈良〔N〕，泰東日報，1935-04-18（1）。

至宮島，廿日至門司遊山，午乘吉林丸一行歸連濱」。〔註74〕

　　4月22日，歸來的記者團一行在大連港登陸，《泰東日報》編輯局長橋川浚、前一年曾訪日的編輯人李永蕃率社員到港迎接。〔註75〕大連本埠的三份中文報紙《泰東日報》、《滿洲報》、《關東報》於是日正午在市內泰華樓設宴為記者團一行「洗塵」。〔註76〕26日晚，三報在大連市內日本基督教青年會館召開演講大會，「連市一般滿人士女前往聽講者不下兩千餘人」。會上，參與「扈駕」的《滿洲報》楊華亭、《關東報》劉召卿、《泰東日報》畢殿元先後演講。其中，畢殿元的講題為《日本社會一般的情形及感想》，「詳述日本社會之發展，並文化科學之進步、人民自治之程度，並自述本人此次赴日之感想」。〔註77〕28日，此三人又接受奉天方面邀請，於奉天城內商務會再次進行演說。〔註78〕

　　整個訪日過程中，畢殿元自抵東京後「每日作通信一次，將在日視察情形報告讀者」。〔註79〕1935年5月8日，已歸大連並在大連、奉天兩地做完講演的畢殿元又在《泰東日報》上刊登《滿洲國記者團在日所得印象》一文，回顧「滿洲國記者團在日所得印象」，分析「日本強國之因」。〔註80〕

　　畢殿元等人此次訪日稱之為「扈駕」只是徒具虛名，整個過程並未真正接近溥儀。「扈駕」僅是名義，被要求極力描寫溥儀在日本所受到的「禮遇」、炫示日本國力強盛、國民「責任心重」才是主辦方的實際目的。

三、訪日行記中的多重隱喻

　　前已述及，《泰東日報》中國報人隨各類考察團赴日，均須向報社傳回類似遊記的「視察記」、「隨行記」、「漫寫」及「見聞錄」等，內容涉及日本政治、經濟、文化、軍事、地理、歷史、風土人情、自然風光、名勝古蹟等各個方面。此類遊記所具有的「互文性」和「親歷性」特徵製造出了一種權威

〔註74〕記者團自大阪至大連〔N〕，泰東日報，1935-04-23（1）。
〔註75〕滿洲國訪日記者團一行昨已歸連〔N〕，泰東日報，1935-04-23（9）。
〔註76〕本埠三漢文報設宴為記者團洗塵〔N〕，泰東日報，1935-04-23（9）。
〔註77〕三報社主辦之講演大會詳誌　聽眾踴躍多至三千多人　加映電影觀者逸興遄飛〔N〕，泰東日報，1935-04-28（11）。
〔註78〕奉天訪日記者講演會閉幕〔N〕，泰東日報，1935-04-30（11）。
〔註79〕畢殿元，從奉天到東京　滿洲國最初記者團訪友邦第一聲〔N〕，泰東日報，1935-04-09（2）。
〔註80〕畢殿元，滿洲國記者團在日所得印象〔N〕，泰東日報，1935-05-08（1）。

話語，從而在一定程度上影響了近代東北國人日本觀的形成與演變，成為日本殖民意識形態宣傳的有力工具。

（一）行記中變遷的日本觀

在本節考察的《泰東日報》中國報人三次訪日之行中，呂儀文訪日在 1924 年，李永蕃、畢殿元訪日則分別在 1934 年、1935 年，前後相隔達十多年之久。對於出身關東州的 3 位訪日報人來說，這十多年間，他們所處的「關東州」始終是日本租借地，但整個東北的政治格局卻發生了重大變化。

呂儀文訪日時，首代社長金子雪齋尚在世，報社中聚集著多位關內外愛國報人，中國東北地區也還在張氏父子統治之下；李永蕃、畢殿元訪日時，報社中的愛國報人早已星散殆盡，日據後出生的關東州本土報人是報社的核心力量，此時的東北也「改朝換代」，日本操縱成立的偽滿洲國已在這塊土地上出現。政局的變遷促使《泰東日報》中國報人的「日本觀」發生顯著變化，訪日行記則為觀察這種變化提供了不可多得的文本。由於呂儀文與李永蕃、畢殿元訪日間隔相對較長，這種變化在他們的遊記中也有了充分彰顯的餘裕。

呂儀文離開《泰東日報》後，曾任偽國務院秘書官〔註81〕、偽通化省省長、偽滿駐德國兼匈牙利特命全權公使等職。〔註82〕依此來看，他應是一位親日派的中國報人。但在 15 篇《赴日視察團消息》和 12 篇《赴日視察感想追錄》中，他對日本的評價相對中立，並無太多「諂媚」或刻意美化的成分。

對於日本的自然氣候，呂儀文認為其「因海國關係，空氣中濕份頗多，冷時嘗覺陰涼侵骨，膚肉不甚爽快」。〔註83〕至於都會街衢及鄉間道路，則「均極為狹隘，除相當之街市外，均不免泥濘不堪。此雖日本之土質使然，然而人工之努力亦仍有不足也」。〔註84〕

訪日期間，呂儀文深切感受到日本社會彌漫著濃厚的歐化之風。他在《赴日視察感想追錄》中描述道：

〔註81〕「JACAR（アジア歴史資料センター）Ref.B02130798300、現代中華民國滿州帝國人名鑑 東亜同文會調查部（情-22）（外務省外交史料館）」。
〔註82〕「JACAR（アジア歴史資料センター）Ref.B02130128500、執務報告 昭和十五年度東亜局第二課（東亜-19）（外務省外交史料館）」。
〔註83〕呂儀文，赴日視察感想之追錄〔N〕，泰東日報，1924-04-24（2）。
〔註84〕呂儀文，赴日視察感想之追錄（二）〔N〕，泰東日報，1924-04-25（2）。

現下日本之文明可謂純由西洋得來，然其間仍有一般盲從妄動、醉心於歐化者。只竭力仿傚皮毛，實際乃毫無所得。於衣服則尚洋服，於履物則尚高踵，甚則非碧其珠、金其髮不足以云維新，不足以云美麗。〔註85〕

對於當時日本青年男女熱衷於燙捲髮的風氣，他也不無譏誚地批評道：

近來日本一般醉心於歐化之青年男女竟用烙鐵加工，使頭髮屈曲如羊毛，謂非此不足以競勝於西人。東施效顰為世所笑，東人屈髮亦應為世界所非。此種不見識之盲從，筆難勝述。〔註86〕

呂儀文稱讚日本明治維新所確立的國家統制體系，但也指出，「近數年來，日本之各大政黨頗有跋扈之氣焰，常此以往則政府將有尾大不掉之勢……若弗從速根本改造其遺禍流毒，將不減□中國前清時之所謂滿洲王公大臣者」。〔註87〕

應該注意到，呂儀文訪日時，《泰東日報》中國報人群體總體上保持著比較強烈的「中國認同」（第三章第五節已詳述），呂儀文不能不受此感染。此時的《泰東日報》華人讀者也不大可能接受過分媚日的評價。此外，呂儀文訪日前一年，日本剛剛經歷慘烈的東京大地震，國力遭受重創，社會經濟也尚處於恢復階段。這些因素一定程度上影響了呂儀文對日本的觀感。因此，在呂儀文的行記中，對日本的評價褒貶參半：雖以風景明勝見稱於世界，但氣候土質並無特長；雖已全面歐化並取得諸多成果，但又頗多東施效顰、令人發笑之處；政治體制有其優越之處，但政黨跋扈囂張貽害無窮。

但在10多年後李永蕃、畢殿元的訪日行記中，日本形象發生了極大變化。此時，日本不僅僅是單純的「鄰邦」，而是被「熱情」地表述為「友邦」。通過連日刊登的行記，李永蕃、畢殿元以「親見」、「親歷」的方式，向東北國人展示了一個美麗、可親、可敬、可愛的「完美」日本。這個日本不僅與呂儀文記錄下的日本有所不同，也完全不同於當時乃至戰後深植於中國人情感記憶中的「侵略者」想像。

此後，李永蕃與畢殿元塑造的日本形象又被之後赴日的張洪運、趙恂九、

〔註85〕呂儀文，赴日視察感想之追錄（四）〔N〕，泰東日報，1924-04-27（2）。
〔註86〕呂儀文，赴日視察感想之追錄（五）〔N〕，泰東日報，1924-04-29（2）。（應為「六」，原報排印有誤。）
〔註87〕呂儀文，赴日視察感想之追錄（五）〔N〕，泰東日報，1924-04-29（2）。

劉士忱、侯立常、魏秉文、張仁術、張孟仁以基本相同的方式不斷「複寫」，亦即通過遊記的「互文性」寫作，不斷強化「東亞盟主」日本的「完美」形象，從而深刻影響了20世紀三四十年代東北國人日本觀的形成。

（二）互文性鑄成的「完美日本」

所謂遊記中的互文性寫作，是指文本中的「旅行」重疊現象，即後人在遊記中總是追隨前人的足跡，重寫前人的描述，後來者與前人的遊記構成一種相互闡釋的互文關係。〔註88〕由於基本相同的行程路線、較短的時間間隔（除了第一次與第二次之間）、後赴日報人對前行者的借鑒，以及報社或官方的「特定要求」，李永蕃、畢殿元及此後各中國報人的訪日行記互文性特徵極為明顯。基於這種互文性，「宗主國」日本「風景優美」、「國民責任心強」、「器物先進」等話語不斷被強化。

無論是李永蕃，還是畢殿元，都在遊記中對日本自然風光極盡溢美之詞。「秀水名山蔥蘢茶黎觀不盡沿途佳景，高聳雲際日雪相映如扇倒垂富士峰」〔註89〕、「琵琶湖勝景名實相副，山青水碧遊船往來引人入勝」〔註90〕、「行經名石海峽兩岸景物甚佳，可證所謂海上公園名非虛傳」〔註91〕、「廣樂園鳥囀花香為消遣佳境，翠香苑酒醇景佳美人更殷勤」〔註92〕……在李永蕃的遊記中，多用這些工整的對仗描寫眼中的日本風景。畢殿元則直接指出：

> 日本風景是世界有名的，因為日本到處是海，所以有山有水。
>
> 因為日本氣候較暖，而且是海洋氣候，所以草木簡直冬夏常青。……
>
> 因為氣候好，所以風景之美常存。日本風景好，一半是天然一半是
> 人工。奈良、嚴島兩處更好。〔註93〕

若對比10年前呂儀文所描寫的大約同一季節的日本「空氣中濕分頗多，冷時嘗覺陰涼侵骨，膚肉不甚爽快」〔註94〕的評價，不能不讓人感歎日本強化殖民統治後，東北國人文化產品生產中所折射出的被殖民屬性。

〔註88〕蘇明，「詩意」的幻滅：中國遊記與近代日本人中國觀之建立〔J〕，學術月刊，2016（8）：110。

〔註89〕李永蕃，本報視察團視察記（十六）〔N〕，泰東日報，1934-05-09（3）。

〔註90〕李永蕃，本報視察團視察記（四十）〔N〕，泰東日報，1934-06-06（3）。

〔註91〕李永蕃，本報視察團視察記（四十一）〔N〕，泰東日報，1934-06-07（3）。

〔註92〕李永蕃，本報視察團視察記（五十九）〔N〕，泰東日報，1934-06-29（3）。

〔註93〕畢殿元，日本之一般社會情況及感想〔N〕，泰東日報，1935-04-28（11）。

〔註94〕呂儀文，赴日視察感想之追錄〔N〕，泰東日報，1924-04-24（2）。

　　不僅自然風物，20世紀30年代日本發達的工商業也讓李永蕃和畢殿元「佩服」不已。李永蕃參加的視察團主要目的即是「宣示與現滿洲國實情極度隔絕之日本重輕工業、各種工廠施設之實況，以及此類出品商之貿易並其販售之狀況」，〔註95〕他的訪日行記記述的重點也在於此。在他連載94天、近20萬字的《日本商工視察記》中，圖文並茂地記述了當時日本工商業發展概況。從這些記錄中可看出，李永蕃已將日本視爲世界上工業最爲發達、最爲現代化的國家——現代化的日本完全佔據了他的敘述空間：他稱日本樂器製造株式會社生產的「口琴鋼琴風琴凌駕德國製造」〔註96〕；參觀王子製紙株式會社工場時，盛讚其「備設各種製紙最新式之機器，規模極其宏壯，生產力量頗大」〔註97〕；稱日清製粉株式會社鶴見工場「規模之大東洋第一，世界聞名」〔註98〕；昭和製絲襪株式會社的產品「精良價廉，絕非洋貨可比」〔註99〕；記述日本膠皮工業發展狀況時，他稱其「最近急激發達凌駕英美諸邦，一切有利條件足使稱霸世界」〔註100〕。

　　畢殿元的行記不似李永蕃用大量筆墨敘述日本工商業發展狀況，但兩者間的「互文性」特徵仍十分明顯。參觀王子製紙後，他寫道：「王子製紙工廠，所出的種類甚多，普通的印書的紙、印寫眞的紙、報紙，皆是該場所出……工人共有一萬五千餘人，資本一億八千萬元，機械一百廿四架，規模可謂宏大極矣！」〔註101〕在大阪每日新聞工場，他看到印製報紙「所使用的全是高速度輪轉機……機械力的偉大當然給我們無限驚訝……日本的各大新聞社什麼時候去看，什麼時候都有印刷的，這非常令我們羨慕」。〔註102〕

　　「互文性」鑄成的另一種日本形象是該國強盛的軍力。參觀完橫須賀海軍工廠，李永蕃感受到的是「規模宏壯」。在橫須賀海軍航空隊，他看到該處有「職員士官學生達一千六百名、海陸戰用各種飛機八十餘架」後，稱讚其

〔註95〕募集赴日視察商工團員〔N〕，泰東日報，1935-04-28（1）。

〔註96〕李永蕃，本報視察團視察記（十四）〔N〕，泰東日報，1934-05-06（3）。

〔註97〕李永蕃，本報視察團視察記（二十三）〔N〕，泰東日報，1934-05-17（3）。

〔註98〕李永蕃，本報視察團視察記（二十九）〔N〕，泰東日報，1934-05-24（3）。

〔註99〕李永蕃，本報視察團視察記（三十七）〔N〕，泰東日報，1934-06-02（3）。

〔註100〕李永蕃，本報視察團視察記（五十三）〔N〕，泰東日報，1934-06-22（3）。

〔註101〕畢殿元，記者團在大阪第三日　得參觀各大工廠〔N〕，泰東日報，1935-04-20（3）。

〔註102〕畢殿元，記者團在大阪第三日　得參觀各大工廠〔N〕，泰東日報，1935-04-20（3）。

「內容充實」。〔註103〕對於停泊於海灣中的曾參加日俄戰爭的紀念艦「三笠」，他稱其「有大功於東亞和平」〔註104〕；對於戰艦「伊勢」，則稱之為「海上城郭」〔註105〕。畢殿元參觀的則是廣島縣西南部的吳軍港。他們一行到達時，港內軍艦「都已開出去歡迎（溥儀）了」，於是被帶去參觀位於港內的海軍工廠。搞文藝的畢殿元雖然對此不甚感興趣，但還是「感歎人家設備的完善，機械力的偉大」。〔註106〕然而，無論李永蕃還是畢殿元，似乎都不曾在意這是日本在向殖民地子民炫耀武力。

不同行記文本共同呈現的還有「熱情誠懇」、「有責任心」、「和藹親切」的日本國民形象。至於「熱情誠懇」，在呂儀文1924年的行記中已經提及：「此次余等視察所接洽之日本人士，自上流社會之士紳，下至旅館之僕役，無不殷勤誠懇，令人易生好感。」〔註107〕李永蕃的行記專注於描述日本工商業狀況，對日本國民性未作過多描寫，只是在遊歷名古屋時，稱讚當地居民「簡樸耐勞，生產多而工資省」。〔註108〕畢殿元訪日時，則對日本國民性頗多關注，他覺得：

> 踏入了日本的國土，令你感覺處處是和氣的、親切的，日本人們的相處，都是很和氣的，待人親切的。尤其是對外國人，更是和藹親切。即便他們有不喜歡處，也不能立刻形之於色，給你一個難堪。〔註109〕

而日本人最大的「長處」，是「每一個都有責任心，絕不像不長進民族那樣馬馬虎虎，在日本，上自名人下至百姓，他們每一個人，都能將自己所做的職務毫不敷衍的負責去作。」〔註110〕在拜訪了日本首相岡田啓介、陸相林銑十郎等「不少的日本大官」後，這些人給他的印象是，「像他們國民一樣的使我佩服，就是為民之父母的，像國民一樣的向前努力，毫無倦容懶態，每日甚至廢寢忘食的為國努力，為國民的更能各盡其職。如此官民一齊的努力，

〔註103〕李永蕃，本報日本商工視察記（三十二）〔N〕，泰東日報，1934-05-27（3）。
〔註104〕李永蕃，本報日本商工視察記（三十四）〔N〕，泰東日報，1934-05-30（3）。
〔註105〕李永蕃，本報日本商工視察記（三十三）〔N〕，泰東日報，1934-05-28（3）。
〔註106〕畢殿元，記者團自大阪至大連 沿路遊瀨戶內海至吳〔N〕，泰東日報，1935-4-23（1）。
〔註107〕呂儀文，赴日視察感想之追錄（二）〔N〕，泰東日報，1924-04-25（2）。
〔註108〕李永蕃，本報視察團視察記（十二）〔N〕，泰東日報，1944-05-04（3）。
〔註109〕畢殿元，滿洲國記者團在日所得印象〔N〕，泰東日報，1935-05-08（1）。
〔註110〕畢殿元，滿洲國記者團在日所得印象〔N〕，泰東日報，1935-05-08（1）。

國安有不強之理」。〔註111〕

在此後《泰東日報》中國報人的日本行記中，上述日本及其國民的形象不斷被互文性地生產。在互文性與親歷性背後，是被遮蔽的殖民意識形態。在日偽的操縱下，《泰東日報》中國報人訪日行記的互文性和親歷性以「共謀」的形式建立了一套權威性的霸權話語，操縱著日本形象的生成，進而影響著東北國人日本觀的形成。正是借著眞實的名義，以互文的方式，使一個過度美化的日本形象暢通無阻地進入東北國人的社會集體想像，以強大的衝擊力影響著東北民眾對「友邦」日本的跨文化想像。

第四節 以社會新聞爲特色的本埠新聞採編活動

「九一八」事變後，日本壟斷了東北地區政治、經濟、文化等方面的全部新聞來源，〔註112〕這使得《泰東日報》中國報人的自由採訪空間被嚴重擠壓，他們所能深度開拓的主要爲本埠社會新聞資源。〔註113〕與此同時，進入 20 世紀 30 年代，工商業的發展使得大連市民對新聞信息的需求逐漸增多，加之報紙間對市場和新聞資源的爭奪以及讀者娛樂消閒等的需要，《泰東日報》本埠新聞採編逐漸強化。約從 1933 年 5 月起，除週一外，每日基本保持一個整版的報導規模。〔註114〕該報所做的一次讀者調查顯示，在所有類型的新聞報導中，大連「紳商各界並及附近智識名流」對本埠新聞最感興趣：

> 無論重要與否，俱皆異常關切……報紙入手，大都先閱本市新聞，欲知有無涉及本人，或有關親友之事，然後方及其他。蓋因身處其間，耳目有所不及，藉此以廣見聞。〔註115〕

〔註111〕畢殿元，滿洲國記者團在日所得印象〔N〕，泰東日報，1935-05-08（1）。

〔註112〕黑龍江日報社新聞志編輯室，東北新聞史〔M〕，哈爾濱：黑龍江人民出版社，2001：237。

〔註113〕社會新聞的定義今天業界與學界未有公認的統一說法，但大致內涵已有共識，即對於社會現象、社會風貌、社會生活、社會動態、社會事件、社會趨向、社會問題等方面的報導。考慮到近代大連新聞業發展水平及特殊的政治環境，本書將國際新聞、政治新聞、軍事新聞之外的新聞統統納入近代社會新聞的考量範圍。

〔註114〕本報啓事〔N〕，泰東日報，1933-05-03（1）。

〔註115〕周恨人，社會與新聞之進步，泰東日報，1934-09-01（16）。

　　對於《泰東日報》中國報人來說，在本埠新聞採編中，一般不必對民族歸屬問題直接表態，也不必刻意展示與「宗主國」日本的「親和性」，可以在兩者的衝突中獲得某種短暫平衡。

一、中國報人本埠社會新聞採編活動概述

　　此時期，《泰東日報》編輯局分內勤與外勤，「內勤在屋裏編輯，極少和外間接觸，外勤記者則在外面採稿」。〔註116〕對於本埠新聞版而言，老報人周靜庵是負責新聞稿件後期處理和版面編排的「內勤」，張興五爲首的多位中國報人則爲「外勤」。雖然編輯局長爲日人橋川浚，但從周靜庵的相關敘述來看，橋川浚至少對本埠新聞版的採編干預相對較小。另從本章第一節列出的編輯局人員構成情況看，從事本埠新聞採訪的外勤記者基本上全部爲中國報人。〔註117〕

　　《泰東日報》本埠新聞版的編排「以能令讀者歡迎爲唯一之目的」，〔註118〕而爲廣搜大連訪稿、滿足讀者新聞信息需求並在與同城的《滿洲報》、《關東報》競爭中勝出，《泰東日報》從事本埠新聞採訪的「專任之外勤記者，較諸同時各報，人員算是最多，特是人多，則材料供給□當然豐富」。〔註119〕由於新聞類稿件均不署名，考察特定報人的本埠新聞採訪活動存在較大難度，但通過《泰東日報》本社相關報導和戰後個別報社同人零星回憶，可知本章所考察時期的主要外勤記者爲張興五，他與他的幾位同人在大連紳商及普通市民群體中間有著廣泛的社會資源，「經常接觸敵僞警察、機關和大商人，一般商人不敢得罪他」。〔註120〕

　　除張興五等具有豐富社會新聞採訪經驗的男性記者外，爲開拓本埠新聞資源，呈現殖民都市中「有力紳商」們的家庭生活，1931年7、8月間，《泰東日報》曾一度嘗試啓用女性記者：

〔註116〕劉淳，我和《泰東日報》〔M〕／／大連日報社，大連報史資料，大連，1989：
　　　　186：312。

〔註117〕因此，除特殊說明，一般談及《泰東日報》記者皆指中國記者。

〔註118〕周恨人，社會與新聞之進步〔N〕，泰東日報，1934-09-01（16）。

〔註119〕周恨人，社會與新聞之進步〔N〕，泰東日報，1934-09-01（16）。

〔註120〕劉淳，我和《泰東日報》〔M〕／／大連日報社，大連報史資料，大連，1989：
　　　　312。

　　本報今之聘用女記者，乃專為謀與諸君家庭之聯絡。或有以本
報此舉，以中國一般知識程度言，似嫌為期尚早……聘用女記者，
使當聯絡之任，亟希諸君，幸勿疑慮，予以拒否，是為至禱……本
報所聘之女記者，今後當歷訪諸君之家庭，或向令正夫人，或向令
男女公子，為種種質問，以聆其意見，務望對其質問，率直自述所
懷，俾本報得作參考。〔註121〕

　　1931 年 7 月 28 日至 8 月 14 日間，這些女性記者所採寫的《家庭訪問記》
陸續在《泰東日報》本埠新聞版刊登，以女性特有的細膩筆觸記錄了 10 個大
連本地家庭的日常家居生活。〔註122〕

　　現代、摩登、多元文化交錯的都市文化，以及市民階層好奇性、趣聞性
和貼近現實生活的閱讀需要，加之從事外勤採訪可獲得某些「額外收益」，也
激發了《泰東日報》中國報人發現和深挖本埠新聞資源的熱情。無論是年富
力強的男記者、還是所謂「開中國報界之先河」的幾位女記者，他們作為殖
民都市的精神漫遊者和畸態社會的直接體驗者，將大連都市生活的各個層面
呈現給了「愛讀者諸君」，為後世大連城市史和社會史研究留下了寶貴的歷史
資料。

　　為能較精確地考察中國報人大連本埠新聞採編活動所關涉的新聞議
題，本次研究對 1931～1937 年間的《泰東日報》本埠新聞版進行了結構週
抽樣〔註123〕，即按照每年隨機抽取兩個結構週的抽樣方法，最終抽取本埠
新聞版面 98 個，新聞樣本 1186 篇。

〔註121〕本報欲向婦女界進出　特聘品學兼優之女記者訪問各家庭以互相聯絡〔N〕，
　　　　泰東日報，1931-07-28（7）。
〔註122〕遺憾的是，這十篇訪問記均未署名，致使目前很難考證這些被《泰東日報》
　　　　稱為「開中國報界先例」的女記者的具體情況。
〔註123〕Daniel Riffe 等學者在 *Analyzing Media Mess Ages：Using Quantitative Content
　　　　Analysis in Research* 一書中認為，採用結構週抽樣考慮到兩個結構週的內容
　　　　足以代表時間跨度比較大的全年內容；任學賓在《信息傳播中內容分析的三
　　　　種抽樣方法》一文中認為，一年抽取兩個結構週的樣本便能可靠地反映總體。
　　　　由於 1933 年 7～12 月間的報紙缺失，故 1933 年的兩個結構週只能從上半年
　　　　中選定。

《泰東日報》大連本埠新聞版樣本日期分布（每年兩個結構週抽樣）

年份	星期日	星期一	星期二	星期三	星期四	星期五	星期六
1931 年	1 月 18 日	9 月 14 日	12 月 15 日	8 月 5 日	6 月 11 日	11 月 27 日	5 月 30 日
	7 月 5 日	5 月 4 日	3 月 10 日	2 月 11 日	10 月 15 日	4 月 3 日	8 月 15 日
1932 年	2 月 28 日	11 月 21 日	1 月 12 日	10 月 19 日	8 月 25 日	4 月 22 日	5 月 21 日
	9 月 11 日	4 月 4 日	3 月 22 日	7 月 13 日	3 月 10 日	12 月 2 日	6 月 11 日
1933 年	6 月 11 日	5 月 1 日	2 月 7 日	3 月 14 日	4 月 27 日	3 月 31 日	5 月 13 日
	4 月 9 日	1 月 30 日	6 月 20 日	5 月 31 日	2 月 16 日	6 月 30 日	1 月 21 日
1934 年	11 月 11 日	2 月 19 日	10 月 16 日	1 月 17 日	12 月 27 日	5 月 4 日	7 月 14 日
	2 月 25 日	8 月 27 日	6 月 5 日	11 月 21 日	3 月 22 日	9 月 14 日	4 月 28 日
1935 年	8 月 18 日	10 月 14 日	1 月 15 日	12 月 11 日	4 月 11 日	9 月 27 日	3 月 30 日
	3 月 3 日	5 月 13 日	7 月 30 日	5 月 8 日	10 月 24 日	6 月 28 日	12 月 21 日
1936 年	2 月 16 日	11 月 9 日	4 月 21 日	9 月 2 日	5 月 21 日	8 月 7 日	3 月 28 日
	6 月 7 日	3 月 16 日	7 月 28 日	1 月 15 日	12 月 17 日	4 月 10 日	10 月 3 日
1937 年	9 月 12 日	11 月 1 日	5 月 18 日	10 月 6 日	3 月 4 日	8 月 6 日	10 月 23 日
	3 月 21 日	2 月 8 日	12 月 7 日	4 月 28 日	8 月 26 日	1 月 22 日	6 月 12 日

新聞樣本年份分布

1931 年	1932 年	1933 年	1934 年	1935 年	1936 年	1937 年
122 篇	147 篇	118 篇	180 篇	199 篇	217 篇	203 篇

新聞話題分布（排位前 15 的話題）

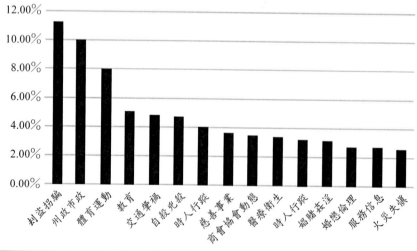

刮盜拐騙	州政市政	體育運動	教育	交通肇禍	自殺兇殺	時人行蹤	慈善事業	商會協會動態	醫療衛生	娼賭姦淫	婚戀倫理	服務信息	文化娛樂	火災失慎
11.47%	10.12%	8.01%	8.01%	4.80%	4.72%	3.96%	3.63%	3.46%	3.37%	3.20%	3.12%	2.78%	2.61%	2.61%

　　從上述抽樣統計可看出，《泰東日報》中國報人的本埠新聞採編活動涉及大連社會生活的各個領域，從州政、市政方面的要聞到市民的家長里短，無不涉及，甚至「騎車失愼幾埋溝中」〔註124〕、「幼女迷路」〔註125〕、「狼犬咬人」〔註126〕等里巷瑣聞也屬於其報導範圍。若依報導頻度高低排列，內容類型依次爲：刮盜拐騙、州政市政、體育運動、教育、交通肇禍、自殺兇殺、時人行蹤、慈善事業、商會協會動態、醫療衛生、娼賭姦淫、婚戀倫理、服務信息、文化娛樂、火災失愼、人事消息、細故爭訟與市場動態等。

　　除將視角延伸至殖民都市社會生活的各個角落以外，《泰東日報》中國報人常就本埠市民所關注的「熱點話題」或較複雜的社會事件進行深挖，連續報導、跟蹤報導則是他們經常使用的手段。如對1935年「滿城風雨引爲奇談」的「春日池桃色悲劇」，《泰東日報》中國報人即進行連續跟蹤報導。該事件發生於是年6月18日，大體情形是「大連水上警察署高等係署員（薛吉慶）與日本妓女（荒川雪子）戀愛熱情，因不能遂其偕老之願……相偕至市之密境南山春日池裏山密茂松樹下，以官用之手槍雙雙情死。」〔註127〕事發當日，《泰東日報》記者便前往新聞現場採訪，先是從目擊者「社會館旅客加藤一」那裡瞭解事件發生的具體情形，隨後從「逢阪町〔註128〕派出所」瞭解到當事人的具體身份及尋死緣由，進而寫就主稿《薛巡捕戀愛日妓　違所願雙雙情死》〔註129〕及副稿《欲納日妓作妾　乃親作梗難諧》〔註130〕，刊於次日本埠新聞版。19日，記者利用赴死者葬儀的機會，瞭解到更多細節，一連寫成《春日池桃色悲劇死者已舉葬儀　癡情男子埋恨地下矣》〔註131〕、《薛之情死殆緣妓女引誘　前曾一度情死被妓阻止》〔註132〕、《薛巡捕與日妓戀愛的過程》〔註133〕三稿，深度呈現了薛巡捕情死的前因後果。22日，《泰東日報》又刊登死者父

〔註124〕騎車失愼　幾埋溝中〔N〕，泰東日報，1937-05-18（11）。
〔註125〕幼女迷路〔N〕，泰東日報，1934-06-05（11）。
〔註126〕狼犬咬人〔N〕，泰東日報，1934-11-21（11）。
〔註127〕春日池畔桃色悲劇〔N〕，泰東日報，1935-06-19（11）。
〔註128〕今大連市中山區武昌街附近。
〔註129〕薛巡捕戀愛日妓　違所願雙雙情死〔N〕，泰東日報，1935-06-19（11）。
〔註130〕欲納日妓作妾　乃親作梗難諧〔N〕，泰東日報，1935-06-19（11）。
〔註131〕春日池桃色悲劇死者已舉葬儀　癡情男子埋恨底下矣〔N〕，泰東日報，1935-06-20（11）。
〔註132〕薛之情死殆緣妓女引誘　前曾一度情死被妓阻止〔N〕，泰東日報，1935-06-20（11）。
〔註133〕薛巡捕與日妓戀愛的過程〔N〕，泰東日報，1935-06-20（11）。

親來函，講述薛巡捕死後「魂附妻體，歷述死之前後」的怪誕故事，並感謝記者對此事所進行的報導：「貴報大主筆先生鈞鑒：敬啓者，鄙薛岱祥犬子薛吉慶，於本月十八日自殺後等等事情，得蒙貴報詳載，故連市各界未有不知其情死之冤屈也。」〔註134〕通過連續、深度報導，《泰東日報》中國報人生動呈現了這一轟動一時的都市「桃色悲劇」。

　　和較難考證所有外勤記者詳細名姓及其具體採寫活動不同，1931～1937年間，《泰東日報》「主輯大連社會新聞」的「內勤記者」為周靜庵，又名周恨人，生卒年不詳。這位老報人至遲從1933年已開始主編大連本埠新聞，〔註135〕同時兼編副刊《藝苑》，日本戰敗後曾一度參與大連市人民政府機關報《新生時報》，仍主編本市新聞。〔註136〕對於「社會版所經鎔鑄之每日過程」，周靜庵描述道：

> 每日所得本埠新聞稿件，有關於移風易俗之當地要訊，亦有五光十色之塵市瑣聞，一一編排，加為整理，旨趣銜接，統系分明。〔註137〕

他也曾慨歎「耕硯生涯」的充實與忙碌：

> 終朝伏案，薪勞粟碌，惟日不遑……逐日被紛如雪片之稿件包圍，兼收並蓄，臨時集中，整理排比，隨時發出。迨及開付即畢，一日之工作方告完成，一日之光陰已成過去。日日如是，陳陳相因，俄而星期，俄而滿月，光景恍如昨日，歲華又是一年。〔註138〕

除編輯稿件之外，周靜庵還時常撰寫「社會鏡」、「編輯餘墨」等小言論，針對自己所編稿件點評上三言兩語。

二、「大連摩登」：中國報人記錄下的殖民都會圖景

　　作為生活在殖民都市、受雇於日人報紙的文士，《泰東日報》中國報人長期浸染於民間生活，對殖民地社會存在的諸多陳規陋習也體會深切。因而在

〔註134〕薛巡捕魂附妻體 歷述死之前後 真歟僞歟 故誌薛父來函〔N〕，泰東日報，1935-06-22（11）。
〔註135〕在1933年6月3日本埠新聞版的「編餘漫話」已署名「恨人」。
〔註136〕洛鵬，難忘的十八個半月——《新生時報》從創刊到終刊的戰鬥歷程〔J〕，大連黨史通訊，1989（6）：19～26。
〔註137〕周恨人，社會與新聞之進步〔N〕，泰東日報，1934-09-01（16）。
〔註138〕恨人，編餘回顧瑣記〔N〕，泰東日報，1934-01-01（7）。

採寫、編輯社會新聞時，諳熟市民的閱讀心理和興趣愛好，大量採編具有傳奇性、通俗性和趣味性的市井逸聞。

已如前文結構週抽樣統計結果所顯示，《泰東日報》本埠新聞採訪活動涉及大連社會生活的各個領域。在其報導選題中，「刮盜拐騙」以 11.47% 的比率超過「州政市政」方面的新聞（10.12%），成為《泰東日報》報導最多的領域。若再加上「交通肇禍」（4.80%）、「自殺兇殺」（4.72%）、「娼賭姦淫」（3.20%）、「婚戀亂倫」（3.12%）、「火災失慎」（2.61%）、「細故爭訟」（2.28%）、「奇聞異事」（1.51%）、「毒品賭博」（0.92%）、「意外傷亡」（0.92%）、「密輸漏稅」（0.59%）、「打鬧鬥毆」（0.51%）以及其他較難歸類的負面社會新聞，總量占 1186 篇新聞樣本的四成以上。對於「黃色新聞」氾濫的情況，編輯周靜庵也表示無奈：「凡此篇幅充滿，觀之意興索然，亦欲點綴鋪張，其無奈斯資料」。〔註 139〕

然而，《泰東日報》中國報人當年所採寫的大大小小各類稿件，也讓後世可從瑣細之處推想 1931～1937 年間大連都市社會生活的大致圖景：一方面，這座城市在日人的經營下畸態發展，呈現出高度的殖民現代性；另一方面，社會風氣污濁不堪，民生凋敝，煙、賭、娼充斥市面，下層社會特別是華人社會民生艱難。

20 世紀 30 年代，大連經過日本殖民者三十多年的謀劃和管理，從一個海港漁村逐漸發展成一個帶有濃烈殖民色彩的國際化都市。這裡工商業發達，人們的娛樂生活豐富多彩，電影院、劇場、咖啡館、舞廳、跑馬場、夜總會、購物街、保齡球館、棒球場等娛樂體育場所遍布整個城市，鋪排了一道道現代生活圖景。供職於《泰東日報》的中國報人——這群置身於日本殖民體系中的「土著」和「他者」，通過新聞生產活動展示著這個摩登城市對人們的吸引力。1933 年 4 月的一篇本埠新聞中，講述了一位咖啡館女招待「醉心於都市生活」而不能自拔的故事，她從老闆那裡騙款潛逃後，在火車中被警署逮捕。對於為何喜歡生活於大連，她自稱是被大連的摩登生活所吸引，認為「大連竟如天堂」。〔註 140〕這裡還有「『時』的紀念日」〔註 141〕、「歲末同情週」

〔註 139〕恨人，編餘回顧瑣記〔N〕，泰東日報，1934-01-01（7）。
〔註 140〕咖啡館女招待醉心都市生活 自言大連竟如天堂〔N〕，泰東日報，1933-04-08早（3）。
〔註 141〕「時」紀念日誌盛〔N〕，泰東日報，1931-06-11（7）。

〔註142〕及各類「招魂祭」〔註143〕等日式的活動定期舉行，讓人感受到彼時大連強烈的殖民地特徵。

當時，作爲現代化交通工具的汽車是城市摩登程度的重要表徵。在《泰東日報》中國報人的本埠新聞選題中，與這一現代表徵相關的「交通肇禍」類新聞佔據著相當大的比例。在 1936 年 7 月一篇題爲《連市汽車統計》的報導中，記錄了當時大連市內載客汽車多達 1600 輛，平均 214 人一輛，「較諸日本各大商埠，皆凌駕其上」。〔註144〕隨著城市街道上汽車數量的增加，交通事故頻繁發生，市民也將汽車戲稱爲「市虎」，《市虎傷人》〔註145〕、《市虎又肇禍 疾駛不慎撞馬車御者》〔註146〕、《汽車軋幼女》〔註147〕、《汽車疾駛肇禍 撞傷學生》〔註148〕、《汽車電車衝突》〔註149〕、《汽車撞倒行人 腿骨被壓斷》〔註150〕之類的新聞也因此成爲《泰東日報》本埠新聞最爲常見的新聞類型之一。

在中國近代殖民城市中，恐怕沒有任何一個城市像大連這樣擁有著豐富多彩的體育活動。這裡擁有當時一流的體育設施，包括田徑場、足球場、籃球場、棒球場、賽馬場，幾乎每天都有足球、棒球、籃球等體育活動進行。《泰東日報》不僅設有專門的《體育週刊》〔註151〕，而且擁有自己的足球隊、籃球隊。20 世紀 30 年代中期，《泰東日報》最紅的記者畢殿元即是一個體育愛好者，最爲活躍的外勤部長張興五則是個很好的短跑選手。繁榮的都市體育文化也自然被納入《泰東日報》中國報人的關注範圍，除每週出版的《體育週刊》外，本埠新聞版幾乎每天都登有體育新聞，從大型體育活動報導，到各類簡短的「球訊」、「賽果」，無所不包。在本書所統計的 98 個本埠新聞版上，體育新聞多達 95 條，幾近於每天一篇，從另一側面展示了市民業餘生活情形。

〔註142〕歲末同情週如期截止〔N〕，泰東日報，1935-12-21（11）。

〔註143〕納骨祠定期舉行招魂祭〔N〕，泰東日報，1934-05-04（9）。

〔註144〕連市汽車統計〔N〕，泰東日報，1936-07-28（11）。

〔註145〕市虎傷人〔N〕，泰東日報，1932-10-19（7）。

〔註146〕市虎又肇禍 疾駛不慎撞馬車御者〔N〕，泰東日報，1935-10-24（11）。

〔註147〕汽車軋幼女〔N〕，泰東日報，1937-12-07（11）。

〔註148〕汽車疾駛肇禍 撞傷學生〔N〕，泰東日報，1937-11-01（11）。

〔註149〕電車汽車衝突〔N〕，泰東日報，1935-07-30（11）。

〔註150〕汽車撞倒行人 腿骨被壓斷〔N〕，泰東日報，1932-01-12（7）。

〔註151〕初爲《體育雙週》，1933 年 2 月 20 日起改出《體育週刊》。

在都市繁榮的表象之下，社會風氣污濁不堪，華人生計艱難。統計中，「刮盜拐騙」類新聞是《泰東日報》本埠新聞版面報導最多的內容（11.47%）。1934年，大連「人口激增兩萬餘，其中良莠多有不齊，致罪犯案件亦隨之增加。據大連警察署調查，於七月中一個月間，該署管內發生之行政違法事件，曾達至一千三百七十一名之驚人多數。」〔註152〕

「毒不邀人人自往，娼不迷人人自迷」。〔註153〕除頻發的社會治安問題，氾濫的毒品和色情也是大連城市的典型特徵：

> 本市商賈雲集，人煙稠密，而獨身生活者，約占泰半。故爲應彼等之要求起見，乘此之際，西崗子方面開設之勾欄院，比比皆是。〔註154〕

在一篇題爲《鴉片館中野雞薈萃 穢聞豔事流行》的新聞中，殖民都市生活的荒淫與污濁被展現地淋漓盡致：

> 歐風東漸，人心不古……近來市內各鴉片所內，三五成群，四六成黨之串店野雞，其年齡登瀛者、花信者、徐娘半老者，等等不一，服袋妖冶，塗脂抹粉，引誘一般青年魂飛魄動，每多終日流連於煙館之中，藉於煙館串店之野雞調情，噴雪吐霧，倚紅□零，自樂其樂，豔事流傳。〔註155〕

日據時期，有大批來自河北、山東等地農民湧入大連，在碼頭、紗廠等處充當勞工。他們聚集於市內三不管地帶的貧民窟，如「市內東寺兒溝地方，地臨山谷，草舍板屋鱗次櫛比，其間住戶多係鳩首鵠面、衣服藍襤褸者」。〔註156〕在《經濟壓迫 勞工自殺》〔註157〕、《勞工與人口角 忿極仰毒自殺》〔註158〕、《勞工由高處墜落 失足成恨》〔註159〕、《勞工歸籍度歲 血汗積蓄被騙》〔註160〕、《一失足成千古恨 勞工慘遭跌斃》〔註161〕等

〔註152〕連埠近來人口激增 犯罪案件隨之增多〔N〕，泰東日報，1934-08-25（9）。

〔註153〕恨人，編餘回顧瑣記（續）〔N〕，泰東日報，1934-01-03（3）。

〔註154〕生活艱難賣春者日多〔N〕，泰東日報，1934-08-24（9）。

〔註155〕鴉片館中野雞薈萃 穢聞豔事流行〔N〕，泰東日報，1934-04-19（9）。

〔註156〕經濟壓迫下貧民投繯自縊 遺有妻子境況淒涼〔N〕，泰東日報，1935-06-20（11）。

〔註157〕經濟壓迫 勞工自殺〔N〕，泰東日報，1936-08-07（11）。

〔註158〕勞工與人口角 忿極仰毒自殺〔N〕，泰東日報，1934-09-14（11）。

〔註159〕勞工由高處墜落 失足成恨〔N〕，泰東日報，1934-11-11（9）。

〔註160〕勞工歸籍度歲 血汗積蓄被騙〔N〕，泰東日報，1935-01-15（9）。

〔註161〕一失足成千古恨 勞工慘遭跌斃〔N〕，泰東日報，1935-01-15（9）。

報導中，《泰東日報》中國報人流露出對貧苦同胞們的悲憫之情。如《經濟壓迫下貧民投繯自縊 遺有妻子境況淒涼》一文記錄了一位 55 歲的山東籍勞工因「賦閒多日，糊口無處，不得已夫婦沿戶托缽乞討……實覺已無生趣，乃乘其妻偕子在外乞討之際，懸樑自盡，待至被人發現，早已命歸陰府」。〔註162〕在另外一篇令人哀歎的稿件中，《泰東日報》中國報人講述了寺兒溝福昌會社 32 歲勞工張耀遠，因妻子產後染疾、無力延醫診治感到前途黑暗，深感絕望的張耀遠「以家中所用長約八寸許之菜刀，照定其妻宋氏斫去，正中宋氏額下……乃夫張某以爲傷勢甚重，必死無疑，當即急出，至距其居處有深約七十五尺之水井內，投井自殺」。對於這幕同因生存無望而弑妻自殺悲劇，完成此次採訪的中國報人深表同情：

> 市面蕭條，經濟恐慌，失業者日巨，強者挺身走險，爲匪爲盜，弱者懦者在此經濟壓迫之下，乃屢有悲劇之發生，誠有令人不堪寓目而爲之一揮同情淚者。〔註163〕

三、從社會新聞採編管窺中國報人職業素養

在本埠社會新聞採編活動中，《泰東日報》中國報人表現出良好的新聞敏感性和文字駕馭能力。採訪與寫作迅捷、靈動，一些新聞稿件寫得饒有趣味，寫作風格、語言文字、表現手法等明顯帶有中國傳統文學表現手法的痕跡。但總體而言，能夠保證稿件眞實性，甚少向壁虛構的情況發生，亦即周靜庵所說的不能「以無爲有」而犧牲新聞眞實性。〔註164〕一些較大型的報導如《庄淑玉主演「彩鳳離鴉」喜劇 慰親心勉強結褵同床異夢》〔註165〕、《汽車乘客豹變 途中劫司機》〔註166〕、《飯館被歹人覬覦 強搶未遂竟殺人》〔註167〕等新聞中，記者均能接觸多個信息源，對新聞事實進行反覆核證。典型的如《愈

〔註162〕經濟壓迫下貧民投繯自縊 遺有妻子境況淒涼〔N〕，泰東日報，1935-06-20（11）。
〔註163〕貧民窟中一幕悲劇：經濟壓迫下 壯漢殺妻自殺〔N〕，泰東日報，1936-06-20（11）。
〔註164〕周恨人，社會與新聞之進步〔N〕。泰東日報，1934-09-01（16）。
〔註165〕一度轟動連濱滬兩江隊健將庄淑玉主演「彩鳳離鴉」喜劇〔N〕，泰東日報，1931-07-05（7）。
〔註166〕汽車乘客豹變 途中劫司機 持槍劫現款潛逃〔N〕，泰東日報，1935-04-11（11）。
〔註167〕飯館被歹人覬覦 強搶未遂竟殺人 一匪持刃連傷三人潛逃〔N〕，泰東日報，1936-03-28（11）。

演愈奇之咄咄怪事！行人如蟻之街衢 白晝發生搶劫》一文，中國報人於案發當日即對受害人義聚合錢莊櫃夥王清泉、犯人安立功、捕獲犯人的大連警署巡捕楊立有進行面訪，瞭解事實經過。爲獲取更多細節，「記者與該案發生之當時，特走訪義聚合錢莊，訊問經過，去時該號總經理王少臣，因至田邊病院看護爲公負傷者之櫃夥王清泉，當由王經理王化良接見」〔註168〕後者向《泰東日報》中國報人詳細講述了傷者王清泉的爲人、品性及生活細節，不僅使稿件的事實更爲清楚，也使得事件更加眞實可信。

　　至於新聞編輯業務，「主輯本埠新聞」的周靜庵已經具備相當高的業務水準。林語堂曾就同一時期中國報紙的排版、編輯情況做過考察，選取的樣本是當時中國最爲知名的三份報紙——《大公報》、《申報》和《新聞報》。他認爲，「《大公報》無疑是今日中國中文報紙中編輯得最好、最進步的報紙；而《申報》、《新聞報》則是因循守舊、既大且老的報紙之代表，有同屬編輯最差的報紙之列」。〔註169〕他以 1936 年 5 月 30 日《大公報》和《申報》的版面爲例佐證上述判斷。爲考察周靜庵的編輯水準，本書取同日的《泰東日報》、《大公報》、《申報》三報的本埠新聞版進行對比。

1936 年 5 月 30 日《大公報》、《泰東日報》和《申報》本市新聞版版式對比

　　　《大公報》　　　　　　　《泰東日報》　　　　　　　《申報》

〔註168〕愈演愈奇之咄咄怪事！行人如蟻之街衢 白晝發生搶劫〔N〕，泰東日報，
　　　　1935-07-06〔11〕。
〔註169〕林語堂，中國新聞輿論史〔M〕，上海：上海人民出版社，2008：134。

　　從版式設計而言，《大公報》版面布局合理，緊湊而不失活潑。較之於《大公報》，當天《泰東日報》本埠新聞版除了未配置新聞類圖片而在視覺衝擊性方面略顯不足外，無論稿件的綜合配置、標題的製作、稿件的可讀性等方面均不遜於《大公報》。相比於《大公報》和《泰東日報》，《申報》的本埠新聞版無論是版面設計還是內容編排，都顯得比較粗糙，無怪乎林語堂稱當天《申報》的編輯「可用拙劣來形容」。〔註170〕經此對比，已可大致看出，無論從版式設計、標題製作，甚至具體訪稿的寫作水準，雖寄人籬下、籍籍無名，但周靜庵、張興五等人並不遜於當時中國最為著名的兩家報紙的報人，在個別之處，甚至有所超越。

　　與此同時，此時的《泰東日報》中國報人已開始思考新聞與社會進步之間關係的命題。周靜庵在《新聞與社會之進步》一文中指出，在社會智識進步的趨勢下，新聞亦應乘時進展且裨益社會。〔註171〕他十分強調新聞記者的個人素質，認為優秀的記者既要有良好的業務能力，亦應有良好的品性，要做「學粹行修之士」。一些新聞記者之所以不被人們尊重，主要是不能做到敦品勵學、謹飭自重，因此為人所輕。他提出，要捍衛和珍惜新聞記者的榮譽，做到「正氣無虧」。他並將古人所言的「豈能盡如人意，但求無愧我心」書為座右銘，期以自勉。〔註172〕

　　也恰是遵循「正氣無虧」的新聞倫理觀，《泰東日報》本埠新聞報導雖然充斥大量刮盜拐騙、娼賭姦淫、自殺兇殺、婚戀倫理等「黃色新聞」內容，但大多尊重華人文化心理，與嚴肅性新聞合理穿插，使版面以懲惡揚善為主題，大力褒揚城市中的孝行忠義，懲治貪婪小人的不良行徑，對華人社會風習的轉變具有一定的教化規勸作用。如《嗎啡館何多》一文除報導「連市今春所發現之因嗎啡重度致死屍體遽形增多」外，還諄諄告誡讀者「嗎啡為害，甚於一切……滿日人民中毒而死，為數已達五百餘名。死無完屍，葬身無地，狗□不如，可憐亦可恨也。」〔註173〕

　　然而，由於日本殖民治下大連污濁的社會風氣，當時《泰東日報》很「吃得開」的中國報人——外勤部長張興五等人在從事新聞採訪活動時，為經濟利益所誘、所困，時常將新聞倫理置之於腦後：

〔註170〕林語堂，中國新聞輿論史〔M〕，上海：上海人民出版社，2008：134。
〔註171〕周恨人，社會與新聞之進步〔N〕，泰東日報，1934-09-01（16）。
〔註172〕恨人，編餘回顧瑣記〔N〕，泰東日報，1934-01-01（7）。
〔註173〕嗎啡館何多〔N〕，泰東日報，1934-07-28（9）。

　　張興五在外面的風聲很不好，一般商人，時有怨言，至於做過
什麼勾當，雖不得而知，但只要看他們既開買賣又買房地，就可以
揣想他們的錢不是正道來的。〔註174〕

　　此外，為刻意迎合讀者，個別稿件的獵奇、低俗化傾向明顯。這些中國
報人熱衷於盜劫姦殺、里巷瑣談等類新聞題材，作深入挖掘及繪聲繪色的描
述。如對於當時大連「轟傳遐邇之強姦少女意圖霸佔行兇未遂案」，《泰東日
報》記者認為茲事體大，想為讀者所樂聞，便「由各方詳細探尋四年前強姦
案發生之經過，及該事暴露後被控制男主角日人岩永，女主角湯鎖子，並其
未婚夫劉某近來三角糾紛情形」。〔註175〕

　　此一時期，雖然《泰東日報》中國報人在純新聞業務層面具備較高水準，
但迫於殖民壓力，他們對於日本人畏避，對大連日人社會的污濁、日人對國
人的傲慢與侵凌等視而不見，這是殖民語境下中國報人基於生存策略的無奈
選擇，也體現出他們把接受日本殖民統治作為享有安定生活的代價。1937 年
中日全面戰爭爆發，《泰東日報》本埠新聞版漸漸改變原有形態，開始充滿政
治色彩和戰爭動員，中國報人藉此處暫避或「苟安」也已不可能了。

第五節　在副刊繁盛期：畢殿元與他主編的五種副刊

　　本章討論的時段（1931～1937）是《泰東日報》各類副刊最為繁盛的時期。
該報歷史上先後出版的 30 餘種副刊中，有半數以上創刊於此時期。〔註176〕而
這一時期出版的各類副刊中，至少有 5 種由本章第三節提及的「扈從」溥儀
訪日記者畢殿元創刊或參與創刊，並由其長期主持編輯工作。

一、從《兒童》入社

　　1931 年，畢殿元參與創辦了《泰東日報》歷史上首個以少年兒童為讀者
對象的副刊——《兒童》（週刊），並長期擔任該副刊的組稿和編輯工作。3月

〔註174〕劉淳，我和《泰東日報》〔M〕／／大連日報社，大連報史資料，大連，1989：
　　　　312。

〔註175〕強姦謀霸妬情行兇未遂案如此草草閉幕〔N〕，泰東日報，1935-03-31（11）。

〔註176〕由於報紙間斷性的缺失，《泰東日報》歷史上出版的各類副刊總數應不止「30
　　　　餘種」（含前後並無關聯但名稱相同的副刊），「30 餘種」僅為筆者的統計數
　　　　字，特此說明。

19 日《兒童》創刊時，畢殿元尚未入職《泰東日報》。在此之前的 3 月 16 日，一名《泰東日報》編輯留言給畢殿元：

關於兒童週刊，蒙君悉心指導，感甚！編者除虔心接受教言外，並望格外幫忙。〔註 177〕

《兒童》創刊期間，恰逢畢殿元母親辭世不久，作為長子且剛剛年滿 20 歲的他，要主持料理後事。在「書也無心讀，字也無心寫」的心境下，〔註 178〕他仍為《兒童》創刊號寫來兩篇文章〔註 179〕，一是《介紹兩本書給小朋友》（其中一本為意大利作家亞米契斯著、夏丏尊翻譯，開明書店出版的《愛的教育》）〔註 180〕，二是《給小朋友的一封信》〔註 181〕。其中，《給小朋友的一封信》表達了作者對《兒童》出版的深深期許，希望小朋友們「要和《兒童》作一個親密的朋友」。信中，畢殿元回憶了自己苦難的童年時光及給《泰東日報》等刊物投稿的經歷，是一篇考證畢殿元生平的珍貴文獻，茲全文照錄如下：

親愛的小朋友：

今天你們得了這張新出的《兒童》，你們喜歡得一定眼淚都要流出來了！我想你們決定能捧著這張寶貝般的讀物，跑到你底爸爸或媽媽底膝下，依著他們的腿笑眯眯地讀著。讀到有趣的地方，你樂了跳到你爸爸或媽媽底懷裏，你爸爸或媽媽一定吻著你的髮，或者要說一句：「有趣麼？」你必說：「好！好！《兒童》是我底小朋友，小寶貝。」這時你的爸爸或媽媽便捧著你的蘋果般的臉，接一個甜蜜的吻。你望你爸爸或媽媽，他們又一定要說：「以後你要和《兒童》作一個親密的朋友啊！」

親愛的小朋友！你們的爸爸和媽媽是不是這樣的愛你們？你不是也這樣的愛你底爸爸和媽媽麼？的確，爸爸和媽媽是該有多麼的可愛啊！

〔註 177〕代郵〔N〕，泰東日報，1931-03-16（3）。
〔註 178〕畢殿元，給小朋友的一封信〔N〕，泰東日報，1931-03-19（3）。
〔註 179〕現保存的該期報紙，版頭處被人裁剪，尚不知此處所登文章（疑為創刊詞）是否為畢殿元所作。
〔註 180〕畢殿元，介紹兩本書給小朋友〔N〕，泰東日報，1931-03-19（3）。
〔註 181〕畢殿元，給小朋友的一封信〔N〕，泰東日報，1931-03-19（3）。

哎！小朋友！我呢？爸爸和媽媽底愛，一生永遠的再不能享受了！說來你們一定要替我傷心：可憐我十歲時，我底親愛的爸爸便與世長辭了！只撇下我，和我底一個弟弟一個妹妹，和我底一個可憐的媽媽。媽媽很愛我，我也很愛我底媽媽。我每當下午散學回家，便跑到我媽的面前。我媽趕緊的伸出手拉著我底手。在冬天她便說一句：「你冷嗎？」我說：「媽！我不冷」。於是我臉便貼著我媽媽底臉。我媽臉的暖，便溫著我臉也暖了。

我媽不認得字，我十幾歲時曾常常在報紙和雜誌上投稿，每當登出來時，我媽便叫我讀給她聽。她聽完了，臉上便現出得意的微笑。我說：「媽！作的好不好？」我媽便假意的說：「不好！不好！」我說：「媽！是真的嗎？」我媽便拉著我，甜蜜地吻。這大約是愛我太甚了！回憶我的命苦，媽媽的愛，自我爸爸去世享了剛剛十年，我今年二十歲，我媽媽在今年二月四日又下世去了！我親愛的小朋友們！請你們替我想想：我是多麼的難受啊，既沒有父，又沒有母。天下有我這樣的可憐人嗎？我日日想我底媽媽，晚間睡覺剛閉上眼，我媽便在我的面前。二月四日，到現在已經一個多月了！書也無心讀，字也無心寫，家裏的事還得我辦理。我家裏只有我，和我一個弟弟妹妹。至於祖父、祖母、伯伯、叔叔，一個也沒有。哎！不公平、不作美的天公，不知為什麼偏和我做對？

近日聽說《兒童》要出版了，我便勉強拿起筆寫了這封信給你們。我知道你們都是一些赤誠的小朋友，我也是一個孩子的心。這些話對你們告訴，你們不能煩我罷！我勸你們以後好好地愛你們的父母，不要惹他們生氣。你們要努力用功，對於身體要好好鍛鍊，那麼你們的爸爸和媽媽不是更能愛你們嗎？

小朋友！我們作一個親密的朋友吧！我以後常常地在這上面寫信給你們，你們喜歡看我的信嗎？再談吧！祝你們的父母永遠的愛你們！

三月十三日於金州〔註182〕

如這封信的結尾處所說，在此後數期《兒童》上，畢殿元以一個大哥哥

〔註182〕畢殿元，給小朋友的一封信〔N〕，泰東日報，1931-03-19（3）。

姿態通過「小信箱」等欄目與小讀者們保持著十分親密的互動。「淑蘭小妹：你的詩好極了！我希望你以後多多投稿。」「寶坤小弟：你太頑皮了，你的稿子，我不能給你登，登出來，恐怕你的先生要打你的手。」〔註183〕「諸位小朋友都能很踴躍的往這裡投稿，漸漸的把這塊園地培植灌漑得繁榮起來了……這裡我的確要向諸小友們表示十二分的敬意，同時更佩服你們諸小朋友的努力！」〔註184〕……事實上，《兒童》的作者多是15歲以上的在校學生，〔註185〕與20歲的畢殿元年齡相差不多。在編者和作者的共同努力下，《兒童》經常稿滿爲患，讀者來信「每天都有幾百封」。〔註186〕

　　或許正是《兒童》的成功，《泰東日報》很快將這位家庭不幸卻又頗具才氣的青年人吸納進編輯部。1932年4月初，畢殿元雖已主持創刊了社會影響力更大《文藝》副刊，但對《兒童》的編輯熱情絲毫沒有減淡。6月5日，他發布了《兒童》「編者計劃」，涉及「照片」、「圖畫」、「懸賞贈品」等多個方面，雄心勃勃地想把這個少年兒童喜愛的園地辦好：

　　　　在這個夏天，我們的兒童週刊，更應該要發展了！要像夏天樹
　　木一樣的長大發展了！所以我現在對你們所十分愛護的兒童週刊，
　　已有了一個簡單的計劃，將來我們要依著這計劃節節地向前推行，
　　使這兒童週刊一天比一天發展起來。〔註187〕

　　《兒童》一直出版到1934年底，直到1935年1月被《少年》所取代。〔註188〕其存在期間，以少年兒童閱讀需求爲中心，發表了大量具有啓蒙意義的文字，也廣泛刊登東北各地少年兒童的習作，成功地走進了他們日常生活世界。但也須指出，僞滿洲國成立後，這個副刊（包括接續《兒童》出版的《少年》）刊登了不少宣揚「日滿一體」、僞滿洲國是「王道樂土」等內容的兒童作品，對正處於民族國家觀念形成期的東北青少年產生了不良影響。如

〔註183〕編者小信箱〔N〕，泰東日報，1931-03-26（3）。

〔註184〕啓事〔N〕，泰東日報，1931-06-14（3）。

〔註185〕《兒童專刊》改爲《少年》，主要原因也是考慮到作者的年齡結構不適合再稱之爲「兒童」了。參見：少年創刊號初次談話〔N〕，泰東日報，1935-01-01（19）。

〔註186〕編者小信箱〔N〕，泰東日報，1931-03-26（3）。

〔註187〕殿元，編者計劃〔N〕，泰東日報，1932-06-05（3）。

〔註188〕至遲到1934年11月時，《兒童》不再由畢殿元主編，此時編者爲侯如五。參見：張仁術，《泰東日報》的史料回憶〔M〕／／大連日報社，大連報史資料，大連，1989：296。

在 1934 年 7 月 8 日的《兒童》中，一名來自本溪縣橋頭高級小學校的學生在《滿洲國王道主義之使命》一文中寫道：

> 當舊政權之時，荒淫無道，政治腐敗，其中變亂相繼，金融凋疲，賦稅苛斂，爭權奪利，民無聊生，其他壓迫之情，筆難盡述。故我民眾，一致團結，同心同意，在西曆一千九百三十二年三月一日，建設新國家，曰滿洲國，年號曰大同。建國之宗旨，以順天安民爲主，對外門戶開放，對內廣施王道……故吾等青年，宜共同努力，發展教育，開拓利源，使吾滿洲有日新月異之氣象，變爲東亞樂園，亦無愧於新國民建設矣，此王道之目的與使命也。〔註189〕

二、彰顯「健康美」的《體育雙週》

《泰東日報》中國報人有熱愛體育運動的傳統，「編輯部門，亦多球迷諸公」，「常與連濱勁旅作數度比賽」。〔註190〕本書第四章第一節中提及的記者王蘭便是因擅長足球頭球，而被大連坊間稱爲「鐵頂王蘭」。他的專業體育新聞報導，也在大連新聞界享譽一時。1931 年 3 月王蘭離社，「受遼寧馮庸大學敦聘，爲該校秘書及體育組幹事等職」。〔註191〕約在 1930 年，《泰東日報》中國報人發起成立「泰東俱樂部」，下設足球隊、籃球隊、乒乓球隊等，與外界比賽交流頻繁。〔註192〕

至畢殿元入社的 1931 年，大連華人體育運動已經十分發達。在 1929 年舉行的第十四屆華北體育運動會上，「露頭角最尖銳同時還引起全國人注重的分子，差不多都由大連出身」。〔註193〕爲迎接 1931 年 5 月在山東濟南舉行的第十五屆華北運動會，《泰東日報》曾在創刊《兒童》副刊的同日——1931 年 3 月 19 日創辦副刊《體育專刊》，內容主要爲：「一、介紹專家的各項競技理論；二、發揮體育之眞價值與眞精神；三、聯絡運動員彼此之感情並交換意見；四、刊載各地體育消息。」〔註194〕

然而，《體育專刊》出版時間較短。在《泰東日報》歷史上影響較大的另

〔註189〕孟祥福，滿洲國王道主義之使命〔N〕，泰東日報，1934-07-08（6）。
〔註190〕書先，本報俱樂部小史〔N〕，泰東日報，1932-01-01（27）。
〔註191〕本社同人惜別王蘭君 中青發起送別會〔N〕，泰東日報，1931-03-10（7）。
〔註192〕書先，本報俱樂部小史〔N〕，泰東日報，1932-01-01（27）。
〔註193〕集中到這裡來〔N〕，泰東日報，1931-03-19（5）。
〔註194〕本刊的使命〔N〕，泰東日報，1931-03-19（5）。

一個專業體育副刊，是畢殿元於 1932 年 6 月 29 日主持創刊的「純粹的體育刊物」〔註195〕《體育雙週》。此時，畢殿元正在投入極大精力編輯副刊《文藝》，《體育》的發刊也是借每週三的《文藝》版面：「好在《文藝》與《體育》的編者全是我一人，絕不能因為發刊《體育雙週》而奪了諸位可愛的地盤，所以我想法使星期五的《文藝》地盤擴大起來，這樣和原先是一樣了。」〔註196〕

對於《體育雙週》的發刊目的，畢殿元在《健康美——也是幾句發刊詞》與《發刊〈體育雙週〉啓事》兩篇文章中作了說明：

> 我們本著健康美的目的，而出了這《體育雙週》。在《體育雙週》誕生後，我們希望一般親愛的讀者，在這裡，得到一點致健康美的資料，使每一位親愛的閱者，都成為健康美的青年。
>
> 《健康美——也是幾句發刊詞》〔註197〕

> 人非有健強的身體，不能應付這萬難的社會，這誰都知道而不能加以否認的。……然而現在提倡體育之結果呢？除了幾個胳膊粗力量大的專幹體育運動的人，以外大多數還不是仍舊的「痰喘咳嗽」瘦弱得奄奄待斃麼？我們看了體育是這樣的畸形發展，便決計聯合體育界的同好，出一個純粹的體育刊物，以救濟我們這個將要沒落的體育界。
>
> 《發刊〈體育雙週〉啓事》〔註198〕

內容上，《體育雙週》涉及體育界的方方面面：「一、體育的理論與研究；二、人們的日常的衛生；三、兩週來連濱體育消息；四、連濱各運動團體狀況；五、運動界名人及著名運動員之小傳及照片；六、體育技術的照片；七、體育界的趣聞與漫談；八、體育漫畫；九、體育通信；十、各國體育界大事記。」在畢殿元的努力下，《體育雙週》逐漸發展成為大連體育界人士的公共論壇。該刊延續時間較長，1933 年 2 月 20 日起由雙週刊改為週刊，〔註199〕最終停刊時間不詳。此後，由於戰局惡化，報紙版面因紙張供應不足而縮減，《泰東日報》也再無體育類副刊出現了。

〔註195〕畢殿元，發刊《體育雙週》啓事〔N〕，泰東日報，1932-06-17（3）。
〔註196〕畢殿元，發刊《體育雙週》啓事〔N〕，泰東日報，1932-06-17（3）。
〔註197〕健康美——也是幾句發刊詞〔N〕，泰東日報，1932-06-29（3）。
〔註198〕畢殿元，發刊《體育雙週》啓事〔N〕，泰東日報，1932-06-17（3）。
〔註199〕本刊啓事〔N〕，泰東日報，1933-02-20（3）。

應該說，畢殿元及其所創辦的《體育雙週》(《體育週刊》) 爲近代大連體育事業發展做出了頗有意義的貢獻。1935 年後，畢殿元在《泰東日報》已不似往日活躍，在偶而登出的稿件中，仍有不少是和體育相關，如 1938 年 3 月間連載的《奧林匹克史話》等。〔註 200〕

三、《文藝》及其衍生的《文藝週刊》與《群星》

尚在大連中華青年會學校讀書時，畢殿元即與《泰東日報》文學類副刊結緣，曾先後在《泰東雜俎》和《潮音》等副刊上發表散文、小說、新詩等作品。對於《泰東日報》文學副刊的辦刊，作爲讀者的畢殿元也曾以去函方式提出建議，這從 1930 年 11 月 30 日《潮音》編者秦淮登在報上的一封短信可資印證：

> 殿元兄：
>
> 　來函已收得，意見甚佳，自當努力做去。本日曜日如有暇，可
> 於下午三時至四時間來社一談。
>
> 秦淮〔註 201〕

此時的畢殿元年僅 19 週歲，但已然對文學充滿嚮往。他喜歡新詩，認爲「新詩是平民的，而不是貴族的，不帶階級性的」。在 1930 年 12 月發表的《新詩與舊詩》一文中，他高呼：「我們年青的朋友們！起來罷！起來罷！還是我們的新詩好啊！」該文中，他告訴讀者，郭沫若是「我最佩服的我們中國現代的詩人」。〔註 202〕

進入《泰東日報》任職時，畢殿元曾經爲之投稿的文學副刊《泰東雜俎》與《潮音》均已停刊，僅出版一個聲稱「新舊兼收，莊諧並有」的副刊《藝苑》。〔註 203〕但在新文學的浪潮下，披著新舊兩張皮的《藝苑》已難滿足青年一代文學愛好者的閱讀和創作需要，畢殿元也注意到這種趨勢。此外，因《藝苑》辦刊定位和版面空間限制等原因，編輯部已積壓不少純文學稿件。在這種情況下，《泰東日報》索性停刊了公眾認可度不高的《婦女專刊》，〔註 204〕由畢殿元於 1932 年 4 月 6 日主持創辦了純文學性質的副刊《文藝》。創刊號

〔註 200〕畢殿元，奧林匹克史話〔N〕，泰東日報，1938-03-28（5）。
〔註 201〕秦淮，啓事〔N〕，泰東日報，1931-11-30（6）。
〔註 202〕畢殿元，新詩與舊詩（續）〔N〕，泰東日報，1930-12-10（6）。
〔註 203〕山雲，廿五年來本報文藝版之變遷（續）〔N〕，泰東日報，1934-09-02（4）。
〔註 204〕《婦女專刊》創刊於 1931 年 3 月 21 日。

上，畢殿元簡述了《文藝》的創刊背景：

> 現在我們把《婦女專刊》，改為《文藝》，這在我們有以下兩個
> 原因：一，《婦女專刊》內容如何，老實的說一句：未免太單調……
> 總之，我們現在不願意這樣的編下去，不得不出這一途。二，有很
> 多的愛好文藝者，常常把很好的純文藝作品寄來，要求我們發表，
> 這當然我們是樂意的，但是《藝苑》的地盤小，並且是個「新舊兼
> 收」的地方，專登純粹的文藝作品，還有些不好，所以我們便決定
> 發刊《文藝》，給愛好文藝的朋友們一個自由耕種的機會。〔註205〕

也確如畢殿元所「承諾」的，《文藝》給了愛好新文學的青年們「自由耕
種」的機會。作為這個園地的主持人，他反覆強調：「這塊園地諸君要知道：
並不是編者自己所獨有的，大家都可以自由的投稿」〔註206〕；「親愛的諸君！
這是我們公眾的一塊園地，你要加意的愛護他，不要叫這剛發出的嫩芽，中
途的枯萎下去」〔註207〕。在開放式的辦刊理念下，《文藝》從「一根弱的花」
〔註208〕，漸漸發展成為關東州乃至整個東北地區有志於新文學創作的青年們
小試身手的練兵場。

對於稿件的類型，《文藝》也取兼容並包的態度，鼓勵作者從現實生活的
各個角落發現創作題材：

> 稿件小說請多多惠稿，新詩文學理論我們更是歡迎！朋友們！
> 眼前的材料多去呢！污濁社會的黑暗，舊家庭的專制，社會上一切
> 的奇態萬狀，都是我們可寫的對象。朋友們！材料是得我們自己去
> 尋找的啊！〔註209〕

或許是來自編輯《兒童》時的經驗，畢殿元編輯《文藝》時也與作者和
讀者保持著高頻度的互動。經常能看到這樣編者、讀者和作者之間的交流：

> 「鏡海兄：你的熱誠，我很佩服！我們確應團結起來，發展這
> 塊剛開闢的原地，請你並其他的諸位朋友常常的來稿！」
>
> 「進兄：信已見，如下午五時有暇可來社一談！」
>
> 「曲舒兄：你的小說暫等一期再為揭載，請原諒！」

〔註205〕《文藝》前言〔N〕，泰東日報，1932-04-06（3）。
〔註206〕前言〔N〕，泰東日報，1932-04-06（3）。
〔註207〕元，編後〔N〕，泰東日報，1932-05-06（3）。
〔註208〕前言〔N〕，泰東日報，1932-04-06（3）。
〔註209〕元，編後〔N〕，泰東日報，1932-05-06（3）。

「曙旭兄：信已見，勿念！」

「懺儂兄：你的詩很好，請後常幫忙為盼！」。

……〔註210〕

畢殿元也誠懇接受來自作者和讀者的批評，如在第九期的頭條位置，刊登了穆梓的《對本刊的拙見》一文，該文指出《文藝》完全被小說和新詩「包辦」。〔註211〕畢殿元虛心接受了這位年僅16歲的文學少年的批評，在此後編刊過程中，小說、散文、詩歌等的配置漸趨均衡。而他本人在繁忙的編務之餘，也為《文藝》寫下不少稿件，如《什麼是文學》（第 2 期）、《談小說》（第 3 期）、《掃墓》（第四期）、《評〈雨過天晴〉》（第 7～8 期）、《深夜》（第 17 期）等。

此時的畢殿元，已升任至《泰東日報》文藝部主任，剛剛 20 歲出頭的他儼然成為大連報界和文壇一顆冉冉升起的新星。但對自己長期主持的文藝副刊工作，畢殿元似乎並不滿意，讀者也在不斷提出新的要求，將《文藝》「裂變」為《文藝週刊》和《群星》即是在這個背景下做出的決斷：

> 我們對於過去的《文藝》已經感覺有些厭倦，所以不惟讀者們紛紛來函要求將文藝欄要改革一番，就是編者本人，也感得我們近幾期的文章，內容有些太乾燥了，所以編者經幾自勉，要略加以改革。〔註212〕

1933 年 2 月 20 日，一度廣受歡迎的《文藝》在出版至第 100 期時選擇終刊，在此基礎上創辦全新的《群星》和《文藝週刊》〔註213〕，仍由畢殿元主編。由《文藝》衍生出的《群星》和《文藝週刊》有不同的辦刊定位，前者「不是純粹的文藝刊物」〔註214〕，「內裏專歡迎短篇作品，扶植青年作家，大公無私，成為公眾園地，先後發表之小詩散文、隨筆、雜記等零星文字」〔註215〕，後者則主要是「關於純粹文藝的佳作」〔註216〕。

《群星》每週三、五出版，出版至 1937 年 10 月 19 日，共出 519 期。之所以從《文藝》中分衍出《群星》，畢殿元在《一九三三年文藝欄的大改革計劃》中說得很明白：

〔註210〕殿元，代郵〔N〕，泰東日報，1932-06-01（3）。
〔註211〕穆梓，對本刊的拙見〔N〕，泰東日報，1932-05-11（3）。
〔註212〕一九三三年文藝欄的大改革計劃〔N〕，泰東日報，1933-02-13（4）。
〔註213〕與 1930 年吳曉天創辦的副刊同名，詳見第四章第三節。
〔註214〕關於群星的話〔N〕，泰東日報，1933-03-03（4）。
〔註215〕山雲，廿五年來本報文藝版之變遷（續）〔N〕，泰東日報， 1934-09-02（4）。
〔註216〕關於群星的話〔N〕，泰東日報，1933-03-03（4）。

　　　　我們所以要改的原因，是因爲過去有時登些太冗長的作品，
　　內容既不佳，又接二連三的登，致漸□□讀者的興趣，所以我們這
　　次改爲《群星》，專登載短小精幹的作品，如描寫社會一片斷之小
　　說、雜感、新詩、短評……有趣味而有力量的，可以一次登完的短
　　篇。〔註217〕

　　由於出刊頻次高，出版時間長，《群星》發表了數量極爲龐大的新文學作
品，特別是青年文學愛好者們的作品。也因爲如此，《群星》上的「作品略見
差於文藝週刊」，「內容可分爲兩大派別，其一多爲愛恨所呼號，其二則爲寄
信別離之歌曲，是以雖有好的作品，但是到底還是壞的見多」。〔註218〕

　　《文藝》分衍出的《文藝週刊》則以莊重、嚴肅見長，在其上發表作品
的作者名頭總體上也更響一些。該刊創刊於 1933 年 2 月 27 日，但連續出版
至 1934 年 1 月 14 日，又不知何故以同名重新編號出版，直至 1937 年 10 月
18 日。相較於稍顯凌亂的《群星》，《文藝週刊》從讀者那裡收穫了更高的評
價：「現下的作品均甚佳，無論是技巧上或是內容上，均充有十分的新氣象。」
〔註219〕《文藝週刊》終刊後的 1942 年，衣雲〔註220〕在《文壇十年印象記》
一文回顧該刊時，稱讚其「一貫的保持著嚴肅的姿態」。〔註221〕

　　約在 1934 年初，10 歲失去父親、20 歲失去母親的畢殿元又經歷了喪妻
之痛。同年 9、10 月間，「由前瀋陽縣李縣長、本埠青年書局執事徐宏達君、
本報前編輯長陳達民君等爲之介紹」，與安東女子師範畢業的孫玉溫女士正式
訂婚。〔註222〕同年 4 月，畢殿元受僞滿洲國國務院情報處派遣，代表《泰東
日報》「扈從」僞滿洲國皇帝溥儀訪問日本〔註223〕，達到其報人生涯的高光時
刻，而此時，這位年輕的報人才剛滿 25 歲。（詳見見本章第三節）出訪日本
期間，《群星》登出一則「短啓」：「本刊及文藝週刊編者被本社特派赴日，在
日大約可住二十餘日。」〔註224〕這也證明了，無論是《群星》抑或《文藝週
刊》，至少在 1935 年時仍由畢殿元負責編輯。至 1936 年 1 月，畢殿元不再主

〔註217〕一九三三年文藝欄的大改革計劃〔N〕，泰東日報，1933-02-13（4）。
〔註218〕山雲，廿五年來本報文藝版之變遷（續）〔N〕，泰東日報，1934-09-02（4）。
〔註219〕山雲，廿五年來本報文藝版之變遷（續）〔N〕，泰東日報，1934-09-02（4）。
〔註220〕張慶吉（1919～？），遼寧鐵嶺人，《泰東日報》文藝副刊作者之一。
〔註221〕衣雲，文壇十年印象記（二）〔N〕，泰東日報，1942-03-13（4）。
〔註222〕本報畢殿元君於孫玉溫女士訂婚〔N〕，泰東日報，1934-10-01（9）。
〔註223〕此次隨訪「全滿」僅 8 名中國記者。
〔註224〕短啓〔N〕，泰東日報，1935-04-05（7）。

編《文藝週刊》與《群星》，近五個年頭頗有成就的副刊編輯生涯就此告一段落。〔註225〕

　　畢殿元主持創辦的《文藝》及其衍生出的《群星》和《文藝週刊》是《泰東日報》文藝副刊史上最為璀璨的一頁。更為重要的是，這三個文藝副刊，以極大的開放性和包容性，為東北文學青年提供了創作和展示自我的平臺。偽滿洲國時期，不少年輕作家都是通過畢殿元所編輯的文學副刊而步入文學殿堂或進一步提升創作水準的，這些人可以列出一個長長的名單：楊小先、孫島魂、石軍、趙恂九、小松、黃旭、曲舒、何醴徵、也麗、張慶吉、秦喟……但更多的是一些籍籍無名的新文學愛好者。這數以百計的名不見經傳的作者，向我們呈現了偽滿洲國前期新文學的「現時」生態，一種可供後世考察與觀照的原生圖景。

　　年紀輕輕即成為東北新文學重要刊物的主持者，一時間畢殿元聲名遠播。也許是被盛名所累，抑或繁重的編務過多地耗費了他的精力，畢殿元本人的文學創作活動亮點不多，雖涉獵小說、散文、新詩、文學理論甚至劇評等多個領域，但總體來看質量不高，不能不說是一種遺憾。隨溥儀訪日回到報社後，他的名字便很少在《泰東日報》上出現，在1940年元旦《泰東日報的歷史與現狀》一文中列出的部長以上社幹部名單中，已經找不到畢殿元的名字。

　　從畢殿元編輯《泰東日報》文學副刊的整個過程來看，這位年少成名的「副刊編輯家」具有一定的愛國主義意識，他曾明確地將中國稱之為「我們中國」，〔註226〕對各地愛國青年投來的稿件，也能巧妙地予以編發。據吉林磐石愛國文學社團曦虹社主要成員楊舒恒口述，曦虹社當年在《泰東日報》文藝副刊開闢專欄，即是通過畢殿元的關係。楊舒恒第一次寄給《泰東日報》的稿件是一首短詩，開頭兩句為：「山河失色，人間虎狼。」「畢編輯覺得這樣的詩句直陳日本帝國主義侵華的罪惡，無法通過日偽當局的新聞檢查，就改為『樹木失色，人間虎狼』登了出去。」曦虹社的專欄在《泰東日報》登出三期後即遭查禁，「磐石方面得到畢編輯傳來的信息後，就不再用曦虹社刊

〔註225〕1936年1月1日《文藝週刊》編者已署名「滴岩」；1月5日，《群星》新任編者在「編者的話」中說：「前任本欄編者畢先生，因著其他公務就將這份擔子遺交於我的肩上。」
〔註226〕畢殿元，新詩與舊詩（續）〔N〕，泰東日報，1930-12-10（6）。

頭，而易名爲晨風社」，楊舒恒等人的文章也繼續被畢殿元刊登，直到 1936 年日本開始執行「強化治安」的高壓政策。〔註227〕

〔註227〕楊舒恒等口述，鄧小溪整理，回憶曦虹社、晨風社〔M〕／／政協吉林磐石縣文史資料研究委員會，磐石文史資料：第 3 輯，磐石，1989：56～57。

第六章 1937～1945：戰時體制下中國報人的灰暗時代

　　1937 年 7 月盧溝橋事變後，日本全面侵華戰爭爆發，被納入偽滿洲國弘報協會的《泰東日報》一方面為「宗主國」殖民侵略製造「正義」輿論，一方面進行狂熱的戰爭動員與實用主義「節義觀」生產，「規勸」中國人民早降。對於處於偽滿洲國統治下的國人，《泰東日報》則竭力宣傳「日滿協和」及所謂的「王道樂土」，高呼「夫兄弟之邦，首推日滿，一德一心，捨我其誰」。〔註1〕1941 年 12 月，太平洋戰爭爆發，《泰東日報》致力於為「宗主國」日本製造「正義」輿論，提出各種協力「東亞共榮」的設想。1942 年底，《泰東日報》對日本的稱呼從「鄰邦」、「友邦」改稱為「親邦」。〔註2〕1944 年 4 月，日本在關東州推行「皇民化」運動，《泰東日報》極力動員關東州人「粉身碎骨致力皇民化」。〔註3〕1945 年 4 月，日本敗局已定，但《泰東日報》仍大量發表「昂揚戰意」、「增強戰力」等言論，呼籲「槍後國民必須堅持必勝信念，勤勞增產、儲蓄，並確立防衛體制，協力戰爭，直迄聖戰完遂日止」。〔註4〕這 8 個年頭，是《泰東日報》中國報人所經歷的最為灰暗的時代。

〔註1〕新年頌詞〔N〕，泰東日報，1941-01-01（1）。

〔註2〕筆者查閱到的《泰東日報》最早一篇使用「親邦」的文章為 1942 年 12 月 9 日第 1 版上的《政府頒布基本國策大綱 協力親邦完遂聖戰 我國億年繁榮於茲定奠》一文。

〔註3〕粉身碎骨致力皇民化〔N〕，泰東日報，1944-05-02 乙（3）。

〔註4〕昂揚戰意 增強戰力 大連地區講演會十九日舉行〔N〕，泰東日報，1945-04-18（3）。

第一節　戰時體制下中國報人的生存境遇

　　戰爭有時會吞噬報業，但一些官方御用報紙也常因戰爭而得到發展。
1937～1945 年間，《泰東日報》對華人讀者的吸引力已不復當年，但中日
戰事還是爲該報發展帶來「新機運」。盧溝橋事變後不久，該報按照日僞
的新聞整頓計劃，將大連另外兩份中文報紙《滿洲報》、《關東報》吞併，
〔註5〕成爲僞滿洲國弘報協會的加盟社並獲增資 10 萬元，原僞滿洲國弘
報協會理事長高柳保太郎就任社長，〔註6〕報紙版面增至 3 大張 12 版，
期發行量約 3 萬份，行銷至東北、華北及日本等地，其中大連本市讀者達
萬餘戶。〔註7〕

　　與社務的空前發展相比，《泰東日報》中國報人群體卻日益邊緣化和
傀儡化。在百餘人的社員構成中，日人居於報社經營管理的核心，對言論
與新聞報導擁有絕對控制權。據曾任整理部長的張仁術回憶，中日全面戰
爭開始後，特別是 1940 年後，《泰東日報》各部門的「日人數量遽然增加，
編輯局原只有局長是日人，以後日人增加到 10 人左右，9 名採訪記者中 4
名是日人」。〔註8〕1940 年 1 月 1 日刊登的一篇《〈泰東日報〉主要陣容》
佐證了張仁術的說法，該文顯示，此時報紙的全部職能部門中，僅編輯局
中編輯總務以下的論說委員、整理部長、社會部長、民生部長、藝林部長、
校正部長由中國人擔任。

〔註5〕緊急啓事：本報實行擴大強化〔N〕，泰東日報，1937-08-06B（1）。
〔註6〕本報增資十萬 高柳氏就任社長〔N〕，泰東日報，1937-09-21B（2）。
〔註7〕本報市內派報處爲慰勞讀者 照例舉辦海水浴納涼會〔N〕，泰東日報，
　　　 1939-07-08 乙（7）。
〔註8〕張仁術，《泰東日報》的史料回憶〔M〕／／大連日報社，大連報史資料，大
　　　 連，1989：296。

1940 年《泰東日報》機構設置及部長以上社幹部名單〔註9〕

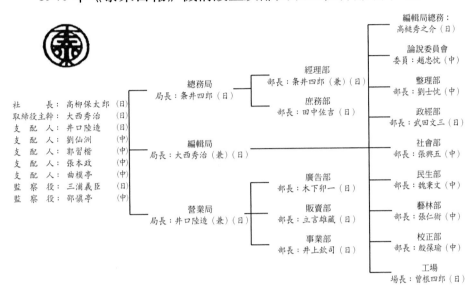

在中國報人的安排與使用上，日人社主可以不顧及其意願隨意支配。1944年 4 月下旬，關東州實行「皇民化」運動甫一開始，言論上配合日方、擔任重要採編職務長達 15 年之久的編輯人趙恂九即被解職，更換爲相對「馴順」的劉士忱。〔註10〕但據劉士忱回憶，其成爲傀儡編輯人之前，時任編輯局長島屋進治曾聲色俱厲地對他說：「希望你能答應作爲編輯人，事實上也不必徵求你的同意」。〔註11〕對中國報人的公開言論和新聞報導，日人管控得也十分嚴格，稿件寫作與報紙編排均需經過重重審核。

此外，一如同時期「宗主國」日本國內的各大報紙一樣，戰時《泰東日報》的採編人員還被定位爲「戰鬥記者」和「報導戰士」。爲此，報社內部時常舉行各類培養效忠精神的活動，如盧溝橋事變三週年時，《泰東日報》專門舉行敕語奉讀式，督促社員「厲行自肅自戒精神」。〔註12〕又如太平洋戰爭爆

〔註9〕　此圖根據 1940 年 1 月 1 日第 17 版《〈泰東日報〉之歷史與現狀》相關內容繪製。須說明的是，圖中「支配人」除日人井口陸造外，另有劉仙洲、郭習楷、張本政、曲模亭，「監察役」除日人三浦義臣外，另有邵愼亭。這 5 位中國人均爲當時大連「商界巨頭」，在《泰東日報》僅是兼職。

〔註10〕　參見 1944 年 4 月 22 日《泰東日報》報頭下方「編輯人」處署名。

〔註11〕　劉淳，我和《泰東日報》〔M〕∥大連日報社，大連報史資料，大連，1989：314。

〔註12〕　本報敕語捧（奉）讀式亦莊嚴舉行〔N〕，泰東日報，1939-07-08 甲（7），以及：本報社舉行敕語奉讀式〔N〕，泰東日報，1940-07-08（7）。

發後的 1941 年 12 月 13 日，該報於日人主持下在大連神社「祈禱皇軍武運長久」，「以此昂揚吾等報導戰士之鐵石決意，盡爲國忠誠、奉公報導使命，協同沙場戰士，共同滅敵，而完成吾等東亞民族之共榮圈」。〔註13〕此外，報社還數次舉行「大東亞戰與州民覺悟座談會」、「州人教育昂揚大會」及「昂揚戰意　增強戰力——大連地區講演會」等協力日本殖民侵略的活動。在這些活動中，中國報人不僅需要協助組織，還要積極發言或作主題演講，動員州內「滿人」協力戰爭。〔註14〕

1939 年 7 月 7 日《泰東日報》社員敕語奉讀式（注：應爲「事變第二周年紀念日」，疑排印有誤）

全面抗戰時期，《泰東日報》中國報人都曾或被動或主動地裹挾進日本殖民戰爭的洪流，個別人親日心態較爲明顯。一些報人還常擁有具有附敵性質的社會職務，如時任編輯部長的趙恂九曾擔任道德會關東州總分會名譽會長，〔註15〕社會部長張興五、記者劉醒亞、記者宋子臣曾擔任「興亞奉公聯盟」指導委員，〔註16〕張興五還擔任「關東州教化團體聯委會幹事」。〔註17〕

由於史料的極度匱乏，1937 年後仍委身《泰東日報》的中國報人準確數量及詳細名姓已不可考，本節中所涉及的大多數中國報人只能從當年的報紙

〔註13〕　本報全社員祈禱戰勝〔N〕，泰東日報，1941-12-13 乙（7）。

〔註14〕　參見 1942 年 2 月 13 日第 5 版《大東亞戰與州民覺悟座談會》；1942 年 5 月 21 日（乙）第 5 版《本報主辦：大東亞戰爭照片展昨假貌會盛大舉開》）；1944 年 6 月 15 日（乙）第 3 版《本報主辦：歡欣鼓舞祝不世榮光　州人教育昂揚大會定期舉開》；1945 年 4 月 18 日第 3 版《昂揚戰意　增強戰力　大連地區講演會十九日舉行》。

〔註15〕　本報趙編輯長榮任道德會名譽會長〔N〕，泰東日報，1939-03-13A（3）。

〔註16〕　聯盟各支部滿係指導員決定　對其活躍頗堪期待〔N〕，泰東日報，1941-08-05 甲（7）。

〔註17〕　教化團體聯委會本日首次會議〔N〕，泰東日報，1942-05-08 乙（5）。

原件中逐一「發掘」並辨認，最終整理出尹仙閣（論說委員，筆名「仙」）、趙恂九（編輯人、整理部長、論說委員，筆名「大我」等）、魏秉文（民生部長、藝林部長，筆名「朝雲」）、劉士忱（翻譯部長、整理部長、編輯人，筆名「思沉」）、張仁術（翻譯科長）、張興五（外勤記者、社會部長）、張孟仁（記者）、劉醒亞（記者）、楊華亭（論說委員，筆名「楊嬌風」）、王丙炎（校對，筆名「冰言」）、曹雲章（記者）、許景文（記者）、董文俠（副刊編輯）、于鴻儒（記者）、宋子臣（記者），高秀之（記者）、孫世瀚（特報部次長，筆名「島魂」）、白全武（記者）、侯立常（整理部次長）、殷葆瑜（校正部長、整理部長）、張洪運（記者），以及「逸民」、「拭塵」、「凝安（凝）」等可確定為中國人身份者，共計 20 餘人。

第二節　置身於殖民統治下的公共言論表達

　　日本全面侵華開始後，特別是太平洋戰爭爆發後，東北日人報紙的言論欄目倍受重視，用以動員東北民眾支持所謂的「大東亞戰聖戰」。《泰東日報》亦是如此，1937～1945 年間，該報在頭版重要位置長期設有「時論」欄目。〔註18〕此時，社中的中國人論說委員為尹仙閣、趙恂九、楊華亭等，另有一些署名為「逸民」、「拭塵（塵）」、「凝安（凝）」、「松濤」等的評論文章中有「吾滿人」字樣，也可確定其為中國人。此外，《泰東日報》中國報人還在新聞、遊記、文學評論、座談演講等其他文類與場合表達了有關時局等方面的觀點，本書也將之納入考察範圍。

一、為「宗主國」殖民侵略製造「正義」輿論

　　盧溝橋事變由日軍挑起是不爭的事實，但《泰東日報》中國報人基本站在日方立場，將責任歸咎於中方。論說委員、被稱為「州內名士」的尹仙閣認為：「盧溝橋之□，造端於不遵梅何協定，發難於橫阻駐軍演習，挑戰者亦為中國，而非日本。」〔註19〕當日方主動尋釁的事實已難自辯時，筆名「逸民」的中國報人在社論中大而化之地將盧溝橋事變的發生上升到「政治哲學」高度。他在《東洋政治哲學之高調與訪日答禮使批歷之精神》一文中稱，「中

〔註18〕1939 年 1 月 27 日起，「時論」欄目更名為「時評」，1945 年 1 月起又更名為「望樓」。
〔註19〕仙，挑與抗〔N〕，泰東日報，1937-10-12（1）。

－209－

國事變之發生，實由於蔣介石一派，忘卻東洋的東洋之所以，以容共抗日爲民國之國是，根本觀念之誤謬所致也」。〔註20〕趙恂九與一位署名爲「勉」的中國報人則指出，中國政府與國民的抗日怒潮是「惟意氣是逞」，中日兩國由「魯衛兄弟之邦化爲吳越仇敵之國」，實因「南京政府厲行排外教育，恢復容共政策」所致，〔註21〕日本與中國開戰則是保衛東洋和平的「義舉」。〔註22〕

在爲「宗主國」殖民戰爭尋求「正當性」的同時，中國報人還在言論中美化其侵略行徑。1937 年 9 月 1 日，尹仙閣在《滬戰中友邦軍人之美談》一文中講述了一個眞實性無法考證的「佳話」：「友軍」日本的陸戰隊在連日掃蕩中發現了兩名避難的中國老嫗，因「食物無多，加以年衰力弱，手足不仁」，兩位老嫗「欲逃不能，候死而已」。見此情景，日本陸戰隊員「莫不憫此□獨，每日依次分給以食餘之飯，二嫗感激同情，精神驟良，口呼（先生）不置」。〔註23〕尹仙閣認爲，此雖「瑣事」，卻彰顯了「友邦軍人之重親人道，令人聞而肅然起敬」。他並由此引申，認爲日本攻佔上海乃「爲拯中國民眾於水火，以永立東亞之和平與安定，而非有絲毫領土野心」。〔註24〕

1937 年 11 月中旬，南京陷落。12 月 11 日，《泰東日報》出版「號外」一張，尹仙閣在之上發表《接到南京捷報書感》一文，述說自己聽說南京被日軍攻佔「捷報」後的複雜心情：

> 吾人故無暇爲南京弔，第不勝爲日軍將士賀，兼爲中國民眾喜焉。……抗日政策，早減一日，人民即減一分之犧牲，少一層之痛苦，豈非可喜。〔註25〕

但事實恰與此相反，日軍佔領下的南京民眾非但未能減一分犧牲、少一層痛苦，反遭「重親人道」的「友軍」無情屠戮，製造出慘絕人寰的南京大屠殺。

1941 年 12 月 7 日，日本海空軍突襲珍珠港，引致太平洋戰爭爆發。對於這場被日本稱爲「大東亞戰爭」的戰事，《泰東日報》中國報人多次撰文爲其

〔註20〕逸民，東洋政治哲學之高調與訪日答禮使批瀝之精神〔N〕，泰東日報，1940-05-25 甲（1）。
〔註21〕勉，抗日誤國中國國民當任其咎〔N〕，泰東日報，1937-11-11A（1）。
〔註22〕大我，汪精衛氏之和平宣言〔N〕，泰東日報，1940-03-14 甲（1）。
〔註23〕仙，滬戰中友邦軍人之美談〔N〕，泰東日報，1937-09-01B（1）。
〔註24〕仙，滬戰中友邦軍人之美談〔N〕，泰東日報，1937-09-01B（1）。
〔註25〕仙，接到南京捷報書感〔N〕，泰東日報，1937-12-11 號外（1）。

建構「正義性」。劉士忱在《戰線無分前後》一文中否認「這大而慘的戰爭」是日本「樂於惹起」的，乃是「敵性國家好戰的指導者及其過去數百年喪心病狂的政策所逼成的」。〔註26〕在趙恂九的言論中，日本的「正義性」同樣不容質疑，他提醒讀者：「這次的大東亞戰，是為解放多年在英美鐵蹄下苟延殘喘的東亞民族而戰，是日本不忍坐視英美侵略東亞的大好山河、要斬斷彼輩貪而無厭之英美的臂膀而戰。」〔註27〕

二、戰爭動員與實用主義「節義觀」生產

　　戰爭初期，《泰東日報》中國報人對戰局持樂觀態度。盧溝橋事變發生不久，尹仙閣發表時評《抗日背後之鬼祟漸消》，指出交戰雙方「氣象不同」：

　　　　高呼懲華者，精神百倍，健旺異常，而狂喊抗日者，聲嘶力竭，

　　憔悴不堪，誠恐距壽終正寢不遠耳。〔註28〕

　　南京陷落後，他更聲言「日本對華軍事已告一段落，勞苦功高之武士，衣錦有望」。〔註29〕看到軟弱的蔣政府節節敗退，筆名為「勉」的中國報人發表《大勢已去　盍速降乎》一文，勸降中國政府和抗日民眾明知不敵便不要「將錯就錯，一誤再誤，陷國家人民於萬劫不復之地」。〔註30〕

　　為配合日軍推進，尹仙閣、惠東、張興五等中國報人開始傳播實用主義「節義觀」。1938年農曆春節期間，尹仙閣寫就《吃飯與愛國》一文，認為「世間第一要緊事，莫過於吃飯」，「失節事大，餓死事小」乃是「飽悶之後，被飯塞住心竅」而發出的「一屁不通之論」，所謂忠孝節義，「須待吃飽了，才有精神興會去做」。〔註31〕在另一篇題為《歷史覆轍》的文章中，他雖認為中國人愛國無錯，但卻昧於理勢，不知危急之際應首先圖存，而不必計較所謂「寧為玉碎不為瓦全」之類傳統節義觀。〔註32〕一些中國報人甚至不惜為中國歷史上的「千古罪人」馮道、秦檜等人正名，認為中國人「痛詆馮道為無恥、秦檜為媚敵者」實屬「簡單之主觀」：

〔註26〕劉思沉，戰線無分前後〔N〕，泰東日報，1942-12-08 乙（10）。
〔註27〕趙恂九，我要這樣協助大東亞戰爭〔N〕，泰東日報，1942-12-08 乙（10）。
〔註28〕仙，抗日背後之鬼祟漸消〔N〕，泰東日報，1937-11-24A（1）。
〔註29〕仙，接到南京捷報書感〔N〕，泰東日報，1937-12-11 號外（1）。
〔註30〕勉，大勢已去　盍速降乎〔N〕，泰東日報，1938-06-11A（1）。
〔註31〕仙，吃飯與愛國〔N〕，泰東日報，1938-02-11B（1）。
〔註32〕仙，歷史覆轍（續）〔N〕，泰東日報，1937-10-17B（1）。

　　　　認定馮道歷事五朝，爲失節求榮之人，絕不肯再察五季爲何時
　　　何代，其主張息兵安民，確有大功於社會；認定秦檜誣殺岳飛爲姦
　　　邪，即□□□□救亡之計，亦化功爲罪，更不詳思南渡君臣，果否
　　　可與言中興也。近日抗日之舉，正坐此弊，而中國遂淪爲萬劫不復
　　　之地，嗚呼，可哀也哉。〔註33〕

　　對於與其自身一樣甘於與日本合作者，《泰東日報》中國報人則給予了讚
美。1943 年 4 月，汪僞政權派遣特派大使周佛海赴僞滿洲國考察並商談「大
東亞戰爭」協同方策，途經大連期間，周佛海接受了《泰東日報》社會部長
張興五的採訪。在《本報記者謁見周佛海氏之印象》一文中，張興五數次尊
呼周佛海爲「他老（人家）」，稱讚周氏爲「和平建國」而「捨生不辭」，他那
「高高的身材」則「盈溢著建國熱血的影子」。〔註34〕1941 年 8 月，赴廣州參
加東亞操觚者大會的整理部長劉士忱在會上聽了汪精衛的演講，雖然汪的廣
東方言他一句也沒聽懂，但還是被其演講時「火般的熱情所控制了」：「論姿
勢柔猛相濟，不像希特拉那樣魯莽，論韻調悠揚合度，非似羅斯福那樣單調，
兼希羅兩者之長，而絕不在任何一人之下」。〔註35〕在社論中，中國報人也多
次讚揚了汪精衛與日本的「合作」，趙恂九更是極力稱讚汪精衛是「熱於拯救
中國民眾的人」：「世界的是非，他能夠察了出來，東亞的前途，他也能夠觀
得到，他不是蘇秦張儀之流，他是認眞救中國拯東亞的人。」〔註36〕

　　中國報人的「速勝論」很快被證明爲虛妄，實用主義「節義觀」的傳播
亦未產生多大的效果。1938 年底，《泰東日報》上已不再出現速勝論的文字，
代之以《展開長期戰爭》〔註37〕等討論「持久戰」的文章。1945 年 4 月，日
本敗局已定，但部分《泰東日報》中國報人仍在發表「昂揚戰意」、「增強戰
力」等言論。4 月 19 日，在《泰東日報》組織下，取材部長張興五、特報部
長劉士忱、特報部次長孫世瀚「以嘴代筆」，「鼓舞州人增強戰意」。如當日作
爲壓場登臺的劉士忱以《決定大東亞千年運命者》爲題，「列舉貪婪無厭之美
英宿敵制霸世界之不逞與諸侵略大東亞之罪惡」，呼籲「吾等州人，宜集結總

〔註33〕勉，抗日誤國中國國民當任其咎〔N〕，泰東日報，1937-11-11A（1）。
〔註34〕張興五，沉毅表情蘊藏剛健性格　□□豐標盈溢建國熱情　本報記者謁見周佛
　　　　海氏之印象〔N〕，泰東日報，1943-04-10 乙（5）。
〔註35〕劉士忱，大會形形色色　汪主席演說最感人〔N〕，泰東日報，1941-08-20 乙（7）。
〔註36〕大我，汪精衛氏之和平宣言〔N〕，泰東日報，1940-03-14 甲（1）。
〔註37〕展開長期戰爭〔N〕，泰東日報，1938-11-08A（1）。

力，與全東亞人防衛東亞，粉碎美英野望」，認爲「只要敢鬥到底，則聖戰之勝利，必爲我攫取，則東亞黎明當在不遠」。〔註38〕

三、日本國內戰爭狂熱的體驗與傳播

　　第五章第三節已對《泰東日報》歷史上的中國報人訪日活動進行概述，並重點考察了呂儀文、李永蕃與畢殿元的三次訪日之行。在本章所考察的時段，又有 7 位《泰東日報》中國報人先後訪日，分別爲張洪運、趙恂九、劉士忱、侯立常、魏秉文、張仁術及張孟仁。弔詭的是，7 位《泰東日報》中國報人並未發回一篇新聞類稿件，僅以「行記」形式「謳歌」「宗主國」日本的美麗風物和「決戰下日本人的姿態」，特別是戰時日本國民的「奉公精神」和「戰鬥精神」。此類看似漫不經心寫就的行記因打著「親見」、「親聞」的旗號，反較一般性的新聞和評論更具煽動性和蠱惑性。（參見第五章第三節）這些記者回國後，《泰東日報》都會組織他們「向滿人做講演，將此去所得暨實地視察戰時體制下友邦的政治等情況告諸滿人州民」。

　　張洪運是日本發動全面侵華戰爭後首位訪日的《泰東日報》中國報人。赴日後，他向報社發回《治廢答謝使節隨行記》21 篇，記述自己「每日視察善政之所得」。〔註39〕給他印象最深的是日本國民「良堪欽佩」的愛國心：

　　　　鄰邦國民，以本諸大和民族之精神，愛國心極熾，其強國要素實基於此。處此重大時局下，更表現愛國之精神，對於祖國，皆抱國家興亡匹夫有責之感，奉公守法，一致貫徹。「武運長久」、「皇軍戰勝」之標語溢滿街頭，對出征軍人之恭送、恭迎，對當事者家族之觀照暨情恤，良堪欽佩。〔註40〕

　　1938 年 10 月，編輯人趙恂九隨「滿洲國滿人記者日本考察團」訪日。出發前，趙恂九心中還有頗多疑問：中日戰爭何時終局，而日本的國力又到底如何？但考察結束後，他覺得「很安心」、「很坦懷」，並希望《泰東日報》讀者也堅定「信心」，因爲他親眼見到「日本國力不但不見減退，反因國民冷靜的緊張而積極增產竟致加厚」。11 月 4 日，返連後的趙恂九在大連西崗子公學

〔註38〕昂揚戰意　增強戰力　大連地區講演會十九日舉行〔N〕，泰東日報，1945-04-18（3）。

〔註39〕張洪運，赴日感想錄　上〔N〕，泰東日報，1937-12-03A（1）。

〔註40〕張洪運，赴日感想錄　上〔N〕，泰東日報，1937-12-03A（1）。

堂發表題為《日本長期戰的準備》的演說，講述自己「見到友邦日本國傾注全力保持原有之物資，而盡力回收廢物以製造代用品」，最後以「日本長期戰的準備已完結為結論」。〔註41〕

繼張洪運、趙恂九之後，劉士忱、侯立常、魏秉文、張仁術、張孟仁等5位《泰東日報》中國報人又先後訪日，也同樣是出發後即陸續向報社寄回極具「互文性」的訪問行記，〔註42〕回連後再由報社組織召開演講會。這些「行記」或讚美日本「山川秀美」，或讚美其「政教修明」，但無論何種方式，他們都以「親見者」的姿態向州內華人同胞傳播著日本國內的戰爭狂熱。

在目前所掌握的史料中，張孟仁是《泰東日報》最後一位訪日並寫下系列「行記」的記者。1943年10月，他在偽滿洲國政府推薦下赴日「飽覽決戰下日本的真姿」。在連載數期的《決戰下日本的姿態》中，他述說著「親邦國民列列的戰意」，「俾達國人，共同的遂行作戰」。〔註43〕作為新聞記者，他特別關注決戰時期日本同行的情況。在視察同盟通信社、朝日、每日、讀賣等新聞社後，他感歎道：

> 大東亞戰爭正在火熾地展開著，挺身於火線上的報導戰士為著採用原稿照像而尊貴犧牲的各氏，已經□□出現。記者亦係報導界人，對這些捐軀沙場的人英靈，除致哀忱之外，亦衷懷奮發，想以筆代槍，而從事擊滅敵人的戰鬥。〔註44〕

四、質疑殖民當局施政並為華人利益發聲

前已提及，無論主動抑或受迫，《泰東日報》中國報人通過報紙或其他途徑對華人同胞進行了大量戰爭動員，充當著日本侵略戰爭的「幫兇」。但出於自身的民族情感和族群歸屬，日本全面侵華期間，他們也通過多種隱晦甚至直接的方式表達了對殖民當局施政的種種不滿，同情戰時租借地華人同胞的生存處境並為其發聲。

1940年，趙恂九在報紙社論中道出長期以來「滿人」對州政的不滿，認為多年來「滿人從無進言機會，而日本人行政官更無適當滿人可以徵詢意見、

〔註41〕記者團發表考察戰時日本感想講讀會 趙本報整理部長獅子吼〔N〕，泰東日報，1938-11-06B（1）。
〔註42〕關於中國報人訪日行記中的「互文性」問題，詳見第五章第三節。
〔註43〕張孟仁，決戰下日本的姿態（1）〔N〕，泰東日報，1943-11-13甲（4）。
〔註44〕張孟仁，決戰下日本的姿態（6）〔N〕，泰東日報，1943-11-19甲（4）。

下察民情，往往出令行政，不符合於滿人州民處殊多」。〔註 45〕他指出：「日人納戶捐，滿人亦納戶捐，凡大連市役所所用的諸種經費，滿人無不樂於擔負，亦未嘗不擔負」，但在各自享有的福利上卻殊為不同，因此，日方應「捨去口頭上的『甜哥蜜姐、花言巧語』之抽象的欺詐的空洞的表面，以實行真正的實際的赤誠的裏面」。〔註 46〕

1939 年 9 月 30 日，僞滿洲國協和會第六次「全國」協議會在新京舉行，時任整理部長劉士忱受派前往採訪。在向報社發回的 9 篇會議側記中，他以近乎嘲諷的口氣稱會議徒具「形式主義」，部分參會代表「遇事東張西望，目瞪口呆，癡態可憐」。〔註 47〕他還直指會議「限制言論」：一些代表的言論「倘越常軌」，則必遭「童顏髮禿」的議長丁鑒修「大聲斥止」。〔註 48〕

除對僞滿洲國和關東州當局施政提出批評外，《泰東日報》中國報人對華人同胞的處境亦有著深深同情，在公開言論中多方反映其真實境遇，呼籲殖民當局予以關注。1940 年初，筆名為「凝」的中國報人有感於寒冬裏大連貧民處於「飢寒相逼之苦境」，其「慘苦情況，筆難盡述」。因此，他懇切建議殖民當局及早籌設貧民工場，使貧苦華人擺脫死亡威脅。〔註 49〕同年，關東州遭遇空前糧食危機，見此情形，趙恂九籲請僞滿洲國政府幫助解決州內民食問題。他深情寫道：

> 當此農民生活關頭之秋，組合當局與我父母官的為政者，縱令
> 有幾多的苦衷與幾多的荊棘困難，也得設法突破之，俾能拯農民於
> 水火範圍外的衽席上，不然待到今秋必要餓殍在途。〔註 50〕

與為殖民者辯護、戰爭動員等言論相比較，中國報人在談及同胞的苦境時言詞頗為真切，這在「逸民」的《望政府實行低物價政策》、〔註 51〕「松濤」的《要望對滿人兒童實現義務教育制度》、〔註 52〕「凝」的《入學期迫

〔註 45〕 大我，望於滿人囑託與行政當局者〔N〕，泰東日報，1940-07-26 甲（1）。
〔註 46〕 大我，寫在運動會開幕前〔N〕，泰東日報，1940-05-26 甲（1）。
〔註 47〕 劉士忱，全聯協議會觀感 之二〔N〕，泰東日報，1939-10-05 乙（1）。
〔註 48〕 劉士忱，全聯協議會觀感 之三〔N〕，泰東日報，1939-10-06 乙（1）。
〔註 49〕 凝，貧民工廠宜早作綢繆〔N〕，泰東日報，1940-03-20 乙（1）。
〔註 50〕 大我，望滿洲國政府協力解決州內民食問題〔N〕，泰東日報，1940-04-05 乙（1）。
〔註 51〕 逸民，望政府實行低物價政策〔N〕，泰東日報，1940-12-13 乙（1）。
〔註 52〕 松濤，要望對滿人兒童實現義務教育制度〔N〕，泰東日報，1940-01-08（1）。

近所感》〔註53〕中都可體會到。當然，在替「滿人」同胞發聲時，他們多是先策略性地「讚頌」殖民者的「善政」，在虛與委蛇中提出批評並表達利益訴求。

第三節　殖民霸權與戰爭陰影下的文人心態

　　若僅從言論表達情形看，日本全面侵華時期，《泰東日報》中國報人除爲華人同胞有限度地爭取平等、伸張正義以外，爲「宗主國」日本製造「正義」輿論、動員同胞參戰是不爭的事實。但當此戰時環境，又委身於日本老牌殖民地關東州，苛求他們公開從事抗爭性活動並不現實，經典抗戰敘事中的「附敵」、「抵抗」等話語難以概括他們的言論和行爲。而且，由於受到日本「大本營」有關戰爭情報的封鎖，這些中國報人對戰局眞實進展並無機會準確把握，加之日人社主的威脅或利誘，言論是否代表其眞實觀點頗值得懷疑。因此，有必要深入探究殖民霸權與戰爭陰影下中國報人的眞實心境。

一、對「宗主國」的畏羨與順應

　　關東州內華人對日本殖民統治的反應是一個令人「困窘」的現象。至1937年，租借地已存在逾三十年，在日人治下，其中心城市大連從一個海邊漁村發展成爲亞洲著名商港。而因特殊的政治和地理原因，在中國其他地區屢經動盪的數十年間，此處卻始終是一個平靜的所在。生前極力爲「宗主國」殖民侵略製造「正義」輿論的「州內名士」尹仙閣即認爲，自己雖「生逢叔末之世，迭經憂患，備嘗艱苦」，但所居住的關東州卻可「目爲桃源」。〔註54〕

　　追求和平安定的生活是人類本能。前已述及，《泰東日報》中國報人曾不斷生產和傳播實用主義「節義觀」，他們立論的依據也基於此。此外，「宗主國」日本在明治維新後取得的諸方面成就著實對部分《泰東日報》中國報人有一定吸引力，使他們認爲日本「的確有一種偉大之超人的優秀的地方」。〔註55〕另由於租借地殖民當局相對較好地處理了殖民者與被殖者之間的關係，這也使《泰東日報》中國報人對殖民者的「反感」尙達不到強烈仇恨和

〔註53〕凝，入學期迫近所感〔N〕，泰東日報，1940-03-09乙（1）。
〔註54〕仙，時局緊張中宜注意之二端〔N〕，泰東日報，1938-02-21A（1）。
〔註55〕侯立常，建設東亞新秩序與日本國民精神〔N〕，泰東日報，1940-03-08乙（7）。

抵抗的程度。爲安身立命起見，他們更多地選擇了妥協與順應，對日本統治有較正面的回憶，如認爲日據關東州「一切制度井井有條，路不拾遺，夜不閉戶，農歌於野，商忙於市」等。〔註56〕

對日人的畏羨與順應在民生部長魏秉文1940年6月隨溥儀「聖躬親訪友邦日本」的心態中得到反映。對於此次隨訪，魏秉文認爲是自己「這從事這筆桿宣傳生活的人」的「無上的光榮」，「心裏說不出是感激、光榮、欣喜、恐懼……已被派遣了，只好硬著頭皮『誠惶誠恐』、『如履薄冰』似的幹下去了」。〔註57〕此種心情與同年9月記者張洪運訪日出發時的心境何等相似：「由西岡編輯局總務暨井口支配人之諄諄訓示，此行赴日任務，恍然得知責任之重大，余殊爲難負起此千鈞重擔。」〔註58〕

1937～1944年擔任「編輯人」的趙恂九是一位高產的通俗小說作家，但他坦陳自己的小說創作「實在是一件困難的工作」，原因之一即是不敢隨便採用「茫茫社會間」的各種素材：「我怕隨便的採用，把小說寫了出來給讀者讀，發生不良的結果，同時我也怕不合現在的情勢——違背了國策。」這使他產生了「神經過敏」，每次寫作「都要發生猶豫不決的心情來」。〔註59〕（有關趙恂九報人工作之餘的小說創作活動，詳見本章第五節）趙恂九的「編輯人」職務被撤後，劉士忱被日人社主選爲繼任者，但明知是傀儡，他卻沒敢拒絕。〔註60〕

中國報人的各類報章文字中表現出的對「宗主國」日本的畏羨與順應有生存策略的成分，但也可看出，日本文化對其產生的吸引超過了他們心中對日本的拒斥。在這種心態的影響下，抗戰時期《泰東日報》部分中國報人親日心態較爲明顯。他們不僅寫作大量協戰言論，張興五等人還曾到戰爭一線從事所謂的「健軍宣報工作」。〔註61〕

〔註56〕對金女高貢以微見〔N〕，泰東日報，1939-04-01A（1）。
〔註57〕魏秉文，東瀛行〔N〕，泰東日報，1940-06-20甲（7）。
〔註58〕張洪運，治廢答謝使節隨行記〔N〕，泰東日報，1937-11-09A（2）。
〔註59〕趙恂九，寫作十年來的自述（二）〔N〕，泰東日報，1942-01-13乙（4）。
〔註60〕劉淳，我和《泰東日報》〔M〕／／大連日報社，大連報史資料，大連，1989：314。
〔註61〕張興五，健軍宣報工作從軍記：粉碎八路共匪僞宣傳〔N〕，泰東日報，1943-05-14乙（1）。

二、「東亞共榮」的欲念與幻想

戰後提及「東亞共榮圈」，一般僅認爲日本有此幻想。事實上，在被日人多年佔領的東北地區，特別是在被其經營數十年之久的關東州，「建設東亞新秩序」和「東亞共榮」的觀念並非沒有在華人中引發「共鳴」。作爲此類觀念的傳播者，《泰東日報》中國報人在某種程度上也接受了這一披著對外侵略外衣的政治概念。特別是日本在戰爭中取得優勢之時──當然，「優勢」可能是日本大本營報導部虛構出來的──中國報人對這一概念的認同感也有所增強。他們幻想著在「宗主國」的蔭蔽下，自己所處的關東州租借地能繼續保持著所謂的繁榮和安定。

早在日本政府正式將「建設大東亞新秩序」作爲國策方針之前的 1938 年，〔註62〕論說委員尹仙閣即構想出一個「將來之遠東大帝國」：這一大帝國將以日本爲盟主，「團結黃種民族，同躋於共存共榮之域」。〔註63〕1940 年 3 月 7 日，赴日參加東亞操觚者大會歸來的整理部次長侯立常在大連西崗子公學堂面對二千餘名「滿人」男女聽眾講述了自己對「東亞新秩序」的理解：

> 建設東亞新秩序這種口號，好像最初發源於日本，其實則不然，而中國、滿洲國以及其他各國，早就有這種意思了。它的意思是以大同主義及王道思想爲出發點，而將現在的東亞，造成光明、燦爛之樂土。一方面使東亞人，在東亞適於生存，一方面使東亞人在全世界上，有繁榮滋長之基礎。這就是建設東亞新秩序的大要。〔註64〕

但頗爲諷刺的是，打著世界和平旗號「建設東亞新秩序」的「友邦」日本卻偷襲了美國珍珠港，引發了太平洋戰爭。〔註65〕起初，《泰東日報》中國報人確也認爲「大東亞戰爭」是把亞洲從歐美列強的統治下解放出來的「聖戰」，紛紛提出各種「建設東亞共榮」的設想，如趙恂九認爲自己協力大東亞戰爭的「武器」是寫「小說一類的東西」，因爲小說「能在無形影響中，使大

〔註62〕 1940 年 7 月，日本近衛內閣制定《基本國策綱要》，提出「建設大東亞新秩序」的構想並將其作爲國策基本方針。同年 10 月，內閣會議又通過《日滿華經濟建設綱要》，明確提出要建立一個包括華中、華南、東南亞和南方各地區的「東亞共榮圈」。

〔註63〕 仙，將來之遠東大帝國〔N〕，泰東日報，1938-02-18B（1）。

〔註64〕 侯立常，建設東亞新秩序與日本國民精神〔N〕，泰東日報，1940-03-08 乙（7）。

〔註65〕 依 1941 年 12 月 10 日日本大本營、政府聯席會議的相關決定，《泰東日報》將「太平洋戰爭」、「中國事變」及其後發生的關聯性戰爭統稱爲「大東亞戰爭」。

眾協助大東亞戰爭」。〔註 66〕但僅經過一年左右時間，《泰東日報》中國報人便發現建設「東亞新秩序」的進程過於艱難。他們開始憂心忡忡，擔心「聖戰」一旦敗北，「不但亡國，還是要滅種的……這個亡國滅種，恐怕永遠不能翻身，不死在英美的鐵蹄下，他們是不會饒恕我們的」。〔註 67〕即便如此，他們並未預料日本帝國會瞬間崩塌，甚至在日本已宣布無條件投降的當日，在一篇疑似中國報人寫就的評論《且稍忍痛看敵自斃》中，仍對「大東亞戰爭」勝利抱有幻想：

> 吾人雖受暴爆，慘痛之餘，更常忍痛耐苦，繼續奮鬥，以待諸
> 症併發之怪獸，自潰作用之表露，勝利即在最後一分鐘。〔註68〕

若能注意到《泰東日報》中國報人也有「建設東亞新秩序」與「東亞共榮」之類的欲念，其「激切」的助日言論便可得到進一步理解。也正是在這種心態的影響下，他們的文化活動最終陷入殖民權力的話語當中。他們通過對日本大東亞政策的解讀和傳播，引導華人同胞於不覺間形成「東亞共榮圈」的想像，而作爲「幻象」的生產者，其自身也被這種自我製造的概念所吞沒。

三、「政治自我」與「政治他者」矛盾背後的自我貶抑

「政治自我」指人以其所屬的國家及群體爲基礎所形塑的「自我」，其突出表現是對本國政治身份的認同；「政治他者」與「政治自我」相對，「指一個人政治上所不認同的作爲『他者』的政治對象」。〔註69〕對於東北淪陷區中國報人來說，他們自身就是日本人眼中的「他者」，卻要依靠日人的邏輯去呈現自身；他們是中國人，卻要服務於自己故土的侵略者，不管情願還是不情願，都難免產生心理上的矛盾與糾結。

矛盾和糾結在部分中國報人的「筆名」中表現出來，一個較好的例證是那個筆名爲「逸民」、眞實姓名尚不得知的中國報人。在中國歷史上，文人對「逸民」與「遺民」有比較明確的區分：

> 孔子表逸民，首伯夷、叔齊，《遺民錄》亦始於兩人，而其用

〔註66〕趙恂九，我要這樣協助大東亞戰爭〔N〕，泰東日報，1942-12-08 乙（10）。
〔註67〕趙恂九，我要這樣協助大東亞戰爭〔N〕，泰東日報，1942-12-08 乙（10）。
〔註68〕且稍忍痛看敵自斃〔N〕，泰東日報，1945-08-15（1）。
〔註69〕黃俊傑，東亞文化交流中的儒家經典與理念：互動、轉化與融合〔M〕，臺北：臺灣大學出版中心，2011：49。

意則異。凡懷抱道德不用於世者，皆謂之逸民；而逸民則惟在廢興
之際，以爲此前朝之所遺也。〔註70〕

而寫過《上下達情之必要》、〔註71〕《望政府實行低物價政策》〔註72〕等
文章爲華人同胞伸張權益的這位中國報人用「逸民」而非「遺民」作筆名，
很可能取意於「懷抱道德不用於世」或雖「降志辱身」但「言中倫、行中慮」
之意。又如疑爲趙恂九所使用的筆名「竹心」，考其詞意，則有竹心雖空但筋
骨卻柔韌而實在之意，亦即可以爲日人社主作些表面文章，但國人的氣節和
風骨仍保持著。

當中國報人發現「政治自我」被壓抑，更多是被動性地充當「政治他者」
時，又出現了所謂的「自我貶抑」。他們把自身置於殖民者的注視之下，並按
照殖民者的想像來貶低自己。在張洪運、趙恂九、劉士忱、侯立常、魏秉文、
張仁術、張孟仁等人的赴日遊記及其後的公開演講中，他們在情感表達上呈
現爲「學生」或「孩子」的心態也是很好的例證。

另一方面，從事新聞記者職業在 20 世紀三四十年代的東北有著較高的社
會地位和薪資收入。趙恂九在長篇小說《流動》中描寫了一位與他本人極爲
相像、名叫黃貴華的報社編輯，稱他是個「上層社會的人」。作品更指出，當
時「若一聽說誰家有個住報館的，簡直像對當地官吏那樣恭維，說是某某家
的孩子，在報館裏做事，眞要發財了」。〔註73〕而在日僞方面，爲籠絡和控制
中國報人，也通過各種方式提高其地位，如僞滿洲國弘報協會「爲改善滿人
記者的素質，對表現優秀的中國記者給予嘉獎或爲其召開講習會，並對他們
到日本內地視察等予以經費支持。」〔註74〕至 1939 年，僞滿洲國弘報協會對
「各加盟新聞社的待遇進一步改善，（協會）以完全的努力保障從業人員的生
活和地位安定」。〔註75〕較高的社會地位和優渥的待遇對中國報人群體有著一
定的吸引力，特別是在無法抗拒的殖民暴力面前，被動地充當「政治他者」
便成爲一種無奈但又頗具誘惑的選擇。

〔註70〕趙園，明清之際士大夫研究〔M〕，北京：北京大學出版社，2014：217。
〔註71〕逸民，上下達情之必要〔N〕，泰東日報，1940-09-05 甲（1）。
〔註72〕逸民，望政府實行低物價政策〔N〕，泰東日報，1940-12-13 乙（1）。
〔註73〕趙恂九，流動〔M〕，大連：泰東日報社出版部，1935。
〔註74〕森田久，滿洲の新聞は如何に統治されつゝあるか〔M〕，新京：（僞）滿洲
　　　　弘報協會，1940：23。
〔註75〕森田久，滿洲の新聞は如何に統治されつゝあるか〔M〕，新京：（僞）滿洲
　　　　弘報協會，1940：23。

四、傀儡、邊緣人與旁觀者

「九一八」事變後，《泰東日報》中國報人言論相對自由和有限度地參與社務管理的局面即已改變，那個「金子時代」骨子裏透著中國氣息的《泰東日報》成爲歷史了。前已提及，全面抗戰時期，這個擁有百餘名社員的中文大報僅編輯局中的論說委員會、副刊、校對、社會等部門由中國人負責，但至多不過「中層幹部」而已，其言行更受日人社主多重限制。

邊緣化的處境使部分《泰東日報》中國報人產生典型的旁觀者心態，其表現形態之一便是與日人社主的「消極合作」。如從北京大學文學系輟學後輾轉進入《泰東日報》的王丙炎自 1939 年入社直至 1945 年報紙停刊，6 年間他始終與日本社主（包括部分親日的中國報人）保持疏離，即如他自己所說的「別人未影響到我，我也未影響到別人」，僅僅是做一些日常的工作，但原則是「絕不歌頌敵僞」。〔註76〕「消極合作」的另一例證是最後一任「編輯人」的劉士忱。1939 年 11 月，他隨「滿洲國記者團」成員訪日，但在陸續發回的 14 期《東遊漫寫》中他卻僅僅「注重於寫風景見聞，不願談政治問題」。回大連後，報社讓他向市民講演赴日感想，但他草草「講了五分鐘就下臺了……日本人一看我（劉士忱）有意怠工，大發雷霆，嚴詞責我」。〔註77〕

邊緣人與旁觀者心態的第二個表現是多位報人在採編工作之餘投入極大精力從事「副業」。以「編輯人」趙恂九爲例，他在抗戰時期雖發表數量眾多的評論文章，但文字總量卻遠不及他在《泰東日報》上發表數篇長篇小說的文字總量（逾 120 萬字）。在大戰正酣時，作爲報紙編輯人，他卻花費大量精力創造純談風花雪月的言情小說，不能不令人費解。這也間接導致殖民當局在關東州甫一啓動「皇民化」運動時，這位「用心不專」的編輯人即被日人社主逐出報社。除趙恂九外，民生部長魏秉文戰爭期間寫了長篇小說《純情》（1940 年）、校對部王丙炎寫了長篇小說《錢》（1942 年）；社會部長張興五，除了報人身份之外，還是一個既開買賣又買房地的商人。〔註78〕

中國報人旁觀者心態的另一個表現是視政治與道德爲二途。雖通過評

〔註76〕王丙炎，新舊社會兩重天〔M〕／／大連日報社，大連報史資料，大連，1989：298。
〔註77〕劉淳，我和《泰東日報》〔M〕／／大連日報社，大連報史資料，大連，1989：310。
〔註78〕劉淳，我和《泰東日報》〔M〕／／大連日報社，大連報史資料，大連，1989：312。

論、遊記、公開演講等方式談論時局和政治，但也可以隱隱感受到，他們清楚自己與報社僅是「雇傭」關係，並無絕對政治效忠的必要。因此，他們並不以為日人供職而產生道德上的自我譴責，如拭塵、尹仙閣等即在公開言論中談及敏感的「漢奸」一詞，但自己對與日本人「合作」或共事卻甚少從道義或民族道德方面加以思考。〔註79〕中國報人在言論中多有誇張表述，但是否認同自己的報章言論則十分令人懷疑。但恰因為不得不為之，負罪感和內疚感便有所減輕，甚至可能從未考慮到此類問題。

這裡需要指出的是，中國報人的旁觀者心態，雖在本質上是與日人社主之間的一種異己心理狀態，但這種狀態卻不是一種敵對的狀態——它是《泰東日報》中國報人認識到自己僅為「工具」和「傀儡」後失望而又無奈無助時所形成的一種生存方式與心理態度。它不以激烈的方式作為其外在形態，卻潛藏於《泰東日報》中國報人意識的深處，影響其人生態度與職業行為。

第四節　日據末期中國報人的國家認同

即便是受迫而作的言論，還是可從字裏行間讀出作者的複雜心跡；殖民霸權與戰爭陰影下的心態及其表現，也反映出被日人「收編」的中國報人在內心深處充斥著壓抑、糾結、背叛、無助、絕望、愧疚等現實痛苦。而無論言論抑或心態，均涉及殖民社會及戰爭狀態下被殖民者的國家認同問題。作為日占區知識分子中的代表性群體，《泰東日報》中國報人的「國家認同」問題是考察東北淪陷區國人精神世界的一個有力切點。

第三章第五節已對前期和中期《泰東日報》中國報人與報紙國家認同之間的關係問題進行了考證與分析。念及彼時，在傅立魚、安懷音、甦生、沈紫曤、畢乾一、劉憚躬等愛國報人的作用和影響下，《泰東日報》表現出了難能可貴的華人立場和華人風骨。在中國動盪和受辱之時，《泰東日報》中國報人是何等悲憤、激切。然而，在本章所考察的時期，《泰東日報》中國報人在公開場合已經無法再將國家認同的指向對準中國。在偽滿洲國、帝國日本以及民族主義中國的三角關係構成的政治文化場域中，他們在確認自身政治和文化身份時陷入了混亂與掙扎的窘境。

〔註79〕參見《泰東日報》1940 年 7 月 20 日（甲）第 1 版《裴丹與汪主席》（作者「拭塵」）、1938 年 2 月 11 日（B）第 1 版《吃飯與愛國》（作者「仙」）。

　　對於生存在關東州的《泰東日報》中國報人來說，中國、僞滿洲國和「宗主國」日本都不是他們嚴格意義上的「祖國」。事實上，對於國家認同問題，直到1944年，關東州華人仍不甚明瞭：

　　　　我關東州在日本皇道精神之下，施政以來，到現在已經整整四十年了。以地區而論，以爲關東州是個特殊地帶，所以在過去的四十年間，住在州內的人，身份既無明確之判定，名稱也很爲複雜。因之有時稱現在的州人爲滿人，或中國人的，一直到本年四月二十日，公布了關東州人教育令以後，這纔確定了州人的稱呼。〔註80〕

　　上述引文所提及的《關東州人教育令》是1944年4月日本爲在關東州地區推行「皇民化」運動而施行的一項法令，要求關東州內的華人宣稱自己「天皇陛下之御民」。〔註81〕但越是如此，關東州華人的國家認同問題越變得複雜。以下幾則口述史料可進一步印證關東州地區「土著」華人在「我們是誰」問題上所經歷的困惑：

　　　　當時「關東州」內的中國人對自己的祖國及民族觀念處於被蒙昧狀態，對國共兩黨在國內鬥爭情況更是聞所未聞。只知道好好學習，學好日文才有出路。

　　　　　　　　　　　　　　　　　口述人：龐世增　1920年生

　　　　學的地理課本，在地圖上把「關東州」染成與日本國一個顏色。不准我們說是中國人，也不叫「滿洲國人」，而叫「州民」或「皇民」，想把我們變成「準日本人」。

　　　　　　　　　　　　　　　　　口述人：隋永恕　1922年生

　　　　日本統治下的旅大，當時被叫作「關東州」，把居住在當地的中國常住居民叫「州民」。他們（日本當局）在中國學校中推行一整套奴化教育……千方百計地使中國人逐漸淡化對自己國家的認識，最後忘掉自己是中國人。

　　　　　　　　　　　　　　　　　口述人：孫成科　1925年生

　　　　一天，一日本教師在課堂上問我們：「你們是哪國人？」指定一名同學回答，該同學沒有回答上來，被罵了一句「八格」。又指另一名同學回答，該同學說是「滿洲國人」。又被罵了一句「八格」。

〔註80〕鍾濟生，皇民化與爲神大道〔N〕，泰東日報，1944-10-01乙（4）。
〔註81〕關東州人皇民化運動於此機會將盛大展開〔N〕，泰東日報，1944-04-21乙（3）。

　　於是，同學們有些騷動，有的疑惑著悄悄說：「那，咱們是哪國人啊？」日本教師有點感歎地說：「不行！」並大聲說：「你們是大日本帝國人，關東州民！」

口述人：許顯允 1926 年生

　　直到光復之前，我不知道世界上還有一個中國，更不知道自己就是中國人！

口述人：朱毅 1934 年生〔註82〕

　　曾在《泰東日報》任編輯部職員、1926 年出生的劉漢老人在接受筆者訪談時也表示，當年對祖國的情況知之甚少，「但很多人都清楚偽滿洲國是個傀儡國家」。〔註83〕時至今日，已難準確考察在中國、偽滿洲國和日本之間，到底哪一個是《泰東日報》中國報人所真正認同的「國家」，在當年《泰東日報》中國報人的自我表述中也是自相矛盾的。如記者王丙炎在戰後的一份自述中說：「我永遠沒有忘掉我是中國人，我也衷心期待著日本鬼子失敗、中國的勝利。太平洋戰爭爆發以後，我更堅信日本必定失敗，那時我是一種狹隘的民族主義思想，同時也患著崇美病。」〔註84〕由此可見，王丙炎所認同的可能還是那個傳統的中國。〔註85〕但在尹仙閣那裡，「中國人」僅僅是自己過去的政治身份：「吾人與中國之民，昔為同胞，今為善鄰」。〔註86〕

　　偽滿洲國建立後、特別是 1937 年底日本對偽滿洲國的治外法權撤廢後，《泰東日報》中國報人也曾將之作為自己新的「母國」。一位中國報人在《謹祝治外法權撤廢簽字》一文中宣稱，撤廢治外法權的偽滿洲國從此「完全為獨立國家，非供人傀儡可比」，而自己作為「滿籍之民」，則應「努力愛國，以應付非常時代」。〔註87〕1944 年 4 月，日本在關東州地區推行「皇民化」運動，要求關東州內的華人宣稱自己為「天皇陛下之御民」。供職於《泰東日報》

〔註82〕 齊紅深，見證日本侵華殖民教育〔M〕，瀋陽：遼海出版社，2005：105，194，366，469，780。

〔註83〕 原《泰東日報》編輯部職員劉漢老人訪談（2017 年 7 月 8 日）。

〔註84〕 王丙炎，新舊社會兩重天〔M〕∥大連日報社，大連報史資料，大連，1989：298。

〔註85〕 當然，因是在日本戰敗後所發表的言論，是否準確表達了戰敗前內心中真實的國家觀念，有待於進一步考證。

〔註86〕 仙，中國缺乏需要人物〔N〕，泰東日報，1937-10-20B（1）。

〔註87〕 謹祝治外法權撤廢簽字〔N〕，泰東日報，1937-11-06A（1）。（文章未署名，但正文中出現「我滿籍之民」字樣，可證其作者為中國人。）

的中國報人對此也表示擁護，如特報部次長孫世瀚在一次題爲《澈悟州人教育令精神》的演講中，「力論州人教育令之精神與州人皇民化之必然性」，希望「一百六十萬州人理宜澈悟其旨意，發揮八紘肇國精神，協助大和民族共負建設共榮圈光榮責任」。〔註88〕

1938 年 5 月底，僞滿洲國「國家總動員法」在關東州施行。〔註89〕《泰東日報》刊文稱：「關東局方面，爲與日本國家總動員法並行，而且與滿洲國亦有關聯，該法亦應實施於州內。」〔註90〕在總動員體制下，《泰東日報》中國報人無法避免來自日人社主和殖民當局文化部門的壓力。考察數量極爲可觀的評論、新聞報導或文學作品，可以注意到，《泰東日報》中國報人作爲「次日本人」或「準日本人」處於極爲尷尬的地位。在無路可逃、既受日本人排斥又不得不接受的情況下，受戰爭脅迫而被綁到日本人同一條船上的中國報人們，確乎表現出認同於日本的趨勢。但即便如此，孫世瀚等中國報人訴諸筆端或在公開演講中所表現出的「皇國認同」是否出自本意，如今已難得確證。

當中國報人不被要求協力戰爭而退回傳統中國的語境時，報章文字或講演中暢言的「東亞政治」話題或所謂的「皇民身份」便不屑於再去提及，「假意恭維所謂日本文明或日本國力如何雄厚」已經沒有必要，〔註91〕如趙恂九、魏秉文、王丙炎等在新聞採編活動之外所創作的大量小說作品中，甚少關注政治與時局，在人物角色的設定上也基本上是清一色的華人面孔，故事的呈現與人物命運安排也基本依循固有的、源自中國的傳統道德文化框架。在《故鄉之春》、《風雨之夜》等作品中，讀不出「國」爲何國，而「家」則明顯是以中國道德倫理關係建構的中華之「家」。（詳見本章第五節）而對於一些來自關外的中國報人來說，即便在高度日本化的大連生活多年，對傳統中國的回憶依然揮之不去。1944 年元旦〔註92〕，家鄉「遠在大別山的南面、距離遼左約有五千餘里」的副刊《家庭》編輯董文俠在《談談故鄉新年》一文中深

〔註88〕 昂揚戰意增強戰力 大連地區講演會十九日舉行〔N〕，泰東日報，1944-04-18（3）。

〔註89〕 僞滿洲國方面在 1938 年 5 月 11 日已開始施行該法。

〔註90〕 滿洲國國家總動員法月底將實施於州內〔N〕，泰東日報，1938-05-12B（7）。

〔註91〕 劉淳，我和《泰東日報》〔M〕／／大連日報社，大連報史資料，大連，1989：310。

〔註92〕 此時的關東州，中國傳統春節已被日人強制「取消」，僅能以元旦代之。

情寫道：「離開故鄉將近十五年了，現在故鄉變到什麼樣子，我不知道，然而兒時的夢遊之地，每一憶及，無不歷歷在目。」〔註93〕

不妨將視角從關東州向整個東北地區延伸。我們會發現，除《泰東日報》中國報人外，1932 年後，處於偽滿洲國統治下的其他東北淪陷區中國報人在國家認同問題上同樣面臨多重窘境。雖然被殖民程度不及關東州深久，但偽滿洲國《記者法》明確規定取得記者資格要有「帝國」國籍，即偽滿洲國國籍。〔註94〕在特務機關和憲兵隊所開展的新聞事業調查中，中國報人還要明確填寫「對『滿洲國』作何感想？對現在『滿洲國』政治，有無不滿？願爲國民否？……對舊政權及中國有何感想？」〔註95〕在此情勢下，《盛京時報》、《大北新報》中的中國報人不得不在報章文字中稱自己爲「滿人」，稱日本爲「友邦」、「親邦」，惟此才有機會從事社會地位較高、待遇優渥的新聞記者職業。但民族認同與國家認同在具體歷史語境中的不可分離性又使他們飽嘗痛苦：自己所認同的國家身份否定了原有的民族身份，「一邊是賽沙爾所謂『活生生的兄弟情誼』般的民族與文化親近性，另一邊則是『所有戰慄的抽象中最冷酷的』超越民族的階級關係」。〔註96〕1943 年秋，「《盛京時報》編輯于蓮客赴千山賞紅葉時賦詩云：『千山漸似畫屏開，村路崎嶇指廟臺。築路盡徵丁壯去，採棉多是女兒來。』蓋意有所指。又有『聽雪遙憐戰地寒』句，日人總編輯菊池貞二忽顧問：『戰地寒，你是顧念中國兵嗎？』于蓮客無語。」〔註97〕于蓮客的「無語」深涵多層意味，但從中不難揣摩這位供職於日人報紙的中國報人的國家認同指向——中國。

這裡，也不應忽視日本殖民統治近十年之後出生、接受完整殖民教育的一代關東州本土報人在國家認同問題上的偏向。與趙恂九（1905 年生）等日本殖民統治開始前後幾年出生的關東州人或董文俠等故鄉在關內地區的中國報人相比，這一類關東州本土報人在很大程度上已將「中國」視作他者，而無太多情感上的聯結，典型的如曾任《泰東日報》整理部長和編輯人的劉士忱。劉士忱 1913 年生於關東州金州民政支署，11 歲時入金州公學堂，15 歲時

〔註93〕文俠，談談故鄉新年〔N〕，泰東日報，1944-01-03（4）。
〔註94〕長澤千代造，滿洲國弘報關係法規集（滿文）〔M〕，新京：滿洲新聞協會，1942：19～21。
〔註95〕趙新言，倭寇對東北的新聞侵略〔M〕，重慶：東北問題研究社，1940：37。
〔註96〕荊子馨，殖民地臺灣與認同政治〔M〕，鄭力軒，譯，臺北：麥田出版，2006：118。
〔註97〕羅繼祖，楓窗三錄〔M〕，大連：大連出版社，2000：501。

入旅順師範——兩所學校均爲由日人擔任校長的殖民教育機構。1941 年 7 月，劉士忱南下廣州參加所謂的「日滿華操觚者大會」，期間向報社發回題爲《南行記》的遊記 28 篇，詳細記述了對這個從未去過的「國家」的觀感。〔註 98〕在他的敘述中，汪精衛治下的所謂「新中國」是一個落後的、他者式的國家，而「滿洲國是合滿日漢蒙俄等而成的複合民族國家，就大亞洲團結上來說，是一個先進很可以的給他們做一個榜樣」。〔註 99〕對於汪僞方面參會的一些報社社長在座談時對建設「東亞共榮圈」的「空談高論」，劉士忱以他者的眼光批評道：「中國人一般的通病多好高鶩大，只知道喊口號，作標語，擺弄文墨，對於一件問題的發生，只憑感情用事，不能冷靜地推敲。」〔註 100〕

第五節　報人身份的文學表達：以趙恂九小說創作爲中心〔註 101〕

在東北淪陷時期通俗文學研究領域，《泰東日報》編輯人趙恂九被認爲是言情小說一派的代表性人物之一。〔註 102〕獲得這種評價的原因之一是當時僞滿洲國大眾通俗雜誌《麒麟》曾連載他的中篇言情小說《夢斷花殘》，並將其包裝成「滿洲唯一之大眾小說家」。〔註 103〕遺憾的是，這部唯一連載於《泰東日報》之外、時常被拿來與關內通俗小說大家相比較的作品質量不高，應屬

〔註 98〕 參見 1941 年 7 月 14 日至 9 月 19 日《泰東日報》。

〔註 99〕 劉士忱，南行記〔N〕，1941-07-14 乙（3）。

〔註 100〕 劉士忱，南行記〔N〕，1941-08-17 乙（7）。

〔註 101〕 本次研究所使用部分趙恂九小說單行本，由趙恂九之子李振鐸先生提供，但因是經過重新排版後的版本，頁碼與原書不一致，故在相應注釋中未能準確標注原始頁碼，特此說明。

〔註 102〕 東北淪陷時期另一位言情小說代表人物是供職於《盛京時報》的旗人作家穆儒丏。涉及趙恂九的相關研究主要有劉曉麗的《從〈麒麟〉雜誌看東北淪陷時期的通俗文學》（載於《中國現代文學研究叢刊》》、《家園淪陷 文學何爲——日本侵略背景下的中國現代文學地方經驗之一種：僞滿洲時期的通俗文學》（載於《中文自學指導》）、《1939～1945 年東北地區文學期刊研究》（華東師範大學 2005 年博士學位論文），詹麗的《東北淪陷時期通俗小說研究》（吉林大學 2012 年博士學位論文）、《殖民語境下的另類表述——兼論僞滿洲國通俗小說的五種類型》（載於《現代中文學刊》）、《重釋與融合——兼論僞滿洲國通俗文學的研究價值》（載於《黑龍江社會科學》）、鄧海燕、鄧海濤的《僞滿時期東北通俗期刊〈麒麟〉文學研究綜述》（載於《瀋陽師範大學學報（社會科學版）》）。

〔註 103〕 劉曉麗，從《麒麟》雜誌看東北淪陷時期的通俗文學〔J〕，中國現代文學研究叢刊，2005（3）：66～84。

趙恂九全部中長篇小說中的下品，「若把這篇作品和劉雲若、耿小的同期刊出的作品相比（指同在《麒麟》雜誌上連載的作品——筆者注），其藝術上的缺點也就明顯可見了」〔註104〕。應該說，這是一個十分中肯的評價，看到了該作品中存在的結構鬆散、程式化痕跡明顯等問題。然而，除《夢斷花殘》外，趙恂九創作的其他 100 餘萬字言情小說的質量如何？他具體創作了哪些通俗小說作品，又發表於何時？前輩學人對趙恂九小說的評價已近於客觀，還是偏低？由于連載趙恂九小說的《泰東日報》目前整理與閱讀均十分不便，加之當年出版的單行本也只零星存世，給回答上述問題造成了諸多障礙。本節在克服這些困難的基礎上，通過閱讀相關史料及存世的全部小說作品，對趙恂九小說創作生涯進行了史實考證，並嘗試探討這位出生、成長於日本統治之後的關東州人〔註105〕的小說創作特色，及其小說中所折射出的報人印痕與被殖民者的精神印記。

一、作爲報人的趙恂九

　　趙恂九原名趙忠忱，筆名酒、荀酒、大我等，1905年生於日本關東州民政署金州民政支署下轄的岔山屯（今屬遼寧省大連市金州區三十里堡）。〔註106〕幼時家貧，因聰穎好學，由金州遼東育英會資助入金州公學堂。1924 年，19 歲的趙恂九作爲金州僅有的 3 名學生升入日本在關東州租借地建立的唯一一所華人男子普通學校——旅順第二中學校。〔註107〕

　　1929 年，從旅順第二中學校畢業的趙恂九進入日人經營的、當時已有 21 年歷史的《泰東日報》。〔註108〕其進入報社初期的職務不詳，之後曾先後擔任政治版編輯〔註109〕、整理部

〔註104〕劉曉麗，從《麒麟》雜誌看東北淪陷時期的通俗文學〔J〕，中國現代文學研究叢刊，2005（3）：66～84。
〔註105〕關於關東州人的身份認同問題，詳見本章第四節。
〔註106〕本報編輯人萱堂逝世〔N〕，泰東日報，1939-05-17（7）。
〔註107〕旅順中學入學生　州內三十六名〔N〕，泰東日報，1924-03-02（2）。另據《旅順第二中學校／旅順高公中學部校友回憶錄（1924～1945）》（非公開出版物，1996）第 157 頁《通訊錄》。
〔註108〕恂九，振起文化人的精神〔N〕，泰東日報，1943-12-11（4）。
〔註109〕1937 年 12 月 26 日 A 刊第 2 版《本報新正十日起刊登新長篇小說〈春夢〉》一文中提及。

長〔註 110〕、編輯部長〔註 111〕、編輯局副總務〔註 112〕、論說委員〔註 113〕等
職。1939 年 1 月，論說委員尹仙閣去世後，趙恂九成爲《泰東日報》社論的
主要撰寫者，並於 1937 年 12 月 12 日至 1944 年 4 月 21 日擔任《泰東日報》
編輯人。〔註 114〕

　　從歷任職務看，趙恂九是《泰東日報》最後十餘年間中國報人群體中最
爲核心的人物之一。在《泰東日報》同人眼中，他是「一忠厚老誠人」，年
紀稍小的畢殿元等人常以「老大哥」稱呼他。〔註 115〕而在《追悼故去的亡
父》〔註 116〕、《荒郊淚自序》〔註 117〕等自述性質的文章中，可看出他具有
比較濃厚的中華傳統慈孝觀念。此外，他愛好音樂及體育，是《泰東日報》
內部員工組織的音樂部部員，籃球隊成員、裁判。〔註 118〕

　　由於戰局惡化，趙恂九與《泰東日報》其他中國報人一樣，被裹挾進日
本殖民戰爭的洪流。受制於殖民威權，他的報章言論表現出比較明顯的附和
「宗主國」戰時「國策」的誠懇。他本人所撰寫的大量社論客觀上爲「宗主
國」日本的殖民侵略製造了「正義」輿論，如認爲日本「不惜」對中國不宣
而戰是保衛東亞和平的「義舉」，〔註 119〕而日本挑起太平洋戰爭則是「爲解放
多年在英美鐵蹄下苟延殘喘的東亞民族而戰，是日本不忍坐視英美侵略東亞
的大好山河、要斬斷彼輩貪而無厭之英美的臂膀而戰」。〔註 120〕1938 年 10 月，
趙恂九隨「滿洲國滿人記者日本考察團」訪日一個月，撰寫了大量宣傳日本
國力的文章。

　　即便如此，出於自身的民族情感和族群歸屬，供職於《泰東日報》期間，
趙恂九以多種隱晦甚至直接的方式表達了對殖民當局施政的批評，同情戰時

〔註 110〕1938 年 10 月 22 日 A 刊第 2 版《日本視察記》一文中提及。
〔註 111〕1939 年 2 月 9 日 A 刊第 7 版《本報主辦之義務戲於昨盛況裏閉幕》一文中提
　　　　及。
〔註 112〕1940 年 9 月 30 日甲刊第 3 版《本報招待宴上華北視察團代表談》一文中提
　　　　及。
〔註 113〕1940 年 1 月 1 日第 17 版《泰東日報之歷史與現狀》一文中提及。
〔註 114〕見 1937 年 12 月 12 日至 1944 年 4 月 21 日《泰東日報》報頭下方「編輯人」
　　　　一欄署名。
〔註 115〕畢殿元，春苑序言〔N〕，泰東日報，1932-04-20（3）。
〔註 116〕恂九，追悼故去的亡父〔N〕，泰東日報，1932-09-26（3）。
〔註 117〕趙恂九，荒郊淚自序〔N〕，泰東日報，1939-11-22 乙（11）。
〔註 118〕書先，本報俱樂部的小史〔N〕，泰東日報，1932-01-01（27）。
〔註 119〕大我，汪精衛氏之和平宣言〔N〕，泰東日報，1940-03-14 甲（1）。
〔註 120〕趙恂九，我要這樣協助大東亞戰爭〔N〕，泰東日報，1942-12-08 乙（10）。

租借地華人同胞的生存處境並爲其發聲，在公開言論中多方反映其眞實境遇，籲請殖民當局予以關注。（詳見本章第二節）

作爲日據時期關東州文人知識分子的代表性人物，趙恂九還曾一度擔任僑道德會關東州總分會名譽會長〔註121〕。1944 年 4 月 22 日，即日本在關東州實行「皇民化」運動的第二日，被日人社主認爲「工作不力」的趙恂九被解職。

二、報人工作之餘的小說創作活動〔註122〕

除報人身份外，趙恂九的另一身份是當時聞名遐邇也頗具爭議的「滿洲大眾小說作家」。〔註123〕在供職《泰東日報》的十餘年間，他除以極大精力投入編輯部管理、新聞編輯和言論寫作外，把大量精力用於言情小說創作。他的作品「文筆生動，語言流暢，故事委屈婉轉，情節跌宕起伏，風格哀婉酸苦，悲慘淒惻」。〔註124〕他的小說不被當時東北的新文學作家們認可，卻在市民階層擁有大量讀者。在 20 世紀三四十年代的大連，他的「愛加愛淚加淚」〔註125〕言情小說很是得到太太小姐們的歡迎。〔註126〕

從 1932 年發表短篇小說《茅亭》到 1942 年發表長篇小說《風雨之夜》，除 1937 年因患神經衰弱未發表任何作品外，他一邊從事繁重的報人工作，一邊以極大熱情投入到小說創作當中，連「走在道上或坐在車上，抑或散步、遊戲談天、吃飯，甚至到廁所裏去便溺」的時候，都會仔細觀察和記錄可用來寫作小說的素材。〔註127〕這十多年間，趙恂九累計創作小說 14 部，其中短

〔註121〕本報趙編輯長榮任道德會名譽會長〔N〕，泰東日報，1939-03-13 A（3）。

〔註122〕在現存各類文史資料中，一般將「竹心」視爲趙恂九的筆名之一（如《簡明大連詞典》、《大連近百年史人物》等），但該說法是否準確仍存疑。原因在於，1942 年 1 月時趙恂九撰文稱自己此時創作小說達十年（《寫作十年自述（二）》，載 1942 年 1 月 13 日《泰東日報》第 4 版），由此推斷，其小說創作很可能起始於 1932 年，這也與該文後來的敘述相符合。鑒於此，本書未將1927 年 9 月 1 日至 4 日連載於《泰東日報》第 4 版上、署名「竹心」的短篇小說《鮑》納入研究範圍。

〔註123〕在 1942 年 12 月 8 日登載於《泰東日報》第 10 版的《我要這樣協力大東亞戰爭》一文中，趙恂九被介紹爲「滿洲大眾小說作家」，而不是新聞記者。

〔註124〕王勝利等，大連近百年史人物〔M〕，瀋陽：遼寧人民出版社，1999：192～193。

〔註125〕劉慧娟，東北淪陷時期文學作品與史料編年集成 1944 年卷〔M〕，北京：線裝書局，2015：50～51。

〔註126〕劉慧娟，東北淪陷時期文學作品與史料編年集成 1944 年卷〔M〕，北京：線裝書局，2015：50～51。

〔註127〕恂九，寫作十年自述（二）〔N〕，泰東日報，1942-01-13 乙（4）。

篇 5 部、中篇 4 部、長篇 5 部，逾 120 萬字。〔註 128〕另有譯著 1 部。這些小說，除 1941 年連載於《麒麟》雜誌的中篇《夢斷花殘》外，其餘全部連載於他所供職的《泰東日報》。

趙恂九小說創作統計（1932～1943）

序號	篇名	發表日期	發表媒介	類型	字數（萬）
1	《茅亭》	1932.1.14～1932.2-18	泰東日報	短篇	約 1.5
2	《海濱》	1932.2-25～1932.3.31	泰東日報	短篇	約 1.7
3	《春怨》	1932.4.20～1932.5.25	泰東日報	短篇	約 1.4
4	《鸞漂鳳泊》	1932.5.16～1932.7.19	泰東日報	短篇	約 1.8
5	《水中緣》	1932.7.9～1932.12.6	泰東日報	中篇	約 4.3
6	《流動》	1933.1.1～不詳	泰東日報	中篇	約 7.5
7	《他的懺悔》	1934.6.19～1934.11.23	泰東日報	中篇	約 8.3
8	《雪夜》	1936.1.13～1936.2.10	泰東日報	短篇	約 0.8
9	《春夢》	1938.1.10～1938.5.31	泰東日報	長篇	約 14.3
10	《荒郊淚》	1939.4.17～1939.11.22	泰東日報	長篇	約 17.0
11	《聲聲慢》	1940.1.9～1940.9.2	泰東日報	長篇	約 17.6
12	《故鄉之春》	1941.4.22～1941.11.19	泰東日報	長篇	約 21.3
13	《夢斷花殘》	1941.1：創刊號～1942.1：7	麒麟	中篇	約 6.8
14	《風雨之夜》	1942.4.17～1942.12.25	泰東日報	長篇	約 22.9

依趙恂九自述，他的小說創作以 1937 年爲分界，前此專注於純文藝小說的創作，之後則轉向通俗小說與文藝小說相結合的路線。〔註 129〕但無論創作追求如何轉變，他公開發表的作品均專注於言情題材，多是「述說一雙男女或數雙男女的邂逅、愛慕、定情、決裂、團圓或情死」。〔註 130〕無怪乎

〔註 128〕本次研究僅關注趙恂九的原創小說作品，不包括 1943 年翻譯日本作家丹羽文雄的小說《海戰》（自 1943 年 4 月 28 日起連載於《泰東日報》，因現存報紙殘缺，連載至何日不詳）。此外，在原創作品中，有一篇爲祝賀《泰東日報》文學副刊「群星」創刊而創作的不足千字的微型小說《群星》（1933 年 2 月 22 日第 4 版），寫一群名爲「XX 星」的孩童在花木間嬉戲。因有明顯的「戲作」的痕跡，本書亦不將其納入研究範圍。

〔註 129〕恂九，寫作十年自述（二）〔N〕，泰東日報，1942-01-13 乙（4）。

〔註 130〕爵青，閒談戀愛小說〔N〕，盛京時報，1942-01-01（4），（爵青此文恰是針對趙恂九的小說創作）。

他當年的同事、副刊編輯畢殿元「戲稱呼之彼爲張資平第二」，稱讚他「描寫親子之愛、朋友之愛、男女之愛，皆非常眞摯」。〔註131〕但主要的，還是述說青年男女之愛，結尾都是淒婉的悲劇，給讀者以深刻的印象和難以排遣的縈懷。〔註132〕

對淪陷時期東北部分城市市民階層對新文學「敬鬼神而遠之」〔註133〕的尷尬情形，1941年夏至1942年春，東北文壇曾就此發生一場大規模論爭。〔註134〕在這場爭論中，以新文學爲正宗的王秋瑩、也麗、祝英等東北作家認爲趙恂九等人的言情小說是「庸俗的東西」，使滿洲文壇「游移在低流惡濁的『層』中」。〔註135〕應該說，趙恂九的言情小說創作確有迎合大眾口味、追求暢銷的「媚俗」傾向，但簡單地將之完全歸於通俗文學有失偏頗，他本人對此也曾予以否認。〔註136〕他在《寫作十年自述》一文中指出，寫純文藝小說是自己在嘗試寫作之初的追求，1932～1936年間創作的《茅亭》、《海濱》、《春苑》以及《水中緣》、《流動》、《他的懺悔》都接近於純文學作品。這些文藝小說，「對雖微小的一事一物，也不肯放過，都肯下意識的觀察與描寫，使之能夠科學化」。〔註137〕也確如其所說，此間他的全部短篇《茅亭》、《海濱》、《雪夜》、《春怨》均發表於當時《泰東日報》的發表「純文學」原地——《文藝》（《文藝週刊》）上。

1937年，趙恂九接受一位同窗同時也是一位張恨水小說愛好者的建議，決定向大眾的人群裏尋求讀者，「寫上中下三層社會喜歡的、人都能夠愛讀」的作品。〔註138〕此後，他的作品由雅趨俗，在雅俗之間尋求平衡，「採取通俗小說和文藝小說的優點，即盡可能的使小說中的故事多、曲折多，而形容

〔註131〕恂九，春苑〔N〕，泰東日報，1932-04-20（3）。

〔註132〕王勝利等，大連近百年史人物〔M〕，瀋陽：遼寧人民出版社，1999：192～193。

〔註133〕劉慧娟，東北淪陷時期文學作品與史料編年集成：1944年卷〔M〕，北京：線裝書局，2014：50～51。

〔註134〕對此，趙恂九在《泰東日報》的同人王丙炎連續發表《再談通俗文學》（1942年1月13日第4版）、《通俗文學就是通俗小說嗎——以質疑某眞正文學家》（1942年2月13日第4版）、《結束時要說的話》（1942年3月10日第4版）予以回擊。趙恂九本人則在這場爭論中保持沉默。

〔註135〕祝英，所謂滿洲的通俗文學〔N〕，盛京時報，1942-02-04（2）。

〔註136〕恂九，寫作十年自述（二）〔N〕，泰東日報，1942-01-13乙（4）。

〔註137〕恂九，寫作十年自述（二）〔N〕，泰東日報，1942-01-13乙（4）。

〔註138〕恂九，寫作十年自述（二）〔N〕，泰東日報，1942-01-13乙（4）。

一事一物，則盡可能的避免偷懶」。〔註139〕次年1月，尋求新的創作格局的趙恂九以「一種非通俗非文藝而是折中的寫法」在《泰東日報》上連載長篇小說《春夢》。這部於編輯政治版之餘抽暇寫成的實驗性作品基本上達到了趙恂九預期，自稱爲當時最得意之佳作。〔註140〕該作品在錯綜複雜的人物關係中呈現兩對青年男女的情感糾葛，「寫盡人生苦況，道盡悲歡離合的滋味」。〔註141〕繼《春夢》後陸續創作完成的長篇《荒郊淚》（1939）、《聲聲慢》（1940）、《故鄉之春》（1941）、《夢斷花殘》（1941）和《風雨之夜》（1942），也都能在言情之餘，客觀地、冷靜地觀察殖民地人心不古、社會詭譎的現實情形，精確細膩地刻畫了殖民處境中都市飲食男女的情感糾葛與複雜人性。

浸染於殖民都會大連，趙恂九的言情小說充滿了摩登色彩，提倡自由戀愛，稱讚盛行男女平等、不論異性與同性都可交朋友的時代。〔註142〕作品中的女性已經少了對愛情猶抱琵琶半遮面的姿態，轉而爲更加主動地追求愛情。男女間的愛情也不像一般言情小說那麼純情，常有移情別戀的傾向。〔註143〕

趙恂九的小說語言通俗曉暢，輕靈生動。他認爲：

> 純文學作品，將其文章愈能滲入作者的個性愈佳，但通俗小
> 說則不然，他是以平俗簡潔爲主……通俗小說的文章，不要寫作者
> 自己獨好的文章，須寫不偏不倚而具有健全的平淡的普遍性的文
> 章。〔註144〕

對小說語言通俗性的追求在他的後期小說創作中表現得尤爲明顯，如以他的家鄉金州爲背景創作的長篇小說《故鄉之春》保存了大量遼南方言（如「眞下力」、「眞不善」、「沒妥呢」、「太外道了」等），加之極具文獻價值的地方傳統民俗描寫，使後世讀者可以通過他的小說文本較眞切地還原日據下關東州農村的風物人情。

當年王秋瑩、也麗、祝英等人將「俗文學」與「純文學」對舉，多少暗含了「通俗文學」還不夠「純」、不夠「嚴肅」的意思。但實際上，趙恂九

〔註139〕恂九，寫作十年自述（二）〔N〕，泰東日報，1942-01-13 乙（4）。
〔註140〕本報於明日起登長篇新小說春夢〔N〕，泰東日報，1938-01-9A（2）。
〔註141〕本報新正十日起刊登新長篇小說春夢〔N〕，泰東日報，1937-12-26A（2）。
〔註142〕恂九，茅亭〔N〕，泰東日報，1932-01-18（3）。
〔註143〕詹麗，殖民語境下的另類表述——兼論僞滿洲國通俗小說的五種類型〔N〕，
　　　　現代中文學刊，2015（6）：47～56。
〔註144〕趙恂九，小說做法之研究〔M〕，大連：啓東書社，1943：12～13。

的言情小說作品通俗卻不狹邪，能夠恪守文學創作的道德性。他曾指出，通俗小說「須有教人向善之廣義的道德性，不然，則必於無形中，使讀者走於歪路子上去……若通俗小說的內容，令一般大眾讀後發生出一種墮落或頹靡絕望的心理，那便是非道德的小說」。〔註145〕因此，雖被戲稱爲「張資平第二」，但趙恂九在情愛寫作的尺度上拿捏有度，既較好地刻畫了人物的情慾心理，又讓讀者感覺不到低級趣味的取向。此外，他注重宣揚的情愛價値觀仍然與中華傳統道德相貫通，一方面提倡戀愛與婚姻自由，抨擊父母之命、媒妁之言對人性的束縛，但也時常用悲劇性的故事結局警醒一般無知青年男女誤講戀愛之結果，〔註146〕警戒失了理智的青年男女的濫愛，〔註147〕短篇《鶯漂鳳泊》、《流動》如此，長篇《春夢》、《聲聲慢》亦如此。

除注重語言及道德性外，趙恂九也十分講求小說創作的技法。1942 年 3 月，當圍繞他而起的有關通俗文學的話題還在最後激烈爭論的時候，處於漩渦中心的他始終未予回應，而是在《泰東日報》上連載《小說做法之研究》一文，〔註148〕對小說的主題、結構、表現形式等問題一一進行論述。次年 1 月，大連啓東書社將之合集出版，仍名《小說做法之研究》。這部被後世稱爲「東北現代通俗小說理論的開山之作」〔註149〕的專著出版於他即將封筆之際，因之也可視爲其小說創作經驗的一次系統總結，更能看出他對小說做法的鑽研與講求。

據趙恂九自述，他在每一部小說動筆之前，對於結構布局都要「煞費苦慮」，認爲小說的結構不佳，不能引起讀者的同情心；布局不周，即使有了優美的材料，也不能寫成一部完整的小說。因此，在小說開始創作之前，他至少也要用一兩個星期的時間去考慮篇章布局。〔註150〕在具體的結構設計上，他常使用「追溯的結構法」，〔註151〕這在他早年的短篇小說中體現地十分明顯，如 1932 年發表的全部短篇作品均採用這種方法：《茅亭》中，留日歸來的李元善在戀人張蘭香的哭泣中「回憶他給她那封信及他們倆相認識的經

〔註145〕趙恂九，小說做法之研究〔M〕，大連：啓東書社，1943：23～25。
〔註146〕本報新正十日起刊登新長篇小說春夢〔N〕，泰東日報，1937-12-26A（2）。
〔註147〕廣告：趙恂九著夢斷花殘〔N〕，泰東日報，1942-04-15 乙（2）。
〔註148〕恂九，小說做法之研究〔N〕，泰東日報，1942-03-10（4）。
〔註149〕詹麗，東北淪陷時期通俗小說研究〔D〕，吉林大學，2012：175。
〔註150〕恂九，寫作十年自述（二）〔N〕，泰東日報，1942-01-13 乙（4）。
〔註151〕趙恂九，小說做法之研究〔M〕，大連：啓東書社，1943：附錄 2。

過」〔註152〕；《海濱》先是描寫李松風與柳桂香在 S 海濱的柔情蜜意，隨後才開始詳述他們相戀的經過；《春怨》篇首是用純文學的筆調描寫一位年輕婦人帶著襁褓中的女兒在山村庭院中嬉戲，待女兒睡著後她繼續回憶著她與丈夫的戀愛往事；《水中緣》先是講述工科大學學生李凌志救起投海尋死的女初中生秦美玉，全篇主體則是秦美玉向李凌志講述她與許清民相戀後旋被拋棄的辛酸經歷。在 1937 年後創作的幾部長篇中，已頗富創作經驗的趙恂九更是大量運用倒敘、補敘的手法。如在最後一部長篇《風雨之夜》中，他先是描寫一對生活陷入絕境的鄉村母女寫信向在城裏百貨店當經理的一家之主周微波求援，之後才補敘周微波經商暴富後已在城中另娶嬌妻、嬌妻隱瞞原配病重並與原情人私通圖財等的經過。

　　趙恂九注意到通俗小說之所以引人入勝，是因其故事多且富於波瀾。〔註153〕長篇小說《春夢》中，佃戶之女、純情的鄉村女子王雪英與地主之子、任 D 埠 M 學校日語和國文教習的青年人孫師古相戀並結婚，卻被後者「有他遇而棄之」；小說的另一位女主人公王愛美更是命運多舛，原先嫁給富家子張奇華，但張家嫌王愛美家貧，不忍妻子受辱的張奇華攜王愛美逃離，卻中途病歿，漂泊數年後，王愛美方得嫁與孫師古的朋友江萬里，但結局又遭大婦之不容。〔註154〕同命相憐的王愛美與王雪英最後一同離家出走，孫師古移情別戀的醜聞也被報紙曝光，情人自殺，自己也被辭退 F 市視學官的職務。一日，在家賦閒的孫師古與友人同至電影院觀看一部名爲《春夢》的電影，竟發現「主角汪麗麗女士即其髮妻王雪英，汪倩倩女士即其表妹王愛美」，電影所演的故事「純爲自己之歷史」〔註155〕，懊悔不已的孫師古最後選擇了跳樓尋死。這一段段彎轉曲折富於波瀾的故事顯得緊湊而富有張力，更是弔足了閱者的胃口，讀者來信也如雪片飛來。〔註156〕

　　不僅善於講故事，趙恂九對人物的刻畫也很有特色。《他的懺悔》中嫌棄原配妻子卻又被新歡遺棄的魏齊峰、《雪夜》中冒雪尋夫的朱翠蘭、《聲聲慢》中機智剛強最後無奈陷入勾欄的梅弄影、《春夢》中命運多舛卻樂觀倔強的王愛美、《故鄉之春》中垂涎隋玉英的農村二流子夏老三、《風雨之夜》中替亡

〔註152〕恂九，茅亭〔N〕，泰東日報，1932-01-15（3）。
〔註153〕趙恂九，小說做法之研究〔M〕，大連：啓東書社，1943：6。
〔註154〕本報新正十日起刊登新長篇小說春夢〔N〕，泰東日報，1937-12-26A（2）。
〔註155〕趙恂九，春夢〔M〕，安東：誠文信書局，1942。
〔註156〕春夢結束後之長篇小說〔N〕，泰東日報，1938-05-27B（1）。

父揭穿其情婦奸計的周晚霞，等等，都被他刻畫得惟妙惟肖。在塑造人物時，他還注重心理描寫，有時在一天的連載中全部是心理描寫，雖不免拖沓冗繁，卻也頗多精彩之處。《他的懺悔》中，作者將男主人公魏齊峰最初嫌惡沒有上過學堂的原配妻子的心理、爲能在電車上千方百計「偶遇」一見鍾情的摩登女郎邱淑雲、被新歡拋棄後的懊惱與悔恨等心理刻畫地十分精彩。並不是每一部小說的人物描寫都很精彩，但趙恂九每部作品都能刻畫出幾個令人印象深刻的人物。

三、文學書寫中的報人印痕與被殖民者精神印記

（一）小說創作中的報人印痕

無論在當時有著怎樣的爭議，趙恂九的言情小說作品受到了淪陷區市民階層的歡迎。這與他無師自通的文學創作天賦有關，也與其作品迎合了廣大市民讀者的閱讀趣味有關。但在其文學才華的實現過程中，他的報人身份和職業經歷起到了積極的作用。在他的小說中，可以看出比較明顯的報人印痕。

在趙恂九的多部小說中，男主人公是和他一樣從事新聞工作或與報紙有關的文人。如《海濱》的男主人公李松風是 C 市日報社社會版編輯；《流動》的男主人公黃貴華和女配角朱麗雲均是《光明日報》編輯員；《他的懺悔》中，邱淑芸的情人褚微波是個文學家，「在本埠各家報紙，都有他的作品」〔註157〕；《春苑》中，男主人公王親民善於寫戀愛小說，筆名「快心」──趙恂九的書齋即名爲「快心室」──而正是這樣的身份，使王親民從「只曉得花錢吃穿、講摩登、說漂亮話、受著祖上餘蔭」的紈绔子弟劉清華那裡，獲得了他的小說讀者姜靜娟女士的移情別戀。

從小說對報人社會地位的描述中，也能看出趙恂九對自己所從事職業的認同。《流動》中的男主人公黃貴華是一位有著趙恂九影子的報紙編輯，作者借助小說中人物之口稱他是個「上層社會的人」。該小說寫道：

> 現在我們國人的知識，還未很開化，尤其鄉下的農人更甚，若一聽說誰家有個住報館的，簡直像對當地官吏那樣恭維。說是某某家的孩子，在報館裏做事，眞要發財了。可好了，那麼你的表兄既在這兒報館裏充編輯，當然在你們那一方，也是個錚錚者，莫非你

〔註157〕趙恂九，他的懺悔〔M〕，大連：大連實業洋行出版部，1935：127。

們家裏人，就沒有對你説過？〔註158〕

　　報人身份對趙恂九的另一重要影響，是讓他深刻認識到通俗小説創作要以讀者爲本位：

　　　　純文藝小説，一般的作者，幾乎不將讀者置在他的念頭上，純

　　　　以自己之文藝的欲求而寫小説，通俗小説則不然，作者是將讀者置

　　　　在他的念頭上，使讀者願意讀、盡可能使讀者能夠感動。〔註159〕

　　爲滿足讀者的閱讀口味，他不惜中途改變原有的故事情節設計。在 1939 年創作長篇小説《荒郊淚》之際，趙恂九先後遭遇慈母病亡、三女兒趙瑞霞夭折的不幸：「我在這一年中，竟遇著了這兩場悲哀的打擊，乃感到人生無趣，因而我的這部荒郊淚，也跟著受了很大的影響」。〔註160〕在沉重的心境下，他準備爲小説設計一個悲劇性的結尾：

　　　　本想令書中男方主人公江文風眞死，不使女主人公何媚娟尋

　　　　到，來個悲慘的收場，可是讀者似乎看到了我的本意，乃來信要求，

　　　　非使他倆團圓不可。〔註161〕

　　於是，趙恂九讓他筆下的何媚娟幸運地「活」了回來，「由她那苦的海中，爬到樂的岸上來——尋到了久別的本夫江文風，又被聘爲女學校的校長」。〔註162〕他認爲，何媚娟所以能得到此種美滿的結果，是讀者們的賜與。〔註163〕

　　在趙恂九的多篇小説中，報紙的新聞報導是結構故事、推進敘事、塑造人物和表達思想的主要手段。《海濱》中，男主人公李松風「正在標本埠欄的稿件《攜情人潛逃》的題」時收到戀人柳桂香的情書，之後隨即向報社請假去 P 埠與柳桂香赴約，暗示有婦之夫的他將攜柳桂香情逃。《聲聲慢》中，深陷勾欄的女主人公梅弄影是在報上看見她母親尋她的廣告之後決定回鄉探母。《風雨之夜》中，戀慕周晚霞的原亞東百貨店學徒方有爲是看見報紙上寫著小姐周晚霞的名字，才知其遭遇並施以援手。《水中緣》的女主人也是通過 T 報——《泰東日報》的英文名稱即爲 Taitung Jihpao——的一則廣

〔註158〕趙恂九，流動〔M〕，大連：泰東日報社出版部，1935。

〔註159〕趙恂九，小説做法之研究〔M〕，大連：啓東書社，1943：5。

〔註160〕趙恂九，荒郊淚自序〔M〕，1939-11-22 乙（11）。

〔註161〕趙恂九，小説做法之研究〔M〕，大連：啓東書社，1943：10。

〔註162〕趙恂九，荒郊淚自序〔N〕，1939-11-22 乙（11）。

〔註163〕趙恂九，荒郊淚自序〔N〕，1939-11-22 乙（11）。

告知道自己的戀人背著自己回鄉和他人成婚，然後決定投海尋死。不僅如此，整篇小說也是以 T 報的新聞報導來結束的。與《水中緣》同出一轍，趙恂九的得意之作《春夢》以及早期作品《茅亭》也都以新聞紀事結束整部小說。

報人職業也使趙恂九格外重視小說的眞實性問題。他認爲小說的眞實雖與報紙的新聞報導不同，但本質上都是要「中正的且正確的描寫人間」。〔註164〕「人物的職業、境遇服裝、言語等，正確的描寫出來，則其時代的風俗，即傳到後世也能窺之概貌」〔註165〕。這些認知與他作爲報人對新聞記錄歷史功能的認知是一致的。

（二）小說敘事中被殖民者精神印記

一個弔詭的現象是，趙恂九小說作品和他的報章言論有著絕大的分野。在報章言論中，他曾對「大東亞戰爭」不遺餘力地鼓譟，但其小說創作卻刻意淡化政治意味。這固然有迎合淪陷區言情小說市場趣味的考慮，但考慮到「報人出身的小說家往往對政治有自己的敏感」，〔註166〕作爲《泰東日報》編輯人和論說委員的趙恂九卻視政治爲畏途就不能不令人深思。他謙稱自己「對於世相，沒有敏感」〔註167〕，「只知爲寫小說而寫小說，故其中人物與情節，認爲無傷大雅，即信筆拈來，決無何等影射」〔註168〕。此類表述，難免讓人感覺出是一種政治高壓之下苦悶的移情。

事實上，作爲報人的趙恂九並不缺乏對於世相的敏感，對於政局往往有精到的判斷，他的有關時局的大量言論已能佐證這一點。在個別小說中借人物之口預判時勢，更有精彩之處。如在 1934 年推出的中篇小說《他的懺悔》中，一位名叫王道範的初中教員便斷定：「世界第二次的大戰，一九三五年，一九三六年若不勃發，在一九四〇年以內準可爆發的！」〔註169〕然而，類似的有關社會和政治的敘述在他的小說中少之又少，甚至難以覓及。絕大多數作品連地理名詞都刻意隱去，一概使用 D 埠、S 埠、P 埠、F 市等代替故事發生地，給讀者增添了不少閱讀障礙。對此，趙恂九曾在《寫作十年自述》中

〔註164〕趙恂九，小說做法之研究〔M〕，大連：啓東書社，1943：123。
〔註165〕趙恂九，小說做法之研究〔M〕，大連：啓東書社，1943：23。
〔註166〕袁進，鴛鴦蝴蝶派〔M〕，上海：上海書店出版社，1994：172。
〔註167〕次期長篇小說「故鄉之春」預告〔N〕，泰東日報，1941-04-13 甲（6）。
〔註168〕趙恂九，聲聲慢著者自序〔M〕，安東：誠文信書局，1941。
〔註169〕趙恂九，他的懺悔〔M〕，大連：大連實業洋行出版部，1935：42。

坦陳，自己在小說創作時取材十分謹慎，擔心因取材不當而違背了「國策」。這使他每次創作小說時「都要發生猶豫不決的心情來」。〔註170〕

　　1941 年 3 月 23 日，僞滿洲國「藝文指導要綱」出籠，要求對藝文實行國家管制，規定文學藝術必須「以建國精神爲基調，從而呈現八紘一宇正大精神」，並明確規定要移植「優於」本土藝文的日本藝文。〔註171〕表面上，趙恂九以積極姿態予以回應，甚至撰文明確表示要通過小說創作協助「大東亞戰爭」：

　　　　小說之爲物，能包羅萬象成爲一個小社會，它能將一般讀者的
　　　　心情捉住，移入其中。他能使讀者辨明善惡，恨惡助善，它能啓發
　　　　一般民眾的知識，使之向善的道上走去。我因爲意識到這一點，今
　　　　既被列入滿洲的文化人中，追隨在諸大碩士之後，而又喜好寫作小
　　　　說，故在我過去的作品中，是本著這一點，而今後更要本著這一點，
　　　　向前邁進，俾能與無影無形中，使大眾協助大東亞戰爭。〔註172〕

　　按上述說法，他在 1941 年前發表的作品都應是爲協力戰爭而作。但如細讀這些作品，卻甚難讀出協力戰爭的意味。中長篇小說《流動》、《春夢》、《荒郊淚》、《聲聲慢》、《他的懺悔》均是相對單純的言情小說作品，短篇《海濱》、《茅亭》、《春苑》等的純粹言情痕跡更不必說。僅在《荒郊淚》中，男主人公江文風在淪落他鄉之際經人介紹進了可以協力戰爭的宣撫班，後來因日語好還當了宣撫班長。〔註173〕但行文至此，整部小說已將結束，江文風也僅是謀了一個營生的職位，藉此與失散的何媚娟破鏡重圓。在整部小說中，這個具有政治意味的身份並未產生任何政治意義。

　　在《藝文指導要綱》發布後陸續發表的《故鄉之春》、《夢斷花殘》、《風雨之夜》中，協力戰爭的意味同樣不明顯。《故鄉之春》發表之際，他曾提前告知讀者這部小說要「以關東州農村與都市爲背景，描寫青年男女生活的矛盾心理與覺悟，藉資鼓勵他們與她們的增產鬥志，俾能喚醒他們的都市的享樂生活之迷夢」。〔註174〕但在實際創作中，似乎偏離了這個方向，實在看不出

〔註170〕趙恂九，寫作十年來的自述（二）〔N〕，泰東日報，1942-01-13 乙（4）。
〔註171〕錢理群主編，中國淪陷區文學大系：通俗小說卷 總序〔M〕，南寧：廣西教育出版社，1998：2～3。
〔註172〕趙恂九，我要這樣協助大東亞戰爭〔N〕， 1942-12-08 乙（10）。
〔註173〕趙恂九，荒郊淚 2〔M〕，安東：誠文信書局，1941：154。
〔註174〕本報新正十日起刊登新長篇小說春夢〔N〕，泰東日報，1937-12-26A（2）。

鼓勵關東州農民「增產鬥志」，也讀不出為大東亞戰爭鼓譟的意味。在同年創作的《夢斷花殘》中，談到了男主人公白雲貴想趁著政府當局獎勵生產之際「大大的開一處農場」，但說此話的是一個紈絝子弟，不免又多了幾分反諷。

> 「我們計劃著買片土地，或者自己種，或者租出去，或者立一
> 處農園，也都是好的。並且政府當局，現正在獎勵生產，計劃戰時
> 下的食糧要自給自足，我們為謀符合政府當局的主旨，也就打算大
> 大的開一處農場……那麼今年在這兒買的地，因為不夠經營，也只
> 有把它租出去，等買夠數了，才能設法著手經營。」白雲貴把政府
> 的政策拿了出來，又滿口的新名詞，不是政策，便是主義，把個黃
> 老頭兒鬧得摸不著頭腦。〔註175〕

在《風雨之夜》中，趙恂九將一些百貨店取名為「興亞」、「亞東」或「共榮」，如：「她逼得沒法，乃硬著頭皮要到亞東百貨店，到她父親周微波任副經理的那家買賣去。她便坐著□車到亞東百貨店去。結果，百貨店依然是百貨店，但字號可改了，乃是共榮百貨店。」這些日本高喊的口號，如此輕佻地被換來換去，很難說清其中的準確意味。

1943年底，《泰東日報》組織爵青、也麗、吳郎、趙恂九、魏秉文等「列身文化界的人」發出「文化人的吼聲」，以向所謂的「光輝勝利之年開始總進軍」。〔註176〕其中，趙恂九「吼」的是《振起文化人的精神》：

> 筆者追□驥尾，從事新聞事業，已達十五年，在此十五年中，
> 除努力於編輯新聞，寫社論呼籲國民保存東亞的國粹外，更常寫小
> 說……即以社論為前鋒，以小說為左右翼，今後更謀本此一路邁進，
> 不完成大東亞戰爭不止。〔註177〕

但現實情形是，他未「本此一路邁進」，而是封筆不寫，再未公開出版一部小說，又一次將通過寫作小說協力戰爭的表態束之高閣。更何況，寫言情小說協力戰爭本身就顯得十分滑稽。

趙恂九的小說刻意迴避日本人的跡象也十分明顯。須注意的是，1905～1945年間，大連是一個高度日化的殖民城市，1915、1925、1935和1943年，日本人口分別占總人口的44%、38%、37%和24%。〔註178〕以趙恂九的人生

〔註175〕趙恂九，夢斷花殘〔M〕，大連：大連實業洋行，1942。
〔註176〕編者的話〔N〕，泰東日報，1943-12-08（4）。
〔註177〕恂九，振起文化人的精神〔N〕，泰東日報，1943-12-11（4）。
〔註178〕沈毅，近代大連城市經濟研究〔M〕，瀋陽：遼寧古籍出版社，1996：45。

經歷而言，他從日本人所辦的公學校畢業後即進入《泰東日報》任職，每天與日本人共事，生活處處也都有日本人的身影。但在小說情節設計與人物設定上，日本人只是若隱若現地存在，從未構成影響故事情節的核心因素，甚至可以忽略不計。在全部小說的 120 萬餘言中，只在《荒郊淚》與《故鄉之春》中分別出現過一個開口說話的日本人：《荒郊淚》中江文風在京都「大和下宿」的一位女婢和《風雨之夜》中周晚霞與母親流落到 S 埠時遇到的一個日本憲兵——這僅有的兩個在作品中開口說話的日本人，卻都是連「龍套」都算不上的邊緣人物。

「專注言情」固然是一種應付殖民威權的敷衍與妥協，刻意迴避日本人也表現出與殖民者共事的被殖民者卑屈與壓抑的心理。然而，作為日本統治後出生的一代關東州人，對「宗主國」日本及其帶來的殖民現代性的認同、中國大陸受日本殖民程度最深地區國人比較脆弱的民族意志形態、被殖民者本身的文化特性被壓制的情形等，也在趙恂九作品中表露無遺。從他的小說中，能清晰讀出被殖民者的精神印痕及對「宗主國」日本的文化想像。〔註 179〕

在趙恂九公開發表的 14 部言情小說中，有 9 部小說的男主人公精通日語，其中 6 位留學日本。這反映出，在無法比較的情形下，日本壟斷了關東州本土知識分子、特別是日本統治後出生一代知識分子的現代化視野。〔註 180〕於是，在《荒郊淚》中，留日歸國途中的女主人公何媚娟對男主人公江文風說：「日本國內的郊外電車，簡直像火車般的快，交通這樣便利，在世界上可稱得起第一了吧？」後者「微笑著」給予肯定的回答，並交口稱讚「（日本）不愧為世界的一等強國」。〔註 181〕

「當被殖民者失去了保有原身份的空間、無法以文化傳統對抗殖民性之際，通過日本接受的現代性已經左右了他們的生活」。〔註 182〕因此，趙恂九的小說敘事很自然地將留學日本、諳熟日語作為提升人物形象和社會地位的重要手段。在《他的懺悔》中，主人公魏齊峰想「把我留學日本的歷史，對她（指邱淑雲——筆者注）誇耀一下，叫她羨慕我的身份」〔註 183〕；在《荒郊

〔註 179〕這裡所要討論的「文化想像」問題不同於作為具體表現手法的文學想像方式，而主要指文本中顯現的對待特定文化對象的認知狀況和認知態度。

〔註 180〕呂正惠，皇民化與現代化的糾葛——王昶雄《奔流》的另一種讀法，轉引自荊子馨，殖民地臺灣與政治認同〔M〕，臺北：麥田人文，2006：51。

〔註 181〕趙恂九，荒郊淚 1〔M〕，安東：誠文信書局，1941。

〔註 182〕計璧瑞，被殖民者的精神印記〔M〕，廈門：廈門大學出版社，2010：116～117。

〔註 183〕趙恂九，他的懺悔〔M〕，大連：大連實業洋行出版部，1935：46。

淚》中，「那位女子（指何媚娟──筆者注）見江文風的片子上寫得是『日本京都 A 大學文科』的字樣後，她對江文風的態度，突然由冷談改變成了一種好感與親近了。」〔註184〕

在趙恂九的作品中，「高樓大廈在櫛比著」的大連被稱爲小巴黎，〔註185〕這裡有極爲摩登的現代都市生活，電影院裏放映著李香蘭的《東遊記》〔註186〕、胡蝶的《姊妹花》〔註187〕，男女主人公相識於穿行城市的電車，穿的是洋裝洋服，擦的是珞玲粉……缺少批判和反思的描寫，反映出作者對殖民現代性的接受，及其承認現代性因素爲殖民主義合法化提供了文化政治邏輯，也不能不讓人懷疑這是作者在向「宗主國」表示忠誠。事實上，趙恂九在小說敘事中確曾生硬地「示好」於日本人，如在《風雨之夜》中，周晚霞確認那個憲兵是日本人時：

> 她不駭怕了，她知道日本憲兵都是親切的，對鄉民，尤其對待學生更要親切的，於是，她用那流暢的日語，對這位憲兵說明來意，並將找不著旅館的話說了一遍。〔註188〕

趙恂九小說男主人公留日及日語能力情況

序號	篇名	人物	是否留學日本	是否精通日語
1	《茅亭》	李元善（東京 T 府某高等師範，精通日語）	是	是
2	《海濱》	李松風（日本某高師畢業，精通日語）	是	是
3	《春怨》	王親民（高級師範學校學生，文學雜誌主編）	──	──
4	《鸞漂鳳泊》	夏雲生（P 埠私立 X 大學肄業）	──	──
5	《水中緣》	李凌志（工科大學畢業後到大阪研究工業，精通日語）	是	是
6	《流動》	黃貴華（《光明日報》編輯）		

〔註184〕恂九，荒郊淚（3）〔N〕，泰東日報，1939-04-19（11）。
〔註185〕趙恂九，風雨之夜〔M〕，大連：啓東書社，1943。
〔註186〕趙恂九，聲聲慢〔M〕，安東：誠文信書局，1941。
〔註187〕趙恂九，他的懺悔〔M〕，大連：大連實業洋行出版部，1935：79。
〔註188〕趙恂九，風雨之夜〔M〕，大連：啓東書社，1943。

7	《他的懺悔》	魏齊峰（初中日語教師，曾留學日本）	是	是
8	《雪夜》	范吉琛（中學畢業，在吳公館充任家庭教師）	──	是
9	《春夢》	孫師古（留學日本多年，任D埠M學校日語和國文教習）	是	是
10	《荒郊淚》	江文風（日本京都A大學文科畢業）	是	是
11	《聲聲慢》	夏竹風（電氣科學生，日語流暢）		是
12	《故鄉之春》	陳維德（金州農民）		
13	《風雨之夜》	周微波（D埠亞東百貨店副經理） 袁夢春（日本語英語說得都很流暢）		是
14	《夢斷花殘》	白雲貴（城裏一家大富戶的三公子，到農村承包土地）	──	

　　小說的語言文字是觀察趙恂九民族意志形態複雜性的一處窗口。作爲成長於日人治下的一代，他的作品有意或無意識地使用了大量日語詞彙。當殖民後出生、自幼接受殖民教育的一代關東州人成爲社會主體的時候，對他們來說，日文幾乎是一種自然習得的語言文字，在情感抑或理智上，他們已不再將日文明確地視爲對民族文化的巨大威脅而加以抗拒。他們在工作或生活中需要用日語交流，用日文投身社會生活。已如前文所述，在趙恂九的作品中，主人公如果會日語，都將獲得某種生活上的便利，就如《他的懺悔》中魏齊峰對他的學生王麗卿所說：

　　　　現在住在這個地方，日本話是很要緊的，你想！我們每一出門，都要遇著日本人的，同時你們若是畢業後，還得在日本機關裏做事，若是不會日本語，那能行呢？而且自己家中，若遇著了什麼事情的時候，我們若是自己能說日本語，更是方便的，我常看見過不會日本話的人，若到日本機關辦點什麼事情的時候，因爲雙方不同言語，那種隔閡的情形，真令人發悶！〔註189〕

　　然而，「無人能在國家的名義下束縛其國民，進而束縛他們的民族之心」。〔註190〕接受殖民現代性，卻不能完全貶抑民族性。對殖民現代性的認同並未導致趙恂九鄙夷和憎惡原來的「自我」，反而在一些作品中表現出對

〔註189〕趙恂九，他的懺悔〔M〕，大連：大連實業洋行出版部，1935：49。
〔註190〕岡田英樹，僞滿洲國文學〔M〕，靳叢林，譯，長春：吉林大學出版社，2001：249。

民族和傳統的同情和理解。最具代表性的是 1941 年發表的長篇小說《故鄉之春》，這篇以他的故鄉金州爲背景創作的長篇小說通過對遼南地區淳樸人情和田園生活的描繪，摒棄了現代性的時間和空間，塑造了陳維德、隋玉英這對淳樸勤勞的農村青年形象。老鱉灣的故事、完全中國風的端午節、熱鬧的傳統地方戲、愚昧卻虔誠的鄉民求雨儀式等，處處流露出傳統中國的美好。這說明在殖民晚期，知識分子仍然可能以曲折迂迴的方式表達不同於殖民者的現代性認知。

此外，趙恂九的小說儘管專注於言情，但仍有對時局、對事態的曲折反映。如《夢斷花殘》一篇，實質上委婉地批評了戰時統制導致的民不聊生：在日人治下，富人也可以瞬間淪爲乞丐，家破人亡。而在大戰正酣的時期，作爲日人報紙中核心人物之一的趙恂九，卻以極大精力從事副業，不能不令人深思。

1944 年 4 月，被日人認爲工作不力的趙恂九終被免職。離開《泰東日報》後的趙恂九經歷頗爲坎坷曲折，一度賦閒在家。日本投降後，他於 1946 年在故鄉金州——即小說《故鄉之春》故事發生地——創辦金縣第二中學（現大連市第 102 中學），次年被免職，轉赴普蘭店任國民黨縣師資訓練班教育長。又赴吉林，被吉林省長梁華盛委任爲《吉林日報》副刊編輯。吉林解放後，曾在黑龍江鶴崗煤礦做文化教員，1950 年回到家鄉大連，1952 年被人民政府判刑 15 年，1968 年病故於黑龍江泰來勞改農場。〔註191〕作爲一名長期供職於日人報紙的中國報人，他本人及其所寫作的大量助戰言論無疑是日本侵略者的殖民工具，對此，新中國成立後地方政府已有相應評價並對其審判定罪。但作爲一名通俗小說作家，趙恂九的小說雖有明顯的被殖民印記，但甚少協力戰爭成分——儘管他本人曾聲稱以「小說爲左右翼」鼓舞「滿人」鬥志，但本質上，敷衍的成分可能更多一些。十餘年的短暫創作生涯未能留給他充分從事藝術經營的餘裕，但在繁忙的報紙編輯工作之餘，仍能創作 120 餘萬字的小說，不可謂不勤奮。雖然連載於《麒麟》上的中篇《夢斷花殘》某種程度上影響了他的「聲譽」，但其作品的總體質量尚可，應能代表 20 世紀三四十年代東北地區通俗小說創作的最高水平。個別作品中存在結構散漫、情

〔註191〕據趙恂九之子李振鐸先生 2016 年 10 月 13 日口述以及《簡明大連辭典》（大連出版社，1995：910～911）、《大連近百年史人物》（遼寧人民出版社，1999：191～193）等。

節跳躍、描寫繁冗等問題，其實是中國近現代以隨寫隨刊方式創作的報載通俗小說的通病。此外，他的小說作品對日據下大連城市社會生活的記錄、對關東州農村風物民俗的擷拾，均有重要的歷史文獻價值。他本人作為日治下出生的一代關東州知識分子代表，其小說作品是後世研究殖民地知識分子精神世界和身份認同的珍貴文本。

遼寧省金縣縣立第二中學第一期畢業生合影，前排為教師，居中者為校長趙恂九。
（照片由趙恂九之子李振鐸先生提供）

第七章　日本戰敗後中國報人的抉擇 與命運

　　1970 年，日本詩人、小說家清岡卓行的《洋槐樹下的大連》獲日本文學最高獎——芥川龍之介獎。這位 1922 年出生於大連，此後二十餘年間成長、生活在這個城市的日本作家在該書開頭處寫道：「在往昔的日本移民地中，大連或許是最美的城市。」〔註1〕三島由紀夫的書評認同了這一觀點：「作爲同代人的我有許多同感，大連因爲是一種印象風景，既是外地，同時又是內地⋯⋯」〔註2〕然而，大連這座洋槐樹下的美麗城市畢竟是日本以非正義的方式從中國強租而來。戰爭結束時，包括清岡卓行在內的 20 餘萬大連日僑被陸續遣返，日人在大連的生活和各種「事業」戛然而止，由日人創辦並經營 37 年的《泰東日報》也走到了它歷史的終點。社內的日本報人與清岡卓行一樣，被遣送回日本。但對數十名中國報人來說，則是以異常複雜的心境在這個城市開始新的生活。他們欣喜於回歸祖國母親的懷抱，在尙未停刊的報紙上，熱情地呼籲被日本殖民統治了四十年的大連市民把「非驢非馬、中日參半的言語」來個根本清算，「一切殖民地的態度表情，自亦當及時廓清」。〔註3〕但他們又憂心忡忡，擔心自己因往日與日本人的「合作」經歷而遭抓捕和懲罰，一部分中國報人對回歸祖國母親懷抱後自己的命運充滿猶疑和恐懼。

〔註1〕清岡卓行，洋槐樹下的大連〔J〕，魏大海，譯，世界文學，1996（1）：23。
〔註2〕三島由紀夫，「アカシヤの大連」の評言〔EB／OL〕，（2014-11-28）〔2017-08-11〕http://prizesworld.com/akutagawa/jugun/jugun62KT.htm。
〔註3〕中國同胞須認識黨國　國歌及遺囑尤應家喩戶曉〔N〕，泰東日報，1945-09-05（1）。

第一節　重歸祖國：「8・15」至停刊期間中國報人活動情況

「8・15」後（含「8・15」當日）出版的《泰東日報》，目前共留存 13 期（8 月 15、20、22、24、25、29 日；9 月 2、5、7、11、15、19、25 日）。約在 9 月 25 日前，「因種種關係，或間日出版，或數日合刊」，[註4] 且時有開天窗的情形出現。據洛鵬[註5]回憶，《泰東日報》於 1945 年 10 月上旬被蘇軍勒令停刊，但遲至 10 月下旬，才由大連市政府教育局長張致遠（中共大連市委委員）在蘇軍少校李必新（蘇籍華人）陪同下接收。[註6]

一、按蘇軍指示接管《泰東日報》

1945 年 8 月 15 日《泰東日報》

[註4] 本報啓事〔N〕，泰東日報，1945-09-25（1）。

[註5] 洛鵬（1922.12～？），奉天復縣人，曾供職於《泰東日報》，1945 年 11 月至 1949 年 4 月，先後在大連《新生時報》、《關東日報》任通聯科長、採訪科長。

[註6] 在迄今留存的這幾份《泰東日報》上，自 1945 年 8 月 25 日起，紀年方式由日本「昭和」紀年改爲「中華民國」。

與絕大多數日人報紙在「8・15」後立即終刊有所不同，由於日本戰敗初期大連「特殊解放區」〔註7〕的特殊政治環境，《泰東日報》日方人員遲至1945年9月17日才全部退出報社，〔註8〕此時距日本宣布無條件投降已逾月餘。由於時局尚不明朗且日人仍掌控報社，至8月22日蘇軍佔領大連前的整一週時間裏，《泰東日報》依然保持日人面孔。8月14日晚，裕仁天皇簽署詔書接受《波茨坦公告》，〔註9〕但《泰東日報》日方人員「扣押通訊社發布的裕仁召開『御前會議』接受投降的新聞」，〔註10〕因之15日的報紙仍在顯著位置刊發「（日本）大本營發表」，稱日軍在鹿兒灘以東海域「大破空母巡艦各一隻」、〔註11〕「在沖繩東南海面擊沉水上機母艦（犬型）一隻」，〔註12〕同時呼籲大連市民「挺身於大連市防衛之責……集結總力，排除危難，在義勇□意下完成使命」。〔註13〕至8月20日，《泰東日報》仍在一些報導中流露出對不能「完遂大東亞聖戰」的遺憾，基本不提日本「戰敗」、「投降」，僅稱「休戰」、「停戰」，認為日本「將來定係光明，想亦不難接受世界之同情與理解」。〔註14〕

〔註7〕 1945年8月22日，蘇聯紅軍進駐旅大（今大連，下同），並對旅大地區實行軍事管制。到1949年10月1日中華人民共和國成立，這一歷史時期，旅大地區被稱為「特殊解放區」。之所以「特殊」，是因其具有區別於中國共產黨領導下的其他解放區的特殊性，但本質上仍是解放區。大連特殊解放區最大的特殊性是在蘇聯紅軍實行軍事管制的條件下，在中華人民共和國尚未成立、中國共產黨尚未奪取全國政權的形勢下，在一個局部地區的濱海城市建立人民民主政權並實施中國共產黨的政治主張。參見：王元新，王萬濤，趙妤婕，試述黨在大連「特殊解放區」時期（1945～1949）的艱難探索〔J〕，中國井岡山幹部學院學報，2015，8（5）：84～91。

〔註8〕 楊華亭，我的新聞生涯〔M〕／／大連日報社，大連報史資料，大連，1989：304。

〔註9〕 沈子，日本大陸政策史：1868-1945〔M〕，北京：社會科學文獻出版社，2005：745。

〔註10〕 洛鵬，難忘的十八個半月——《新生時報》從創刊到終刊的戰鬥歷程〔J〕，大連黨史通訊，1989（6）：19。

〔註11〕 大破空母巡艦各一隻　捕捉共計鹿島灘東方敵機動部隊〔N〕，泰東日報，1945-08-15（1）。

〔註12〕 沉水上機母艦（犬型）一隻　潛水部隊活躍以單艦屠敵六支〔N〕，泰東日報，1945-08-15（1）。

〔註13〕 □火點〔N〕，泰東日報，1945-08-15（1）。

〔註14〕 與東亞名族互尊信義　應不誤順逆向前邁進〔N〕，泰東日報，1945-08-20（1）。

據《泰東日報》印報工人于永志回憶，在「8·22」蘇軍進入大連之前，報社仍在正常運轉：

> 工作還是正常的，開會講「蘇軍來連後要注意的事項」，還是日本人主持的。蘇軍來連以後，日本人準備退出報社，新的出版物又未定下來，這時的工作才不正常的，時有時無，但還有工作，我們都是按時上下班。〔註15〕

除繼續主持社務外，《泰東日報》日本報人還干涉中國報人懸掛中國國旗，引起中國社員不滿。8月末、9月初，社內發生了中國社員毆打日人社長井口陸造等人事件，起因是日本會計蒔井揭發社長和取締役等人私分金庫現金。「解放了的中國人，當然不答應。大家串通一起同他們鬥爭，迫使日本社長——井口把藏在他家煤洞裏的錢交了出來，並寫了不報復任何人的保證書」〔註16〕。對井口交出的大量現金，楊華亭、張興五、韓岡礦等人原本主張「等『中央軍』來接收時交『國庫』」，〔註17〕但因多數人反對，最終將此十餘萬元朝鮮銀行幣分給了100名左右社員。〔註18〕

《泰東日報》中國社員毆打日人社長事件發生後不久，迎來了解放後的第一個「9·18」紀念日。9月17日，大連蘇軍司令部召集教育文化機關團體開會，號召恢復工作，並令出席代表說明各自機關團體的情況。此前為報紙審查等事經常出入蘇軍司令部的編輯次長楊華亭代表《泰東日報》出席並匯報發言：「泰東日報是中國人的報紙，但由日本人把持著。」蘇軍司令官對楊華亭指示：「日本人隨即退出泰東日報，你是中國人，就由你掌管。」〔註19〕

〔註15〕于永志，一點回憶〔M〕／／大連日報社，大連報史資料，大連，1989：255。
〔註16〕于永志，一點回憶〔M〕／／大連日報社，大連報史資料，大連，1989：255。
〔註17〕王丙炎，新舊社會兩重天〔M〕／／大連日報社，大連報史資料，大連，1989：299。
〔註18〕于永志，一點回憶〔M〕／／大連日報社，大連報史資料，大連，1989：255。
〔註19〕楊華亭，我的新聞生涯〔M〕／／大連日報社，大連報史資料，大連，1989：304。

楊華亭

　　由楊華亭擔任主要負責人、按照蘇軍指示成立的《泰東日報》臨時管理機構名爲「管理委員會」。該委員會委員長爲楊華亭，委員爲劉士忱（編輯人）、李長春（工人）、陶雲甫（營業部）。由楊華亭總管全社事宜，並與劉士忱兼理編輯部事宜。〔註20〕據劉士忱回憶：

　　　　委員會冠以「管理」二字，是因爲當時蔣賊通過電臺命令淪陷
　　　　區各機關單位，各要負責管理原有財產，維持現狀，「等待接收」，
　　　　不得破壞。我們就是要完成這個「任務」，天天盼「接收」，天天收
　　　　聽南京廣播。〔註21〕

　　洛鵬對此「管理委員會」亦有描述：楊華亭、劉士忱等爲自己規定的任務是，保護好設備財產，等待國民黨中央軍來「接收」。〔註22〕「在職工互相監督、共同保護之下，泰東日報的一切財物未受損失。」〔註23〕

洛鵬

〔註20〕劉淳，我和《泰東日報》〔M〕∥大連日報社，大連報史資料，大連，1989：
　　　　315。
〔註21〕劉淳，我和《泰東日報》〔M〕∥大連日報社，大連報史資料，大連，1989：
　　　　315～316。
〔註22〕洛鵬，難忘的十八個半月——《新生時報》從創刊到終刊的戰鬥歷程〔J〕，
　　　　大連黨史通訊，1989（6）：19。
〔註23〕楊華亭，我的新聞生涯〔M〕∥大連日報社，大連報史資料，大連，1989：304。

　　日本戰敗至報紙終刊的約兩個月時間裏，《泰東日報》中國報人的行爲客觀上保存了報社的資金和設備（雖然「私分」了日人社主私藏的 10 餘萬元現金），人員上亦未出現流失。作爲短時期內蘇軍治下大連地區唯一一份中文報紙，《泰東日報》中國報人使報紙在政局不明、人心不穩的情況下仍能保持間斷性出版，爲日後大連市政府和大連市委出版各自機關報提供了人員和設備物資基礎。

二、參與維持大連地方秩序

　　「8・15」日本雖已投降，但其統治大連人民的殖民政權機構並未立即解體。蘇軍進駐之前及進駐初期，首先接受日軍投降並解除日本軍隊武裝，將少將以上戰犯集中關押，並對全區實行軍事管制，但地方秩序暫由日僞警察維持。〔註 24〕當時，居住在大連的 80 萬人口中，日本僑民即有 20 萬之眾。由於百業停頓，人員失業，盜匪四起，國民黨借機破壞，漢奸、敵僞殘餘興風作浪，加之蘇軍官兵經常違紀，造成旅大政權變革前民心不安、社會秩序異常混亂的狀態。〔註 25〕

　　被中國報人逐漸掌握的《泰東日報》至遲從 8 月 20 日起〔註 26〕，開始大量刊登籲請市民維持社會治安的稿件，如 8 月 20 日的《不穩行動斷乎處分　應以冷靜穩沉精勵事業》〔註 27〕《勿被流言所惑》〔註 28〕、8 月 22 日的《發揮市民力量協力當局　共保安寧互維生活》〔註 29〕、8 月 25 日的《勿因利欲以背大局　戮力協心共保安寧》〔註 30〕、9 月 2 日的《和平奠於民族友愛　中日國民宜共爲和平努力　萬勿疑心生暗鬼致起禍端》〔註 31〕、9 月 7 日的《戰後建設責在國民　破壞行爲絕對不可》〔註 32〕、9 月 25 日的《惡徒頭目已明正典刑　如仍藏槍刀必定嚴重懲辦》〔註 33〕等。

〔註 24〕 大連市公安局，大連公安歷史長編 1945-1949〔M〕，大連，1987：3。
〔註 25〕 大連市公安局史志辦公室編，大連公安史選編：第 1 輯〔G〕，大連，1985：17～18。
〔註 26〕 8 月 16 日至 8 月 19 日的《泰東日報》佚失。
〔註 27〕 不穩行動斷乎處分　應以冷靜穩沉精勵事業〔N〕，泰東日報，1945-08-20（2）。
〔註 28〕 勿被流言所惑〔N〕，泰東日報，1945-08-20（2）。
〔註 29〕 發揮市民力量協力當局　共保安寧互維生活〔N〕，泰東日報，1945-08-22（1）。
〔註 30〕 勿因利欲以背大局　戮力協心共保安寧〔N〕，泰東日報，1945-08-25（1）。
〔註 31〕 和平奠於民族友愛　中日國民宜共爲和平努力　萬勿疑心生暗鬼致起禍端〔N〕，泰東日報，1945-09-02（1）。
〔註 32〕 戰後建設責在國民　破壞行爲絕對不可〔N〕，泰東日報，1945-09-07（2）。
〔註 33〕 惡徒頭目已明正典刑　如仍藏槍刀必定嚴重懲辦〔N〕，泰東日報，1945-09-25（1）。

　　總體而言，《泰東日報》中國報人主持或參與發表上述文章出於不同動機，但在一定程度上為蘇軍進駐初期大連地區社會治安的維持起到了積極作用。如在9月2日頭版刊發的由中國報人撰寫的《有工作始有生存 深望國民各勵生業 愛己愛國乃大國民襟度》一文，較為理性地指出中國人在處理和對待戰後大連日本居留民所應取的態度：

> 戰爭業已終結，我們中國人，已從最後勝利凱歌聲裏開始邁入新的環境和新的生活的階段上，此是我們中國國民所堪慶者。惟值此時局的大轉換，在民族之間無論基於感情的、或私欲的輕舉妄動，均切切不可。原以天有好生之德，人有互助的精神，若本乎大乘的見地，在慣用感情者以寬大為懷，推翻過去，重造未來，其動於私欲者，宜念建國之匪易，體諒當局之苦心。廢然知返，重作一個安善的良民。況中央當局，早已三令五申，著以大國民的襟度避免民族間的磨擦。如仍固持舊念，長此以往，恐民族間的仇視，終無已時矣。……現在在大連的日本人，都要知道倚靠蘇聯軍方是求生之道。中國人須安分守己，各勵生業，愛己愛人，以示大國民之襟度。
> 〔註34〕

　　上文之所以說《泰東日報》中國報人刊發維穩文章「出於不同動機」，原因在於，部分中國報人在「8‧15」後不同程度地參與了漢奸、劣紳、敵偽發起組織的、打著協助蘇軍維持治安旗號的「大連地方自衛委員會」、「大連中國人會」、「大連治安維持委員會」等組織。「當時旅大剛剛解放，日本警察正待繳械，社會秩序非常混亂，搶劫事件不斷發生。」〔註35〕此種情況下，「為協力當局，取締謠言，維持社會治安，並指示市民應響之道」，大連市商會會長張本政〔註36〕、副會長邵尚儉「代表市民」向關東廳長官申請成立民間團體「大連地方自衛委員會」。〔註37〕獲允後，該會於8月20日正式成立，親

〔註34〕有工作始有生存 深望國民各勵生業 愛己愛國乃大國民襟度〔N〕，泰東日報，1945-09-02（1）。

〔註35〕大連市公安局油印《資料選編》第1冊第8～15頁。大連市公安局史志辦公室編，大連公安史選編：第1輯〔G〕，大連，1985：4。

〔註36〕張本政（1865～1951），字德純，旅順口人。自1905年始，日本殖民當局先後委任張本政為關東廳參事、關東州時局委員會委員長、大連市會議員、大連商務會長、滿洲經濟協會副會長等職。1951年6月10日，張本政被旅大市人民法院以反革命罪判處死刑，執行槍決。

〔註37〕謀維持地方安定 籌設大連地方自衛委員會〔N〕，泰東日報，1945-08-20（2）。

日商人、解放後被以反革命罪判處死刑的張本政任委員長。

在「大連地方自衛委員會」的 25 名常任委員中，來自《泰東日報》的張興五與劉士忱名列其中。〔註38〕此後，張、劉也一直是由「大連地方自衛委員會」改組而成的「大連中國人會」、「大連治安維持委員會」的成員。據當時主持《泰東日報》編輯工作的劉士忱 1956 年 4 月的回憶材料：

> 當時我認為，中國人會既是旅大未來的政權基礎，我向上爬心切，常常扔了報社工作，向那裡跑，有時也就順便向黨部走走。中國人會像政權一樣成立各部，並有宣傳部，部長鄭仁隆，下設科長股長，我的名字被列為股員。我是兼任，不工作不拿錢，一看名位太小，也就逐漸減淡了興趣，去的次數也少了。〔註39〕

三、在國共兩黨之間抉擇

在整整四十年的日本殖民統治之下，大連地區國人受各類信息封鎖與管控，對國內政治的真實狀況，特別是中國共產黨的發展壯大及在抗日戰爭中的貢獻知之甚少。絕大多數《泰東日報》中國報人一直奉蔣介石為首的國民黨政權為「正朔」。〔註40〕加之與蘇聯簽訂《中蘇友好同盟條約》、《中蘇關於大連之協定》及《中蘇關於旅順口之協定》的一方為蔣介石代表的中華民國國民政府，重回祖國懷抱的《泰東日報》中國報人在日本投降後急於與國民黨方面尋求接觸。他們既擔心因為自己往日的「附敵」行為遭到抓捕和懲罰，也憧憬與進入大連的國民黨有所聯絡，以期在未來政權下獲得生存機會。

除極少數人外，試圖接近來自祖國的國民黨「中央政權」成為大多數《泰東日報》中國報人的選擇。僅依現存史料即可列出一列長長的名單：楊華亭、劉士忱、張興五、楊子餘、李生源、張仁術、韓岡礦、陶雲甫……因「管理委員會」中的幾人均贊成與國民黨接觸，「8·15」後的《泰東日報》很快向親國民黨立場轉向。8 月 20 日，報紙頭版頭條題為《雙十節前決遷都南京》〔註41〕——這是 1931 年「九一八」事變後的近 15 年時間裏，《泰東日報》

〔註38〕 大連地區自衛委員會成立〔N〕，泰東日報，1945-08-25（1）。

〔註39〕 劉淳，我和《泰東日報》〔M〕／／大連日報社，大連報史資料，大連，1989：317。

〔註40〕 2017 年 7 月 8 日原《泰東日報》編輯部職員劉漢老人訪談。

〔註41〕 雙十節前決遷都南京〔N〕，泰東日報，1945-08-15（1）。

首次在報紙顯著位置使用「雙十節」一詞，其用意可以想見。8 月 24 日，報紙又在頭版刊發小言論《國旗之尊嚴》，向大連市民解讀中華民國國旗「青天白日滿地紅旗」的設計寓意，告誡市民對待國旗「宜鄭重嚴肅」。〔註42〕9月初，國民黨方面任命沈怡〔註43〕為大連市長（未赴任），並向蘇軍提出在大連登陸要求，籌劃接收大連。〔註44〕同時，國民黨長春第十八區黨支部書記汪漁洋等進入大連，組成國民黨大連市黨部。〔註45〕為謀求與國民黨方面的政治接觸，《泰東日報》在 9 月 5 日報紙頭版頭條、次條分別登出《總理遺囑》和《中華民國國歌》，一方面表達重歸祖國的欣喜，一方面提醒「中國同胞須認識黨國，國歌及遺囑尤應家喻戶曉」：

> 十五日和平宣告成立、解放吾人多年地位以來，黨國旗翩翩全市，勝利彩紙到處飛揚，歡忻之聲不絕於耳，雀躍之情溢於言表。所有中華同胞，整個陶醉在勝利解放之歡喜之中。吾人既由過去多年之地位中解放出來，復為純正之中國國民，實係民族的、政治的、歷史的一大轉換。為應合這劃期的轉變，則吾人外形上內心上皆須加以一大改建。即吾人站在多年未見之青天白日國旗下，一切外表的言動及頭腦，皆不可有愧於尊崇嚴肅的國旗。〔註46〕

除新聞報導與言論上向國民黨接近外，約 9 月底，《泰東日報》「管理委員會」中的楊華亭、劉士忱、韓岡礦、陶雲甫等人商議決定，派編輯李生源「攜帶泰東日報管理委員會名單赴長春，意圖是『報告泰東日報情況，並問問（國民黨）何日來接收』」。〔註47〕9、10 月間，楊華亭等《泰東日報》管理層開始頻繁接觸此時已經進入大連的國民黨黨部負責人汪漁洋等。經由時常出入國民黨大連市黨部的楊華亭引介，劉士忱、張仁術、楊子餘等均曾與汪漁洋會面，其間汪漁洋曾提及希望楊華亭等人加入國民黨一事。

在楊華亭看來，「汪既要求我們入黨（指國民黨——筆者注），我們不得

〔註42〕國旗之尊嚴〔N〕，泰東日報，1945-08-24（1）。

〔註43〕沈怡（1901～1980），原名沈景清，字君怡，嘉興人。

〔註44〕朱誠如，遼寧通史 現代卷〔M〕，瀋陽：遼寧民族出版社，2012：244。

〔註45〕大連公安局，大連公安歷史長編〔M〕，大連，1987：12。

〔註46〕中國同胞須認識黨國 國歌及遺囑尤應家喻戶曉〔N〕，泰東日報，1945-09-05（1）。

〔註47〕楊華亭，我的新聞生涯〔M〕／／大連日報社，大連報史資料，大連，1989：305。（事實上，李生源並未抵達長春將《泰東日報》管理委員會名單遞交給國民黨方面。）

不入」。﹝註48﹞經楊華亭介紹後，劉士忱曾多次去國民黨大連市黨部，但當時的態度尚「猶疑不定」：「一方面想要矜持，觀望觀望，不能隨便進入任何黨派；但另一方面，又怕加入晚了落在人後。」﹝註49﹞10 月初，當楊華亭、張仁術到國民黨黨部準備填寫入黨志願書時，恰逢大連蘇軍警備司令部派人通知汪漁洋等人到蘇軍處說明情況。楊、張二人預計情況有變，未填寫入黨志願書，認為應「看看以後情勢如何，再作決定」。事實驗證了楊、張二人的推斷：因進行反蘇反共宣傳，汪漁洋等人被傳至大連蘇軍警備司令部後當即被拘押，隨後被遣送回長春。﹝註50﹞楊華亭與劉士忱雖「僥倖」未加入國民黨，但據楊子餘說，他自己入黨，寫楊華亭為介紹人。又據劉士忱說，張仁術入黨，寫劉士忱為介紹人。﹝註51﹞此外，據大連公安檔案資料記載，汪漁洋等人被蘇軍拘押前，「國民黨大連市黨部已從泰東日報物色好人選，準備籌辦市黨部機關報『國民日報』」。﹝註52﹞在這種情況下，蘇軍於當年 10 月上旬勒令《泰東日報》停刊，並同意由民主政府接收，創辦市政府機關報。若就此一點而言，《泰東日報》最終停刊，與楊華亭、劉士忱等人「錯誤」判斷形勢，急於向國民黨方面「輸誠」不無關係。

在多數《泰東日報》中國報人將國民黨判斷為戰後中國政局主導者的同時，白全武、劉漢、洛鵬等少數《泰東日報》中國報人則是中國共產黨的堅定支持者。1920 年出生的白全武與 1926 年出生的劉漢均為金州人，二人於1943 年相識並常在白全武家中舉辦秘密集會，研討和交流有關馬克思主義問題。據劉漢老人講述﹝註53﹞，白全武曾在日本京都某大學法律系就讀，回連後任《泰東日報》記者、時事版編輯﹝註54﹞，他本人則是 1944 年初從大連商

﹝註48﹞ 楊華亭，我的新聞生涯〔M〕／／大連日報社，大連報史資料，大連，1989：305。
﹝註49﹞ 劉淳，我和《泰東日報》〔M〕／／大連日報社，大連報史資料，大連，1989：317。
﹝註50﹞ 顧明義，張德良，楊洪範，趙春陽主編，日本侵佔旅大四十年史〔M〕，瀋陽：遼寧人民出版社，1991：710，另據大連市公安局史志研究室，大連公安史選編：第 1 輯〔G〕，大連，1985：11。
﹝註51﹞ 楊華亭，我的新聞生涯〔M〕／／大連日報社，大連報史資料，大連，1989：306。
﹝註52﹞ 洛鵬，難忘的十八個半月──《新生時報》從創刊到終刊的戰鬥歷程〔J〕，大連黨史通訊，1989（6）：19。
﹝註53﹞ 2017 年 7 月 8 日原《泰東日報》編輯部職員劉漢老人訪談。
﹝註54﹞ 在現今留存的《泰東日報》上，有白全武 1944 年 10 月參加戲劇《紅樓夢》集體批判、11 月隨《泰東日報》「朝鮮煉成視察團」訪問朝鮮的報導，均署名「泰東日報記者」。

業學堂畢業後進入《泰東日報》編輯部工作。1945 年春節前夕，白全武從《泰東日報》短暫離職赴關內與晉察冀邊區公安管理處平西情報站建立聯繫，被賦予「發展成員、搜集情報、組織武裝暴動」的任務。回連後，白全武組織成立了包括劉漢在內的「六人情報小組」，從事黨的地下情報工作。

1945 年 8 月 9 日蘇聯向日本宣戰，白全武等人立即著手搜集日本在連駐軍情報並擬派人送往北京，「但是沒想到蘇聯紅軍很快控制了東北」。〔註55〕也是在 8 月 9 日，此前赴長春偽滿洲國記者養習所學習的劉漢得知蘇軍已對日宣戰，當天乘車返連。〔註56〕8 月 15 日，日本宣布投降，當晚，白全武、劉漢等「六人情報小組」組織集會，將工作任務確定爲「宣傳共產黨的主張，讓人民瞭解共產黨，跟共產黨走」。〔註57〕

據劉漢老人回憶，日本投降後的第一週，他們做了兩件事：「一是寫大標語上街貼，如『中國共產黨萬歲』、『八路軍萬歲』等；另一工作是白全武根據新民主主義論的內容寫了《中國向何處去》的小冊子，大家上街散發」。〔註58〕8 月 22 日蘇軍進駐大連後，白全武、劉漢等人又準備籌辦《大眾》雜誌和大眾書店：

> 由於辦雜誌需要很長時間，這時我們又想先辦報紙，去接收泰東日報。聽說西崗新開大街有八路軍，白全武和車長寬去找到他們的「李中和」司令，他很支持，派兩個武裝人員拿著長槍和白、車二人一同乘馬車去泰東日報社。路過大連火車站廣場前被蘇軍截住，問明情況，繳槍放人。〔註59〕

在籌辦雜誌和接收《泰東日報》暫時受阻的情況下，白全武提議創設「大連社會科學研究會」。「說是研究會，實際是給青年上課的性質。講師由白全武、車長寬擔任」〔註60〕。二人分別主講辯證唯物主義基礎知識和中國革命問題。授課之後進行座談討論，晚間則派專人收聽延安廣播電臺播放的新聞，對其中的重要消息，油印後散發張貼。「通過上述這些活動，團結教育

〔註55〕六人情報小組：那一支難忘的青春之歌〔N〕，大連晚報，2011-08-21B（6）。
〔註56〕劉漢，尋找共產黨：劉漢回憶錄（家族內部傳閱資料）〔M〕，大連：2014：5。
〔註57〕劉漢，尋找共產黨：劉漢回憶錄（家族內部傳閱資料）〔M〕，大連：2014：5。
〔註58〕2017 年 7 月 8 日原《泰東日報》編輯部職員劉漢老人訪談。
〔註59〕劉漢，尋找共產黨：劉漢回憶錄（家族內部傳閱資料）〔M〕，大連：2014：6。
〔註60〕吳濱，大連社會科學研究會的前前後後〔G〕／／中共大連市委黨史資料徵集辦公室，解放初期的大連，大連，1985：200。

了一批進步青年，這批進步青年，對以後開闢大連工作，起了重要作用。」
〔註61〕但在中共中央東北局派人進入大連之前，白全武等人一度十分焦急：
「我們的工作迫切需要黨的領導，天天等，夜夜盼，到處探聽黨組織來大連
的消息。」〔註62〕

　　一個饒有趣味的插曲是，1945 年 10 月中旬之前，白全武、劉漢等人並不
是中共黨員。1945 年春節前後，白全武專程赴北京聯繫上的「晉察冀邊區公
安管理處平西情報站」〔註63〕，僅僅是一個黨的鋤奸保衛組織，「然而白全武
等誤以為參加公安管理處工作，就是參加了共產黨，因而自以為他們已是共
產黨員了」。〔註64〕1945 年 10 月中旬，韓光〔註65〕根據中共中央東北局的決
定赴大連組建中共大連市委後，在沈濤〔註 66〕和張致遠介紹下，白全武、劉
漢等六人終被發展成為中共正式黨員——這也是大連解放初期中共發展的首
批知識分子黨員。根據大連市委指示，此六人組成黨支部，由白全武任支部
書記。此後，該支部又發展林松、洛鵬、孫炎等人入黨，「於十一月五日與大
連解放後第一批工人黨員一起，在黨旗下舉行了莊嚴的入黨儀式」。〔註67〕其
中，洛鵬亦曾為《泰東日報》社員，日後成為大連地中共新聞事業開拓人之
一。本章所引史料也主要來自於洛鵬 1989 年左右負責組織編寫的《大連報史
資料》。〔註68〕

〔註61〕沈濤，黎明前後青年心——憶大連解放初期發展的第一批知識分子黨員〔G〕
　　　　//中共大連市委黨史資料徵集辦公室，解放初期的大連，大連，1985：196。
〔註62〕白全武，沈濤同志，我們永遠懷念你〔G〕//李振榮，林針，吳濱，桃李不
　　　　言，下自成蹊——憶沈濤，大連：大連出版社，1996：41。
〔註63〕該情報站設在北京。
〔註64〕沈濤，黎明前後青年心——憶大連解放初期發展的第一批知識分子黨員〔G〕
　　　　//中共大連市委黨史資料徵集辦公室，解放初期的大連，大連，1985：194。
〔註65〕韓光（1912～2008），黑龍江省齊齊哈爾人。1930 年加入共青團，1931 年轉
　　　　入中國共產黨。30 年代初，任共青團北滿特委書記、省委秘書長、東北工作
　　　　委員會副書記。1945 年 10 月，受中共中央東北局派遣到大連，建立黨政組織，
　　　　任中共大連市委書記兼大連市警察總局（後大連公安總局）政委。
〔註66〕沈濤（1917～？），原名趙久春。20 世紀 50 年代大連工人運動領袖，第三任
　　　　大連（旅大）市總工會主席。
〔註67〕沈濤，黎明前後青年心——憶大連解放初期發展的第一批知識分子黨員〔G〕
　　　　//中共大連市委黨史資料徵集辦公室，解放初期的大連，大連，1985：196。
〔註68〕關於洛鵬是否在《泰東日報》工作過，姜毅在《在大連廣播臺工作的回憶》
　　　　一文中予以確認。在對劉漢老人的訪談中，他也對此問題進行證實。但洛鵬
　　　　在《泰東日報》工作時期使用何名，目前仍不得而知。

雖然「8‧15」後《泰東日報》中國報人群體因政見不同而出現分化，但未有證據表明國共兩派報人之間出現衝突（即便白全武等人曾「持槍」欲接收《泰東日報》，卻不了了之）。事實上，部分傾向於國民黨和傾向於共產黨的報人之間有著良好的私誼。據劉漢老人回憶，當時他和白全武等人與傾向於國民黨一方的原《泰東日報》編輯人劉士忱關係較密切，劉士忱曾對他們有所照顧。〔註69〕在投向共產黨還是國民黨的問題上，白全武也曾與劉士忱進行過多次溝通交流。在劉士忱的回憶文章中，曾提及此事：

> 那時也常和白全武、車長寬等談論這些問題，他們常說國民黨如何反動，如何賣國，如何貪污腐化，但我卻不相信，總以為眼見為實。這也是後來投奔國統區原因之一。〔註70〕

第二節　《泰東日報》停刊後中國報人的彷徨與隱跡

1945年10月上旬，《泰東日報》被大連蘇軍勒令停刊，走完了它37年歷史，重獲新生的中國報人們也將面臨新的人生抉擇。自小就生活在日人治下關東州的他們，因身處日本侵略者之協同者地位，不可避免地懷有羞恥感和負罪感，甚至某種恐懼感。而無論對國民黨，還是對共產黨，他們都不甚瞭解，「對蘇軍個別士兵的風紀問題，尤其看不慣」。〔註71〕未來之路如何選擇，《泰東日報》中國報人心中充滿著茫然與困惑。

一、參與創辦大連市政府與市委機關報

《泰東日報》作為1937年7月以後大連地區唯一一份中文報紙，其中的中國報人群體自然成為該地區解放後重建報業體系的主要力量。在《泰東日報》被蘇軍勒令停刊後的一段時間裏，不論在政治上投向國民黨還是共產黨，大多數中國報人仍然選擇繼續從事報刊活動。

《泰東日報》停刊初期，原有中國報人群體主要有兩個流向，一是成為1945年10月30日創刊的大連市人民政府機關報《新生時報》的人員班底，此部分人員中，大多持親國民黨傾向；二是白全武、劉漢等共產黨身份背景的報人按照時任中共大連市委書記韓光要求，於11月1日創辦中共大連市委

〔註69〕2017年7月8日原《泰東日報》編輯部職員劉漢老人訪談。
〔註70〕劉淳，我和《泰東日報》〔M〕∥大連日報社，大連報史資料，大連，1989：316。
〔註71〕劉淳，我和《泰東日報》〔M〕∥大連日報社，大連報史資料，大連，1989：318。

機關報《人民呼聲》。

《新生時報》是在大連解放初期社會各界籌備首屆人民政府的背景下創辦的，其人員、場所、設備等均來自剛停刊不久的《泰東日報》。作爲首屆大連市人民政府機關報，《新生時報》社長由大連市教育局局長張致遠兼任（黨內爲中共大連市委委員），副社長則是來自《泰東日報》的老報人楊華亭。編輯部及行政管理部門的工作人員，亦爲《泰東日報》原班人馬。〔註72〕原《泰東日報》編輯人劉士忱仍主管編輯部工作。〔註73〕每期報紙由張致遠和蘇軍少校李必新審查。

因教育局局長張致遠僅是兼任社長，他與李必新對報紙內容的審查也大多限於所謂的「大政方針」。因此，楊華亭、劉士忱等在具體編輯業務方面仍有較大權限。傾向於與國民黨接近的楊華亭、劉士忱等人利用此機會，曾編排刊發一定數量不利於政局發展和黨的建設的稿件，「版面安排將重要時事新聞故意壓低，用一段題放在報屁股上。言論中籠統反對內戰，不講正義戰爭與非正義戰爭」。〔註74〕劉士忱的回憶材料也提及上述事實：

> 大約11月間，人民政府成立，新生時報直接由市教育局張致遠同志領導，仍讓我負責編輯。但我的正統思想已經根深蒂固，怎能安心工作……我不懂國內外和旅大形勢及實際條件，更談不到什麼是國際主義以及蘇聯的社會本質是什麼，把駐軍旅大和搬走機器看成赤色帝國主義的侵略行爲，把中蘇友誼和蔣介石投靠美帝，等量齊觀。至於對蘇軍個別士兵的風紀問題，尤其看不慣。關於這些問題，我常和白全武他們爭論，但也得不出結論。政府成立後，白全武、張仁術等都進政權工作，這也使我不安心於工作。在新生時報上寫些短評，並像國民黨的應聲蟲似的，用「內亂」而不用「內戰」的字眼。但這些反動的立場和觀點，都經張致遠局長兼社長改正了。〔註75〕

〔註72〕大連日報社，大連報史資料〔M〕，大連，1989：33。
〔註73〕洛鵬，難忘的十八個半月——《新生時報》從創刊到終刊的戰鬥歷程〔J〕，大連黨史通訊，1989（6）：20。
〔註74〕洛鵬，難忘的十八個半月——《新生時報》從創刊到終刊的戰鬥歷程〔J〕，大連黨史通訊，1989（6）：20。
〔註75〕劉淳，我和《泰東日報》〔M〕／／大連日報社，大連報史資料，大連，1989：317～318。

在參與《新生時報》創建的原《泰東日報》報人中，洛鵬是唯一一名中共黨員。但因是新黨員，「組織上又決定要長期隱蔽，不能暴露身份，所以在編輯部發揮不了任何作用」。〔註76〕出於對楊華亭、劉士忱等人工作的不滿，《新生時報》創刊僅一週之後，中共大連市委委員陳雲濤以副市長名義召見了楊、劉二人，指派姜毅（自膠東來連的中共黨員）任《新生時報》編輯部副部長並實際主持編輯工作。此後不久，中共大連市委又派李蓮（又名夏瑞）進入《新生時報》工作。

> 這樣，在編輯部裏算是有了我們兩個人（指姜毅與李蓮——筆者注），其餘的都是原泰東日報的，許多人政治面目不清，個別人則表現出露骨的敵對態度，有個姓齊的編輯，他利用我黨不能以公開面目出現，同我們進行合法形式的鬥爭。〔註77〕

和《新生時報》的情況不同，由白全武、劉漢等人按中共大連市委指示創辦的市委機關報《人民呼聲》，其編輯部門完全是新組織起來的。除了來自原《泰東日報》的劉漢外，「編輯和記者都是新參加我黨工作的進步青年」。〔註78〕

前已提及，《人民呼聲》是由原《泰東日報》記者白全武按中共大連市委要求籌辦的，於1945年11月1日正式發刊，創刊號大樣由白全武送大連市委書記韓光審閱，最初的編報人員僅有劉漢、于明二人，他們「既是編輯，又是記者，夜以繼日地幹」。〔註79〕此後，大連市委又陸續派吳濱、孫炎、俞伯等進入《人民呼聲》從事採編工作。1946年初，劉漢暫時離開《人民呼聲》採編崗位，被派去接收、整頓日文報紙《大連日日新聞》的廠房、機器，並培訓工人，準備將《人民呼聲》遷入該處。〔註80〕

以《新生時報》和《人民呼聲》創辦為節點的原《泰東日報》中國報人

〔註76〕洛鵬，難忘的十八個半月——《新生時報》從創刊到終刊的戰鬥歷程〔J〕，大連黨史通訊，1989（6）：20。
〔註77〕姜毅，回憶我在大連從事新聞工作的情況〔M〕／／大連日報社，大連報史資料，大連，1989：249。
〔註78〕姜毅，回憶我在大連從事新聞工作的情況〔M〕／／大連日報社，大連報史資料，大連，1989：249。
〔註79〕大連日報社，大連報史資料〔M〕，大連，1989：115。
〔註80〕大連日報社，大連報史資料〔M〕，大連，1989：116，另參見劉漢，工作簡歷〔M〕／／劉漢，尋找共產黨：劉漢回憶錄（家族內部傳閱資料），大連，2014：30。

群體的歷史性分流，在人員的「流量」上並不均衡，僅白全武、劉漢等少數共產黨人受黨的委託和安排「白手起家」創辦了大連歷史上首個黨的機關報（當時仍處於地下，以大連職工總會名義出版），其他人則成建制地留在了以《泰東日報》房屋、設備爲基礎創立的大連市人民政府機關報《新生時報》。受舊觀念、舊傳統等影響，他們在新崗位上的工作很難被黨和蘇軍認可，一些人在此後若干年勉爲其難地堅持，一些人主動向共產黨靠近，但大多數人則在不久以後離開報社，或是逃向國統區，或者選擇銷聲匿跡。

二、1946 年後部分報人的「逃離」與隱跡

2014 年，88 歲高齡的原《泰東日報》編輯部職員劉漢老人將家族內部印行的回憶錄定名爲《尋找共產黨》，記述了自己與當年《泰東日報》同事白全武等熱血青年在黑暗環境下苦苦尋找、等待中共黨組織的往事。1945 年 8 月 15 日日本投降後，在時局難測、未來國共誰將掌權仍未可知的情況下，劉漢和白全武等人毅然選擇加入大連中共黨組織（當時處於地下活動），成爲大連解放後首批入黨的知識分子。此後不久，他們又受命創辦中共大連市委機關報《人民呼聲》，成爲大連地區黨的新聞事業的開拓者和奠基人。他們發起成立的「六人情報小組」也成爲中共大連地方黨史中被傳頌至今的一段佳話。

劉漢與妻子合影。（劉漢老人供圖）

與白全武、劉漢等少數人的命運不同，曾長期供職於《泰東日報》、此後又大體以整建制形式進入《新生時報》的中國報人則經歷了較爲曲折的命運。這些長期與日人共事，在殖民統治下出生、成長的一代知識分子，曾一度爲重返祖國懷抱而歡欣振奮，但面對新的歷史抉擇，大多喪失了判斷力，最終選擇了一條錯誤的道路。

出於對原《泰東日報》中國報人工作的「不滿」，1946 年 2 月，中共大連市委派抗戰初期的老黨員杜鴻業擔任《新生時報》社長。杜鴻業到任後，「整頓了機構，清理了隊伍，加強了思想工作，狠抓了組織紀律」：

> 根據幹部隊伍的具體情況，對原泰東日報時期的老人，願意留下繼續工作者，表示歡迎，並量才使用。如楊華亭繼續擔任副社長，負責行政管理；王丙炎主編副刊；韓建堂主編地方版。對不想留在報社，另有高就者，則熱情歡送。如老記者張興五，因政見不同，找個藉口向杜社長辭職，杜鴻業同志不僅接受他的辭呈，還在泰華樓設便宴歡送。老編輯周靜庵、郭瑞堂等於 1946 年春相繼提出辭職，均獲認可。對個別工作質量不高，適應不了工作要求的中青年記者，則予以調動或精簡。〔註81〕

在大連這個戰後由蘇軍接管、中國共產黨佔據政治優勢的「特殊解放區」，劉士忱、張興五等原《泰東日報》中國報人中堅分子，最終選擇離開《新生時報》和共事多年的報社同人，很大程度上根因於他們與新生政權在執政理念上存在齟齬。作為極富新聞業務經驗的老報人，他們原本有機會利用《新生時報》接近中共黨組織——彼此間有著良好私誼的白全武曾一度規勸、〔註82〕共產黨方面委任的新社長杜鴻業也禮遇有加，但劉士忱等人仍「固執」地保持著對中國共產黨的刻板印象：

> 總之，當時認為祖國就是國民黨，而共產黨則是搗亂分子。心中完全傾向國民黨而怨恨共產黨。〔註83〕

因「嚮往國民黨的心越來越迫切」，1945 年 11 月底，劉士忱「由於敵偽巡捕王立印的勾引，一同到長春歡迎國民黨『接收』大連」。〔註84〕時值民主聯軍包圍長春市郊，劉士忱歡迎「接收」的目的未能達到。回連後，謊稱奉侍病母到《新生時報》銷假繼續工作，報社也未追究。但在該年底，劉士忱受匪特施永申威脅要求為國民黨提供情報，他雖未應允，但因躲不過施永申糾纏，決意

〔註81〕 洛鵬，難忘的十八個半月——《新生時報》從創刊到終刊的戰鬥歷程〔J〕，大連黨史通訊，1989（6）：21。

〔註82〕 劉淳，我和《泰東日報》〔M〕／／大連日報社，大連報史資料，大連，1989：316。

〔註83〕 劉淳，我和《泰東日報》〔M〕／／大連日報社，大連報史資料，大連，1989：316。

〔註84〕 劉淳，我和《泰東日報》〔M〕／／大連日報社，大連報史資料，大連，1989：316。

離開大連。1946 年 2 月 7 日，他未向《新生時報》辭職而遠走他鄉。

老報人張興五自 20 世紀 30 年代起就是《泰東日報》外勤採訪的主力記者，之後曾擔任外勤部副部長、特報部次長、社會部長等職，《新生時報》創辦後，仍擔任外勤記者。這位曾在日據時期大連報界有著較高知名度的老報人，對旅大這個由蘇軍軍管、中國共產黨領導的特殊解放區政權組織形式存在不滿。1946 年 3 月採訪報導大連市第二屆臨時參議會期間，他在會議現場對大會選舉國民代表大會候選人的程序提出公開質疑。據同去參加採訪的洛鵬回憶：

> 誰也沒有料到，正當大會主席宣布選舉結果後剛剛落座，坐在記者席上的張興五突然站起來，首先聲明他是代表記者向大會提出問題，他認為國大代表應由全市人民普選產生，由臨參會選出不符合民主程序。張興五這個突然襲擊，弄得全場氣氛頓時緊張起來。這時，各新聞單位黨員記者簡單碰了一下頭，由《人民呼聲》報記者俞伯同志代表記者團嚴正聲明：張興五的意見只能代表他自己，我們記者團不同意他的意見。這一下就把張興五的氣焰壓下去了。這位老兄由於和我們政見不合，在二屆臨參會閉幕不久就辭職不幹，跑到國統區去了。〔註85〕

1946 年 3 月 4 日至 17 日，大連市第二屆臨時參議會在市政府禮堂舉行。圖為大會記者合影，左三為張興五、左四為周靜庵、右二為洛鵬。（《大連日報史料集》）

〔註85〕 大連日報社，大連日報史料集〔M〕，大連，1985：186。

　　至此，劉士忱、張興五、周靜庵、郭瑞堂等曾在《泰東日報》供職多年的中國報人已陸續離開《泰東日報》，不知所蹤，在日後可供查閱的公開檔案、文史資料，甚至在當年報館同人的回憶中「隱跡」，成為一個極為「隱秘」的日據時期中國知識分子群體。

　　部分原《泰東日報》中國報人後來「不知所蹤」，除政見不同等因素外，也與戰後中國政府著手處置漢奸有一定關聯。1945 年 11 月 23 日，民國政府頒佈《處理漢奸案件條例》，該條例明確將「曾在偽組織管轄範圍內，任報館、通訊社、雜誌社、書局、出版社社長、編輯、主筆或經理為敵偽宣傳者」列為「漢奸」。〔註86〕作為供職於日人報紙《泰東日報》的中國報人，他們無疑具備「漢奸」罪名成立的條件。對此，曾擔任《泰東日報》編輯人的劉士忱有著清晰的認識，他「既慶幸祖國勝利，又顧慮漢奸將被懲處」。〔註87〕劉士忱此後是否被以漢奸罪論處，目前尚未有資料可供證實。但他的前任趙恂九確曾以相關罪名被人民政府判處 15 年徒刑，在黑龍江泰來勞改農場走完了自己曲折悲慘的一生。

　　在進入《新生時報》的原《泰東日報》報人中，也有一些人對中國共產黨寄予期望，憧憬共產黨治下欣欣向榮的未來中國。這類人中最具代表性的是副刊編輯王丙炎。王丙炎（1899～？），原名王超，筆名冰言，奉天遼源人，1917 年春入北京大學預科，1919 年初春入本科文學系，不久因經濟原因輟學回遼源。同年冬考入東三省郵政管理局任郵務生。1938 年輾轉到大連。1939 年夏，通過《泰東日報》考試入社任校對。在 1941 年夏至 1942 年春東北文壇有關通俗小說的論爭中，他曾在《泰東日報》發表多篇文章參與論爭，是這場論爭的核心人物之一。在任《新生時報》編輯初期，長期生活在關東州租借地的王丙炎和不少報社同人一樣，對中國共產黨缺乏瞭解。但在 1946 年 10 月中國共產黨《新生時報》支部成立後，王丙炎等來自原《泰東日報》的老知識分子受到關心和照顧，「黨支部很注意對他們的教育工作。在政治上、工作上一視同仁，團結共事；在生活上，關懷照顧他們，儘量幫助他們解決一些實際困難」。〔註88〕對於生活較拮据的王丙炎，杜鴻業、洛鵬等中共黨員

〔註86〕處理漢奸案件條例（國民政府令，中華民國三十四年十一月二十三日）。
〔註87〕劉淳，我和《泰東日報》〔M〕∥大連日報社，大連報史資料，大連，1989：316。
〔註88〕洛鵬，難忘的十八個半月——《新生時報》從創刊到終刊的戰鬥歷程〔J〕，大連黨史通訊，1989（6）：25。

給予悉心關懷。王丙炎在舊社會染上了吸鴉片的惡習，杜鴻業曾苦口婆心地勸他戒煙。1948 年，王丙炎的老伴墜亡無錢殮葬，報社又幫助他妥善處理了喪事。這些使這位老知識分子感激不盡。在一份題爲《新舊社會兩重天》的回憶材料中，王丙炎回憶了當時杜鴻業勸他戒煙的情形：

> 到 1946 年春天，杜鴻業同志來任新生時報社長，我開始和共產黨人接觸起來。……就在這年秋天，他說服動員我到醫院去戒煙，並給了我以很好的照顧。從這一事情開始，我感到這個「上司」和舊時代的「上司」有所不同，他不是威脅、申斥，而是治病救人，使我對共產黨人、對新社會，有了進一步認識。〔註 89〕

1951 年底，此時已離開新聞單位到政府工作的王丙炎在一份材料中鄭重寫道：準備條件，爭取做個光榮的共產黨員，哪管到六十歲以至七十歲也不放下這個奮鬥目標。遺憾的是，他未能實現這個願望就被病魔奪去了生命。〔註 90〕

1946 年 6 月 1 日，白全武、劉漢等人創辦的《人民呼聲》更名爲《大連日報》。1947 年 5 月 16 日，出版了 1 年零 6 個月的《新生時報》停刊，改組爲旅大全區政權機關——關東公署機關報《關東日報》，原《泰東日報》中國報人又部分轉入該報工作。在一份職員名單中，仍可看到洛鵬、文安祿、韓建堂、楊華亭、于永志、韓岡礦等人的名字。〔註 91〕此後的數十年裏，他們有的選擇堅守，有的選擇逃離，也曾不斷接受知識分子思想改造運動的洗禮。據《大連日報》老報人、原大連市新聞工作者協會秘書長于景生老人回憶，至 20 世紀 50 年代，仍有文安祿等五六名原《泰東日報》老報人在《大連日報》從事採編等工作，但在反右運動開始前後，陸續不知去向。〔註 92〕至 20 世紀末，除高壽的劉漢老人外，《泰東日報》中國報人均已走完起伏跌宕的人生歷程。如今，除個別報人後代仍苦苦尋覓自己父輩極爲有限的資料外〔註 93〕，人們已將這個經歷過關東州殖民苦痛的一代知識分子群體遺忘。

〔註 89〕王丙炎，新舊社會兩重天〔M〕∥大連日報社，大連報史資料，大連，1989：300～301。

〔註 90〕洛鵬，難忘的十八個半月——《新生時報》從創刊到終刊的戰鬥歷程〔J〕，大連黨史通訊，1989（6）：26。

〔註 91〕大連日報社，大連報史資料〔M〕，大連，1989：44～45。

〔註 92〕2017 年 8 月 7 日《大連日報》老報人、原大連市新聞工作者協會秘書長于景生老人訪談。

〔註 93〕如趙恂九之子李振鐸、劉炎生之孫劉博光等。

結　論

　　《泰東日報》中國人採編群體是近現代中國報人群體中的滄海一粟，是一群在中國新聞傳播史上籍籍無名的「小人物」。生存於日本在中國大陸殖民統治程度最深的地區，又謀食於日本人所經營的報紙，使他們無法擺脫某種「原罪」。然而，當儘量避開政治與道德評判所帶來的干擾，從其寫作或編輯的浩繁文字中去捕捉這個「沒有歷史」的群體被掩蓋的生命痕跡時，我們發現，他們竟如此鮮活地存在於那個陰暗的歷史時空。

　　金子雪齋主持時期（1908～1925），作爲日人報紙的《泰東日報》未將「中國」作爲殖民權力話語表述的「他者」，而是以「日人報紙」之身將中國視爲「自我」，在相對本眞的層面稱中國爲「吾國」。但實際上，這種「中國認同」是報社中那些中國報人國家認同的體現——他們雖處於日本殖民統治之下，但與生俱來的中華血脈和民族情感使其一直將中國視爲精神與文化上的「原鄉」。在金子雪齋頗具理想主義色彩的「大乘的民族主義」思想和極高社會威望的蔭蔽下，他們對祖國的認同和情感得以在殖民統治的縫隙中鞏固並延續。

　　金子雪齋離世至「九一八」事變發生前，傅立魚主持筆政時期所網羅的愛國報人群體逐漸星散殆盡。但1928年後，多位共產黨人潛入《泰東日報》，他們一方面在嚴酷的政治環境中從事黨的組織工作，一方面小心翼翼地利用《泰東日報》擴大黨的影響、改變報紙對中共及其領導人的「醜化」宣傳。此間，也有國民黨人、無政府主義者及親日派文人在《泰東日報》從事採編工作，使報紙的政治面目混亂而模糊。即便如此，在對日問題上，中國報人未在報章文字中表現出奴顏媚骨，《泰東日報》仍然是一副中國面孔，在關東州租借地得到中國讀者認可。

　　總體上，自 1908 年創刊至 1931 年「九一八」事變之間的 23 年，中國報人在《泰東日報》有著相當大的自由活動的空間，掌控著報章言論與新聞採編的決定權，也有編輯部人事任免權，有決定這份日人報紙「報格」的能力與權限。這在近代日人在華所經營的報刊中並不多見，甚至可算是一個孤例。也恰因如此，前中期的《泰東日報》表現出比較鮮明的華人立場，堅持維護華人權益，能夠做到大節不虧，甚至在「反二十一條」、「五卅」等愛國反帝運動中表現出難能可貴的排日情緒，致使報紙被殖民當局「禁賣」。這說明，屈身於日本關東州租借地的中國知識分子，只要擁有一定的政治自由空間，也能果敢地利用自己的職業平臺和職業資源聲張民族氣節，傳遞民族精神。

　　「九一八」事變發生、偽滿洲國建立後，日本對華政策升級為全面侵略政策，中國報人的獨立言論空間漸被擠壓殆盡，來自中國關內地區的報人群體也退出了《泰東日報》舞臺。日本殖民統治後出生的一代關東州人成為《泰東日報》中國報人群體之主體後，他們的家國認同表現得遠較前一代人複雜。以報導偽滿洲國「建國」為分界點，受殖民權力操控的《泰東日報》開始將「中國」視作絕對意義上的「他者」。此後，《泰東日報》中國報人無法再稱中國為「我國」，而是被強制性地認同那個傀儡偽滿洲國，甚至在 1944 年 4 月日本在關東州施行「皇民化」運動後，被要求稱日本為「母國」。在這樣的情形下，《泰東日報》中國報人或為稻粱謀，或基於其他利益考慮，選擇與日人妥協或「合作」，生產著大量美化日本侵略、協力殖民戰爭的新聞和言論，對東北國人的精神和心理產生了深遠負面影響。這一點是不容置喙的事實。

　　茅盾認為，在淪陷區「通敵」的知識分子中，「理論宣傳者」最為可怕，「他們也許不會直接傷害某些人，但他們會說服中國人，使其相信日本人的佔領有利於中國的長遠發展，正如日本所一貫宣傳的那樣」。〔註1〕「九一八」事變後，東北淪陷區日人報紙中的中國報人所從事的文字工作不是「理論宣傳」，但卻是比「理論宣傳」更具傳播力的「新聞宣傳」。1940 年左右，「以滿洲的滿漢人口總數和滿文報紙每日的發行總量計算，每 292 人即可看到一份報紙」。〔註2〕在經濟發達的關東州，《泰東日報》日發行量高達 3 萬份（大連市內逾 1 萬份），而當時大連市區華人人口約 74 萬。〔註3〕以此計算，大連市內華人每 74 人即

〔註1〕轉引自卜正民，秩序的淪陷〔M〕，潘敏，譯，北京：商務印書館，2015：285。
〔註2〕森田久，滿洲の新聞は如何に統治されつゝあるか〔M〕，新京：滿洲弘報協會，1940：19～20。
〔註3〕轉引自沈毅，近代大連城市人口略論〔J〕，社會科學輯刊，1993（2）。

擁有一份《泰東日報》。雖無法對當時的媒介傳播效果作準確考察，但如此高的人均報紙佔有率，加之日偽方面以各種方式極力勸誘中國人閱讀報紙，[註4]不難想像，《泰東日報》中國報人的新聞傳播活動在文化殖民、民族性、國家認同建構等方面對東北國人產生了深遠的精神和心理影響。

坦率而言，《泰東日報》中國報人之中確有不少人對「宗主國」存有「好感」，幻想著在其治下能夠實現某種社會安定，因之選擇了「順應」並生產、傳播著實用主義「節義觀」，在鼓吹戰爭和傳播殖民文化方面也不遺餘力。但同時，他們自身作為「被殖民者」，在國家認同等方面也遭遇混亂與掙扎；他們對中國──「祖國」的渴望，既來自根深蒂固的民族血緣和文化傳統，也來自對殖民情境無力徹底改變的憤懣與不滿。

在民族大義的問題上應持鮮明的態度與立場，但在分析具體問題時，也不應政治化、簡單化和情緒化。研究發現，《泰東日報》中國報人的報章文字中蘊含著極為隱晦、複雜的民族情感──他們承受著殖民壓抑，卻始終無法割斷民族性。他們是一群有血有肉、個性鮮明的特殊群體，他們真實的精神世界遠比我們想像的複雜。在這個群體的內部，可按民族氣節和政治立場的不同劃分為不同的小類，但若不加區別地通通「污名化」，則不僅失之於嚴謹，恐怕也是對待歷史的一種不負責任的態度。

首先應肯定的是《泰東日報》中國報人具有相當高的新聞業務能力。論者曾對不同時期的《泰東日報》進行簡單抽樣，並將之與同時期中國報界翹楚《申報》與《大公報》的同時期報紙進行粗略對比。從結果看，無論是大小言論、內容編排、版式設計、標題製作，還是對新聞資源的深挖能力、新聞採訪的紮實度與專業度，均看不出《泰東日報》中國報人與《申報》、《大公報》中的那些「名記者」、「名編輯」有多大差距，個別之處，甚至有所超越。更為值得注意的是，中國報人雖委身日人報紙，卻不全為稻粱謀，而是對報人職業持崇敬和認同的態度。早在 1913 年，《泰東日報》中國報人在一篇題為《本報訪員達黃縣大同閱報宣講所之質問書》的文章中即清晰闡述了報館的社會功用：「報館為監督政府、輔助社會之機關，訪員有搜討□密褒貶善惡之責任。有聞必錄為全球報刊所公許，除奸燭隱猶係同人應盡之義務。」[註5] 1920 年 5 月，全國報界聯合會第二次常會在

〔註4〕森田久，滿洲の新聞は如何に統治されつゝあるか〔M〕，新京：滿洲弘報協
　　　　會，1940：19～20。
〔註5〕本報訪員達黃縣大同閱報宣講所所之質問書〔N〕，泰東日報，1913-02-05（5）。

廣州舉行，其間提出籌設新聞大學的建議〔註6〕，對此，記者沈止民熱情回應稱：「至於新聞大學，我今握筆為文，書此四字，尚覺怦然□動，果有開辦確訊，吾將屏除一切，決然入學。」〔註7〕1923年，記者劉憫躬也在一篇社論中談了新聞記者應具備的素養及其所存在的社會價值。他將社會比作一所大學，記者則是這所大學的教育者；作為記者，不僅要有寫作蒼秀文章之能力，還應做到道德湛醇、思想純正、毅力堅強、不弱於膽，要灌輸正義於人們腦海中。〔註8〕1928年，記者王蘭被大陸浪人小日向白朗設計毆傷，但他寫信告訴關心他的讀者說：「假如我還能活著的一天，怕於我職責的本身，便決不會有什麼影響的。」〔註9〕

其次應肯定的是《泰東日報》中國報人為關東州華人同胞聲張權益所做的努力。無論是金子雪齋主持時期中國報人執筆寫下的《為三十里堡三千農民向山縣關東廳長官乞命》、《滿鐵首腦之不顧大局 苦我華人》、《欺民侮民之大連市役所 村井氏之毫無德望》、《大連市役所可以撤廢矣》、《杉野大連市長無常識之一斑》、《嗚呼苦力》、《差別待遇已廢止乎 本報之直接開陳意見》，還是抗戰全面爆發後言論空間已十分逼仄的情形下寫作的《要望對滿人兒童實現義務教育制度》、《望政府實行低物價政策》、《望於滿人囑託與行政當局者》、《貧民工廠宜早作綢繆》、《望滿洲國政府協力解決州內民食問題》等，均可看出《泰東日報》中國報人對租借地內被凌辱、被歧視的華人同胞的體恤和同情。為維護同胞權益，他們不惜與日人對簿公堂〔註10〕，也曾赴滿鐵總社直接就華人權益問題向滿鐵高層質詢〔註11〕，甚至在公開報導中指斥日人市長。〔註12〕儘管有時為同胞利益發出的聲音十分微弱，但在當時的歷史情境下，加之他們自身也委身於日人機構，這些微薄的努力已是難能可貴了。

〔註6〕 參見：趙建國，分解與重構：清季民初的報界團體〔M〕，北京生活・讀書・新知三聯書店，2008：246～277。
〔註7〕 指鳴，廣東報界議案之感言〔N〕，泰東日報，1920-07-02（1）。（「指鳴」為沈止民筆名。）
〔註8〕 憫躬，記者的價值與社會〔N〕，1923-03-16（1）。
〔註9〕 王蘭，答〔N〕，泰東日報，1928-12-08（5）。
〔註10〕 本報被告事件公判又延期 何日開庭尚不明〔N〕，泰東日報，1921-02-18（2）。
〔註11〕 本社記者滿鐵幹部訪問記 松本滿鐵理事之極力辯明〔N〕，泰東日報，1921-02-22（2）。
〔註12〕 杉野大連市長無常識之一斑〔N〕，泰東日報，1925-04-01（2）。

　　此外，《泰東日報》（1908～1945）幾與日本關東州租借地（1905～1945）同齡，因此，幾代中國報人完整地記錄下了日本關東州租借地社會、政治、經濟與文化狀況。在日人離開大連時焚毀大量檔案資料、〔註13〕蘇方接管大連後又私藏密運大量歷史資料的情況下〔註14〕，《泰東日報》中國報人在近四十年間留下的大量報章文字成爲研究關東州租借地政治史、社會史、經濟史和文化史極爲珍貴的歷史文獻。由於城市體量相對較小，《泰東日報》中國報人的報導領域幾乎觸及社會生活的各個方面，街巷瑣事，家長里短，無所不包。他們當年所採寫的大大小小各類稿件，不僅記錄下了大連這座殖民城市在日人經營下畸態發展的圖景，也記錄下了日本佔領下社會風氣污濁不堪，民生凋敝，煙、賭、娼充斥市面，下層社會特別是華人社會民生艱難的情形。和外埠稿件常出現錯訛相比，因信源較易核實且「新聞當事人」可直接就不實之處向報社反饋，《泰東日報》本埠新聞稿件的眞實性和準確性相對較高。〔註15〕因此，《泰東日報》中國報人對日本關東州租借地的歷史記錄不僅翔實，也具有一定的可信性。更重要的是，他們的記錄與新中國成立後依照既定意識形態完成的史述相比，展示了更爲鮮活、複雜的關東州租借地國人生存狀態。通過他們留下的文字，我們得以看到，在殖民體系內部，被殖民者的選擇空間相當大，其活動也多種多樣，精神世界異常複雜：從同化或合作到抵抗和反叛，他們的行爲遵循著不同的邏輯，遠非簡單的道德或政治評判所能評價和衡量。

　　除開展新聞傳播活動外，《泰東日報》中國報人也是近代東北文壇一支十分活躍的力量。他們一方面編輯文學副刊，爲東北作家提供創作園地，一方

〔註13〕　草柳大藏在《滿鐵調查部內部》一書的結尾處寫道：「那天（日本撤離大連那天——筆者注），大連晴空萬里。傍晚，和往時一樣，夕陽撒著她那金色粉末似的光輝，在西方地平線上搖盪著；在這落日餘暉中升起了一股燒毀文件的濃煙，被這濃煙薰痛了眼睛的人們，都各自陷入了沉思……」（載黑龍江人民出版社1982年版《滿鐵調查部內部》第562頁。）

〔註14〕　筆者在訪談中瞭解到，蘇軍進入大連後，沒收了大連圖書館和滿鐵調查部資料室的全部藏書和資料，並用卡車拉走了保存在營城子高爾夫球場地下室的大量調查文獻。接管大連圖書館的多年間，蘇軍禁止任何中國人入館（包括保潔人員），私藏密運歷史文獻的數量至今難以確知。

〔註15〕　這一點，也得到市民的廣泛認可。實際上，當時的大連市民階層已將《泰東日報》作爲公共交往的工具之一，如經常利用報紙發布日常人情往來信息，或者親友動態。在趙恂九創作的小說中，此一點也得到進一步印證。（詳見本書第六章第五節。）

面在新聞採編工作之餘進行著原創文學生產活動。除在第六章中述及的言情小說作家趙恂九外，還有畢乾一（創作社會小說《連水勻波》、〔註16〕哀情小說《金鐘淚史》、〔註17〕社會小說《連水寫眞記》〔註18〕等）、安懷音（創作理想小說《一個農人的夢》〔註19〕等）、劉憫躬（創作《英靈》〔註20〕《愛國》〔註21〕等大量短篇，以及《地獄之囚》〔註22〕等長篇）、王丙炎（創作短篇《枷鎖》、〔註23〕長篇《錢》〔註24〕等）及魏秉文（創作長篇《純情》〔註25〕）等。這些作品並不一定具有多高的文學造詣，但由於是在被殖民的處境中創作完成，在不同程度上體現出日本高壓統制下被殖民者的精神印記，是後世研究關東州租借地文人知識分子精神世界不可多得的文本資料。這些作品是幾代關東州知識分子心路歷程和命運軌跡的眞實寫照。

　　1945 年 8 月 15 日正午 12 時，日本昭和天皇通過廣播宣布投降。10 月上旬，擁有 37 歷史的《泰東日報》被解散〔註26〕。此時，報社職工總數約 100 人。〔註27〕作爲曾與日本人「合作」的中國人，《泰東日報》中國報人當時的心境不難想見，如時任編輯人劉士忱所坦言：「當時我的心情很複雜，既慶幸祖國勝利，又顧慮漢奸將被懲處」〔註28〕。他們擔心因爲自己過去的所作所爲遭到抓捕和懲罰，也奢望與進入大連的國民黨軍達成交易，受到保護。但在國共之間，他們並不知道誰將是最終掌握政權的一方，不知道日本人離開後與國民黨和共產黨哪個派別合作的安全性更高。在恐懼、彷徨之中，他們做了不同政治選擇。如今，除極個別人外，《泰東日報》中國報人在新中國成立後的命運大多悲慘，一些人隱姓埋名，一些人鋃鐺入獄，成爲連自己子女

〔註16〕大拙，社會小説：連水勻波〔N〕，泰東日報，1919-09-20（5）。

〔註17〕大拙，哀情小説：金鐘淚史〔N〕，泰東日報，1919-09-17（5）。

〔註18〕大拙，社會小説：連水寫眞記〔N〕，泰東日報，1923-10-17（副張1）。

〔註19〕淮陰，理想小説：一個農人的夢〔N〕，泰東日報，1920-07-16（5）。

〔註20〕憫躬，愛國短篇：英靈〔N〕，泰東日報，1920-08-12（5）。

〔註21〕憫躬，愛國短篇：熱血〔N〕，泰東日報，1920-09-12（5）。

〔註22〕憫躬，地獄之囚〔N〕，泰東日報，1923-07-17（副張2）。

〔註23〕丙炎，枷鎖〔N〕，泰東日報，1941-11-23 乙（6）。

〔註24〕冰言，錢〔N〕，泰東日報，1942-06-11 乙（5）。

〔註25〕朝雲，純情〔N〕，泰東日報，1940-10-02 乙（6）。

〔註26〕目前所見最後一期《泰東日報》的出版日期爲 1945 年 9 月 25 日。

〔註27〕于永志，一點回憶〔M〕／／大連日報社，大連報史資料，大連，1989：255。

〔註28〕劉淳，我和《泰東日報》〔M〕／／大連日報社，大連報史資料，大連，1989：316。

都長時間不願提及甚至恥於提及的一代文人。

　　概而言之，在關東州租借地，「合作」並不完全是人們從道德或民族主義方面考慮的問題，它有著十分複雜的解釋維度。只有當「歷史行動遠離被民族主義情緒束縛的假想，或者遠離使其老掉牙的道德預設，使事件退回到無法預料的不確定狀態」時〔註29〕，我們對《泰東日報》中國報人才會有更加深入的理解，近現代東北新聞史的研究也將更加貼近歷史的本來面目。

〔註29〕卜正民，秩序的淪陷〔M〕，潘敏，譯，北京：商務印書館，2015：285。

附錄：《泰東日報》中國社員統計表

（僅大連本社）*

---

* 值得說明的是，金州文士李在游雖不屬於嚴格意義上的《泰東日報》社員，但他在《泰東日報》創辦初期曾長時間主持編輯事務。故此，也將李在游生平情況補充介紹如下：李在游，1864～1928（一說 1862 年生），名義田，字在游，晚年別署葦隱。關東州金州人，清光緒己丑五舉《泰東日報》主持《泰東日報》，近代大連地區最為知名的愛國文士之一，與金子雪齋為知交。在《泰東日報》初創時無人可用之際，他自 1909 年起，主持《泰東日報》筆政多年，但不居名位，不支薪水。離社後至病逝，仍「直接間接，無條件贊助本社」。[參考支獻：《吊李在游先生》（1928 年 8 月 17 日《泰東日報》)、《挽李雪隱先生》(1928 年 8 月 14 日《泰東日報》)、《李在游先生啟立碑建立趣旨書》（1931 年 7 月 21 日《泰東日報》)、《大連文史資料 第三輯》(1987)、《連灣墨林記》（2013）]

* 除大連本社外，《泰東日報》在各分支機構所在地也聘有大連兼職社員，但限於史料及研究精力所限，本書暫未能將其納入研究視野。

姓名	生卒年	籍貫	家庭及受教育情況	任《泰東日報》職務	簡介
曲模亭：名作楨，字模亭，流南泉	1869～？	關東州金州	清末秀才	創刊時元老，任監督一職，後曾兼任副社長	金州宿儒，與奉天省長王永江為密友。《泰東日報》籌備發刊時，曲模亭正在大連公學堂任教，受邀參與籌辦《泰東日報》，也因他與金子雪齋有相知之雅，藉以指導社會」的考量，也因他與金子雪齋有相知之雅，部亦有私誼。報紙初創時，金子雪齋主持筆政。曲模亭曾任社內任監督之職。後被聘為大連遼東銀行常務取締役。遼東銀行合併滿洲銀行後，任東三省官銀號大連經理。 參考文獻：《本報誕生追記》（1934 年 9 月 1 日《泰東日報》）、《東三省人物志》（1931）、《本報紀念始政卅年來回顧座談會》（1936 年 10 月 25 日《泰東日報》）、《大連青年會史料集》（1990）、《遼寧新聞志資料選編 第一冊》（1991）、《連濱堂林記》（2013）等。
金梅五：又名金學亭	不詳	不詳	不詳	創刊時元老，曾任印刷人、理事	《泰東日報》元老之一。1913 年 1 月，與金子雪齋一同赴吉林參加首屆東三省中日記者大會。1913 年 8 月傅立魚入社時，金梅五在社內任理事一職，報頭下方印刷人處署名「金學亭」。 參考文獻：《中日記者預備紀事》（1913 年 1 月 26 日《泰東日報》）、《忠告王子衡的一封信》（1923 年 6 月 23 日《泰東日報》）、《鳴呼金子雪齋先生》（1926 年 8 月 28 日《泰東日報》）
海外閒人：真實姓名不詳	不詳	不詳	不詳	初創時期編輯	在 1911 年 2 月 14 日一篇題為《新聞雨》的短文中，稱自己是「做新聞的」，又稱《泰東日報》為「我們這泰東日報」，可見其當時隸己供職《泰東日報》。留存至今的署名報章文字不多，但其所作的短文《新聞雨》對考察《泰東日報》初創期報人數量及稿件來源有重要史料價值。 參考文獻：《新聞雨》（1911 年 2 月 14 日《泰東日報》）、《大家一支》（1912 年 2 月 9 日《泰東日報》）。
李福綿	不詳	不詳	不詳	印刷人、工廠長	創刊初期即進入《泰東日報》工作，此後長期擔任「印刷人」和工廠長。1938 年時，為滿洲國對「全滿」新聞社優秀社員進行表彰，李福綿為受表彰社彰者之一。1939 年，《泰東日報》

姓名	生卒年	籍貫	家庭及受教育情況	任《泰東日報》職務	簡介
					舉行創刊三十週年紀念並受表彰「勤積者」，李福綿亦受表彰，相關報導指出此時他已在報社工作逾30年。此後不久即任「印刷房人」一職，由日人中村福一接任。他是目前所知在任《泰東日報》供職最久的社員。 參考文獻：《弘報老社員合昨日舉行落成式　表彰老社員共五十六名》（1938年11月19日《泰東日報》式）、《本報發行一》、《介紹李福綿爲長子鳳文按至堂啓事》（1939年11月11日《泰東日報》）、《大連生報史資料》（1989）等。
甦生：真實姓名不詳	不詳	不詳	不詳	社論、白話、副刊小說作者	《泰東日報》初創時即參與與編務，是1911年（可能更早）至1927年間《泰東日報》社論、白話、副刊小說等等最重要作者之一。1911年2月14日的《泰東日報》上已有甦生寫的「白話」《再莫負新年》。由於創刊號至1911年2月8日間的報紙佚失，因此，他很有可能在此之前已經入社。直至1927年1月1日，仍有一篇他所寫的《勸捐小言》，甦生再見有署名「甦生」的文字出現。即便從1911年算起，至此他主要的寫作《泰東日報》的時間間也已達17年。他主要的寫作文類「白話」，十數年間基本未曾間斷。除創有寫作性的「白話」外，也曾寫作大量社論，表達出比較濃烈的愛國民族主義立場。 參考文獻：參見《泰東日報》1911~1927年間相關社論、白話、副刊小說等，此處不一一列出。
傅立魚：字新儂、卓夫，號西河	1882~1945	安徽英山（今屬湖北）	少年時曾列英山縣童生考試榜首，後以州試冠軍補博士弟子，兩度秋闈悉補房薦，後棄舉子業，入安徽大學堂，1904年以官費留學日本，畢業於明治大學分校。	編輯長	留日期間與係中山、汪精衛等人相識，入同盟會。回國後，任安徽省視學官、巡撫部參議，辛亥革命時，奔走於南方多地，任安徽省臨軍參議，揚州攻城軍參謀長、臨時政府外交部參事等職。後於天津創辦《新春秋報》，終因文章獲罪於袁世凱，1913年夏亡命大連，並受子雲齋之聘在《泰東日報》編輯長。在他主持下，前中期的《泰東日報》表現出比《泰東日報》較鮮明的「華人風骨」。1921年10月15日宣佈佈從《泰東日報》正式退社，專注於自己所創辦的大連中華青年會，同時擔任滿鐵囑托職務。1922年被選爲大連市會議員，直至

姓名	生卒年	籍貫	家庭及受教育情況	任《泰東日報》職務	簡介
					1928年被日本殖民當局逐出大連。抗戰後隱居居天津。1945年初逝世。 參考文獻:《東三省官紳史》(1917)、《退社之詞》(1921年10月15日《泰東日報》)、《陳立魚》(1924年10月10日《泰東日報》)、《東三省官紳錄》(1924)、《嗚呼金子雪齋先生逝世一週年紀念》(1926年8月26～28日《泰東日報》)、《英山支資料 第一輯》(1989)、《大連中華青年會史料表》(1990)、《湖北省報業志》(1996)、《長夜曙光:殖民統治時期大連的文化藝術》(1999)等。
張復生: 原名張仁鐸,字鳳至,筆名張清	1887～1953 (一說1952年去世)	山東掖縣	19歲畢業於山東萊州中學,20歲起在北京研究新聞學。	編輯人	曾任《大同日報》編輯、24歲時開始先後任上海《新申報》駐奉天特約的記者、奉天《亞洲報》主筆。1915年左右任《泰東日報》編輯人,為當時主要社論作者。1914年10月與社長金子雪齋一同參加在奉天舉行的第三次東三省中日記者大會。此後赴奉天任《盛京時報》「論文撰述」。1916年北上長春任《大東日報》主筆。1918年在長春創辦《國際協報》,自任社長兼主筆。1919年將該報遷哈爾濱。1926年,當選為第一次由中國人組成哈爾濱市自治會(估相委員和參事員。1932年被聘為張學良主持成立的「東北顧問社遠東問題首席顧問」。1937年,其總管的《國際協報》被合併於《濱江日報》。1942年9月離哈回到山東。早年著有《滿蒙問題》、《蘇聯五年事計劃》。晚年則著有《第二次世界大戰史略》)。 參考文獻:現今留存的1915年1月5日至23日《泰東日報》報頭下方「編輯人」處署名「張復生」;《第三次東三省中日記者大會出席名表》(1914年10月16日《盛京時報》)、《長春報業史料》(1989)、《東北人物大辭典 第二卷》(1996)、《東北新聞史》(2001)、《黑龍江報業先驅──張復生新聞思想簡論》(2010)等。
劉仁山	不詳	不詳	不詳	記者	1914年與金子雪齋、張復生一同參加第三次東三省中日記者大會。其他資料不詳。 參考文獻:《第三次東三省中日記者大會出席名表》(1914年10月16日《盛京時報》)。

姓名	生卒年	籍貫	家庭及受教育情況	任《泰東日報》職務	簡介
振：貴姓名不詳	不詳	不詳		記者、編輯	在目前留存的1918年最早一期完整《泰東日報》上，已有署名「振」的短評。至1927年7月，仍散見署名「振」的短評。這些短評主要得自《泰東日報》東三省新聞版的「滿洲月旦」欄目。在《張公子陛官……》一文中，提及《記者本於編輯之時，忽而得以奉天訪函……」，可證其編輯人身份。 參考文獻：《戊午春秋：左右著轍》（1918年3月2日《泰東日報》）、《戊午春秋：畢竟張姓有勞力》（1918年3月16日《泰東日報》）、《滿洲月旦：支治之壞》（1918年11月10日《泰東日報》）、《滿洲月旦：爲貧民請命》（1918年11月12日《泰東日報》）、《滿洲月旦：張公子陛官》（1920年5月27日《泰東日報》）、《滿洲月旦：勿虛此行》（1926年7月21日《泰東日報》）等。
王子衡	1896～？	關東州旅順	其父王凱臣爲大連官賣局員，與傅立魚相熟。1901～1912年在旅順原籍私塾讀書。1913年入旅順中學。1918年畢業。後曾入日本早稻田大學政治經濟科學習。1922年畢業。	記者	約在1918～1919年間，由傅立魚介紹進入《泰東日報》任記者。此後短暫供職《青島新報》。1923～1924年出任大連《關東報》編輯長；1925～1926年擔任奉天省公署秘書；1927～1928年擔任北京政府實業部簽事；1931年4至10月任大連《關東報》主筆；1931年11月至1932年2月任僞滿洲省話議；1932年3至5月擔任僞滿洲國務院總務廳秘書官于沖漢秘書；1932年6月到1936年10月專任僞滿洲國務院總務廳秘書官；1936年11月至次年6月任僞滿洲國務院總務廳秘書官；1938年7月轉任僞滿黑河省長；1939年1月轉任僞滿洲國產業司長；1940年5月轉任僞滿興農部農政司長；後轉任農產司長；1941年6月轉任僞滿興農部指導部次長；1943年6月任僞滿濱江省長；1945年8月日本投降後，在哈爾濱被蘇軍逮捕，押送到蘇聯伯力第45收容所改造；1950年遣送回國，在撫順戰犯管理所改造後特赦。 參考文獻：《青島新報社啓事》（1919年12月19日《泰東日報》）、《忠告王子衡》（1923年6月22～23日《泰東日報》）、《王子衡簡介》（1924年10月10日《泰東日報》）、《王子衡事供》（1954年6月26日）、《文史資料選輯 第十七輯》（1981）等。

姓名	生卒年	籍貫	家庭及受教育情況	任《泰東日報》職務	簡介
畢乾一：字庶元，號大拙	約1891～1960年代中期	關東州金州	出生於詩書世家。父親畢序昭爲金州名儒，字宗武，號熙農，清末秀才，曾任開通縣巡檢，候補知縣。	編輯長	關東州本土第一代報人的代表性人物。諳熟戲曲掌故，工於書且善詩。進入《泰東日報》的時間約在1915～1918年之間。1921年傅立魚退社後，主持《泰東日報》筆政，將這份日人報紙的華人風骨堅持並延續。在1925年五卅運動期間達到頂峰。1928年離社，據稱是「因爲言論開罪於日人。」操翮本埠十有餘載，造福社會，非同尋常。5月28日，由大連中華商會議會長張本政，小崗子公議會長龐陞堂及滿鐵囑託法學士閻約翰氏發起，在市內泰華樓召開畢乾一餞別大會。離開《泰東日報》後，於1935年秋受金州名士曹世科之邀，參與組織益友社，搜集整理地方文史資料，爲解放後《金縣志》的編纂留存下大量珍貴素材，曾赴哈爾濱圖書館任館員。1960年代中期病逝於撫順，年近七十。 參考文獻：《夏屋八月十七日自柳村毛沼自歸身》（1921年10月5日《泰東日報》）、《我弟行》（1921年10月6日《泰東日報》）、《華商會新任會長招請中國遊》（1926年6月5日《泰東日報》）、《畢乾一氏送列會》（1928年5月26日《泰東日報》）、《東北人物志》（1931）、《金縣志》（1989）、《典籍文化研究》（2007）、《旅大文史叢存》（2008）等。
沈紫敏：筆名紫、紫敏	不詳	安徽英山（今屬湖北附近）	日本明治大學	副編輯長	1917年入社。據其1921年3月5日刊登在《泰東日報》上的《歸省途中見聞錄》一文，大致推知原籍爲安徽英山附近。曾任副編輯長。1921年任大連市記者協會幹事（共7人，沈紫敏爲唯一一位中國人）1923年發起成立學術研究團體「微光學社」。1924年7月左右赴日本東京明治大學留學，期間仍參與社論寫作。1925年五卅運動期間，曾短暫回大連襄助畢乾一主持報紙言論等工作，有大量愛國言論發表。1926年明治大學畢業後，繼續留在該校深究問之研究，一度草報紙及組織大綱。約1927年從日本返回大連，與傅立魚一同創立中華青年會，參與起草會宗旨及組織大綱。1928年7月與傅立魚一同被日本殖民當局逮捕並速出大連，約在1930～1934年間任《華北日報》編輯主任。

姓名	生卒年	籍貫	家庭及受教育情況	任《泰東日報》職務	簡介
					參考文獻：《本報記者幾行》（1921年1月17日《泰東日報》）、《隨感錄：送沈君歸省》（1921年1月21日《泰東日報》）、《破天荒省述中見聞錄》（1921年3月5日《泰東日報》）、《歸省大連記者協會成立》（1921年7月18日《泰東日報》）、《微光半月刊宣言》（1923年10月18日《泰東日報》）、《沈紫曦啟事》（1924年7月18日《泰東日報》）、《沈氏之惜別紀念李會長贈銀盂盌天荷紳商各界餞起餞別會》（1924年7月20日《泰東日報》）、《沈紫曦留學東瀛》（1924年7月28日《泰東日報》）、《中華工學會青年講壇》（1925年7月18日《泰東日報》）、《大連中華青年會星期講壇》（1926年7月11日《泰東日報》）、《大連中青年圖書局漫言》（1927年2月27日《泰東日報》）、《運動東亞省革命化者被關東廳派警拘捕當局擬將令其退出州外》（1927年3月29日《泰東日報》）、《新聞研究資料總第二十六輯》（1984）、《大連報史資料》（1989）、《大連中華青年會史料集》（1990）、《中國本土報刊的興起》（2013）等。
安懷音：筆名淮陰	1888～1955	安徽英山（今屬湖北）	小學畢業。離社後，1923年擬赴日本留學（最終是否赴日未知）。	記者、社論作者	國民黨背景，傅立魚同鄉，約1917年左右（亦可能在此之前）入社。1922年7月初與《泰東日報》江小村、李子民、沈紫曦、平山武靖一等同人發起成立大連人道維持會。7月底，辭職北上任《盛京時報》編輯（即日後的《大北新報》編輯、化名《益世報》編輯。後又任東三省《民報》1927年亡命天津、化名《世俊》，至吉林延吉創辦《民聲報》、任社長道朝編輯，化名《大公報》，入《大公報》任編輯。不兼總編輯。8個月後，重返天津、入《華北日報》主任、總編輯，後又改任國民黨總部委任為北京《華北日報》主任、總編輯，自比傅入政界。1934年被解職兼自比傅入政界。1948年去臺灣。參考文獻：《致友人淚石書》（1919年3月27日《泰東日報》）、《我之人生觀》（1920年1月1日《泰東日報》）、《本報記者之婚禮》（1921年12月21日《泰東日報》）、《安懷音中訥》

姓名	生卒年	籍貫	家庭及受教育情況	任《泰東日報》職務	簡介
					（1921年12月28日《泰東日報》）、《人道維持會之經過》（1922年7月11日《泰東日報》）、《發起安氏送別會》（1922年7月23日《泰東日報》）、《本報記者安氏辭職》（1922年7月28日《泰東日報》）、《安懷音啓事》（1922年7月28日《泰東日報》）、《雜感》（1923年11月6日《泰東日報》）、《淮陰將去國留學賦此贈別》（1923年11月9日《泰東日報》）、《送別濠音》記者的責任心》（燕京大學新聞系1932年6月《新聞學研究》）、《新聞研究資料總第二十六輯》（1984）、《湖北省志人物志稿第一至四卷》（1989）、《遼寧新聞志資料選編》（1991）、《東北新聞史》（2001）等。
沈止民：沈止溟、指鴻、止溟、罡名、止	1881～1936	廣東	不詳	「客員」、副刊編輯、社論作者	廣東人。27歲時任奉天省本溪縣知事，此後辭官到大連清居，從事文學創作，充當「客員」，編輯文藝副刊並寫作大量社論。1921年10月辭去《關東日報》任編輯長，後赴同城《關東日報》任編輯長，曾參與傅立魚創辦的大連中華青年會，任出版部幹事。沈止民共娶5位夫人，均寫廣東。1936年3月18日病逝。3天後，四夫人陳氏仰藥殉夫，一時轟動大連。參考文獻：《送沈君歸省》（1921年1月20日《泰東日報》）、《前進》（1921年6月24日《泰東日報》）、《搞澡揚孙：（五十歲自述）按語》（1921年10月4日《泰東日報》）、《沈止民己丁母歿》（1924年10月5日《泰東日報》）、《本社多員之退社》（1921年10月17日《泰東日報》）、《沈止民今逝世》（1927年3月26日《泰東日報》）、《沈止民民因病逝世》、沈止民四夫人成婚》（1936年2月20日《泰東日報》）、《故沈止民氏不叔》（1936年2月22日《泰東日報》夫人悲痛欲死 竟而吞煙自殺 及發覺己不救》（1990）、《中國土報刊的興起》（2013）等。
汪小村：又名汪漫漫、汪筱村	不詳	浙江鄞縣	不詳	記者	新劇活動家。上海春柳社成員。原爲大連《關東報》記者，後辭職後，任記者。傅立魚創辦中華青年會，亦相追隨，任該會常駐總務幹事。1922年左右任大連創辦中華

姓名	生卒年	籍貫	家庭及文教情況	任《泰東日報》職務	簡介
					文藝社，內容為研究舊戲曲、中西音樂以及書畫琴棋等。參考文獻：《三記者聯袂辭藏》（1920年5月30日《泰東日報》）、《中華文藝社消息 戲曲研究部成立》（1923年3月16日《泰東日報》）、《長夜曙光：殖民統治時期大連的文化藝術》（1999）等。
獅兒：真實姓名不詳	不詳			評論作者	1918年下半年《泰東日報》社論、短評主要執筆者之一。但在該年6月18日以前可能尚未入社。1918年11月15日第5版上刊登《勞動神聖論》一文僅稱「獅兒來稿」的《獅兒日記》中寫道：「予作短評約計何五萬餘言。同事某君云大略，逐採弗刊。」可推知此時已經入社。至1927年5月，仍有署名「獅兒」的文字在《泰東日報》副刊登表。參考文獻：《泰東日報》1918年下半年署名為「獅兒」的相關社論、短評：《獅兒日記》（1918年11月15日《泰東日報》）、《桃紅》（1927年5月19日《泰東日報》）。
侯小飛：又名侯安藏	不詳			記者、編輯、評論作者	約在1918年左右入《泰東日報》，任記者、編輯、評論作者。1928年4月辭職北上哈爾濱任《大北新報》主筆。1935年作為《大北新報》特派記者赴日本採訪溥儀首次訪日。《泰東日報》記者元也參加了此次隨同一記者團。參考文獻：《太平洋之和平神》（1924年7月29日《泰東日報》）、《惜別小言》（1928年4月14日《泰東日報》）、《本報社餞別侯君》（1928年4月17日《泰東日報》）、《宗風社為侯君送行》（1928年4月22日《泰東日報》）、JACAR（アジア歴史資料センター）公文備考 昭和10年D外事 巻9（防衛省防衛研究所）（1935）等。Ref:C05034152900。
陳穎川	不詳	不詳		調查員	1919年11月15日《泰東日報》第2版「人事消息」中提及。
范克強	不詳	不詳		記者、營業局負責人	1919年左右入社。1938年11月曾被偽滿洲國弘報協會會表彰。1939年《泰東日報》發刊一萬號紀念時被評為「功勞者」（全社重4人）。1925年底發生的大連機械製作所中國工人龍工事件中，范克強與沈紫陵在前編輯長傅立魚記

姓名	生卒年	籍貫	家庭及受教育情況	任《泰東日報》職務	簡介
					付下，將中國工人反取日本廠方的稿件在《泰東日報》上予以登載。 參考文獻：《弘報協會新廳舍昨日舉行落成式 表彰老社員 共五十六名》（1938年11月19日《泰東日報》式）、《本報發行一萬號舉行社員表彰式》（1939年6月14日《泰東日報》）、《大連文史資料 第五輯》（1988）、《大連報史資料》（1989）。
劉儷鵾 李名簡工辈	1898～1937	奉天鐵嶺	北京大學	編輯	1920年至1924年初任文藝版編輯。國民黨黨員，但與共產黨人關係密切，是中國共產黨早期軍事領導人關向應的思想啟蒙者。中共早期工人運動領袖羅章龍、中共東北黨組織籌建者李震瀛到大連考察時也均由其接待。約在1920年入《泰東日報》後主要負責編輯。偶而創作小說並參與撰寫社論。表現出比較鮮明的反帝、反軍閥立場。1922年，他的夫人、曾參與五四運動的石三一女士在大連創設「中華三一學校」，他本人積極參與授課。「除了講課本外，還常給工人講此新鮮事物，如中國怎樣遭到列強的侵略、軍閥怎樣出賣國家以及國家的危難等等」1924年2月離開大連，再次赴北京。1935年，返家娶鐵嶺辦報，傳革命思想，被當地日本警察通緝。後總其表弟李弟安李先幫助創辦鄉間私塾，得以隱蔽並維持生計。1937年病故。 參考文獻：《我對於人的生存問題》（1924年1月1日《泰東日報》）、《中共大連地方黨史資料彙編》（1983）、《早期在大連從事革命活動的鐵嶺人——記劉酬躬、石三一夫婦》（1989年《鐵嶺文史資料彙編 第五輯》）、《大連黨史資料 1921～1949》（1995）、《中共沙河口黨史詞典》（1989）、《簡明大連詞典》（2002）、《關向應紀念文集》（2002）等。
曹大昌	不詳	不詳	不詳	營業局負責人	約1920年入社。1938年11月受僞滿洲國弘報協會表彰。1939年《泰東日報》發刊1萬號時被表彰爲「勤續首」。 參考文獻：《弘報協會新廳舍昨日舉行落成式 表彰老社員 共五十六名》（1938年11月19日《泰東日報》式）、《本報發行一

姓名	生卒年	籍貫	家庭及受教育情況	任《泰東日報》職務	簡介
關向應： 原名關治祥	1902～1946	關東州金州	少時家貧。1912年入私塾，1920年入大連伏見臺公學堂商科。1924年5月底赴蘇聯入莫斯科東方勞動者共產主義大學。	庶務部職員	1922年夏進入《泰東日報》庶務部，同報社工人許德明、國民黨人劉櫚等人相熟，並與具有愛國進步思想的文藝版編輯、鯉庭等人關係密切。時任編輯長華乾一會爲其講授《古文觀止》。1923年5月4日，關向應與同爲紀念五四運動四週年的趙悟塵、許德明等人在星明集會。此後，他又經劉櫚向介紹關借地首次紀念五四運動。這是關東州租借地下活動的共產黨員、京漢鐵路總工會秘書長李震瀛介紹加入中共。一個月後，關向應介紹趙悟塵加入團員，成爲關東州租借地首位國社會主義青年團，成爲關東州租借地首位團員。關向應隨李震瀛連赴滬，日後成長爲中共早期重要軍事領導人。 參考文獻：《關向應在〈泰東日報〉社的日子裏》《大連黨史》總第63期）、《遠事新聞志資料選編》(1986)、《關向應》(1989)、《全縣志》(1989)、《關向應傳》(2002)等。
趙悟塵： 原名趙廷選	1904～1945	奉天蓋平	不詳	庶務部職員	1915年入《泰東日報》當撿字工人，每天工作十小時以上，每月僅掙七、八元錢，除去飯費所剩無幾。在劉櫚組織下，與關向應等一起學習，五四運動後。1920年入傅立魚所創辦的大連中華青年會夜校學習。接觸到新文化新思想。1924年加入中國社會主義青年團（後改爲共青團）。任大連特支宣博委員兼組織委員。1925年5月代表大連中華印刷職工聯合會出席在廣州召開的第二次全國勞動代表大會，被大會選舉爲中華全國總工會執行委員。1925年6月初因組織大連工人支持五卅運動被關東州殖民當局驅逐出境。 參考文獻：《印刷廠工運動資料 第二輯》(1984)、《大連地下黨史料選編》(1986)、《大連工人運動史》(1989)、《大連地下黨人物傳略》(1989)、《大連報史料》(1989)、《大連中華青年會》(1990)等。

姓名	生卒年	籍貫	家庭及受教育情況	任《泰東日報》職務	簡介
李子民	不詳	不詳	不詳	記者、編輯人	長期擔任《泰東日報》編輯人（至遲從1918年3月起），一直到1929～1930年間（因1929年7月至1930年7月的《泰東日報》佚失，「編輯人」何時由李子民更換為陳達民的具體日期不詳）。參考文獻：1918～1929年《泰東日報》報頭下方「編輯人」處署名、人事消息：李子民表病歸省中呼己歸任》（1919年10月31日《泰東日報》）、《謹步西河省女士喜得女七律一首原韻》（1921年2月16日《泰東日報》）、《滿洲に於け言論機關現狀》（1926）、《大連報史資料》（1989）、《曙光：殖民統治時期大連的文化藝術》（1999）等。
鍾關廷	不詳	不詳	不詳	庶務部職員	1921年左右入社，與關向應相熟，並一同聽社內劉惜別、畢乾一等講授的《古文觀止》等課程。同時接受他們的愛國主義教育。1939年6月《泰東日報》紀念發刊一萬號之際，被評為「勤績者」。一直工作到1945年《泰東日報》停刊。他的回憶文章《關向應在《泰東日報》社的日子》是研究中國共產黨早期黨人關向軍事領導《泰東日報》活動情況的重要史料。參考文獻：《本報發行一萬流舉行社員表彰式》（1939年6月14日《泰東日報》）、《關向應在《泰東日報》社的日子裏》（《大連黨史》總第63期）、《大連報史資料》（1989）等。
王昨非： 又名王立三	不詳	不詳	不詳	經濟版編輯	約1922年左右入社，1924年曾翻譯美國作家海爾曼蘭頓所著的偵探小說《藍墨水》。1926年底任「經濟欄」開設「通俗經濟問答欄目」，負責解答讀者有關經濟問題的疑問。1928年曾經北上奉天等地遊歷，寫下遊記《遊蹤漫筆》，連載於《泰東日報》第7版。參考文獻：《影拼會：登瀛門下的寫景》（1924年9月28日《泰東日報》）、《俱探小說：藍墨水》（1924年10月10日《泰東日報》）、《新設「通俗經濟問答欄」預告》（1926年11月3日《泰東日報》）、《通俗經濟問答》（1926年11月5日《泰東日報》）、《王昨非非遠居啟事》（1928年7月21日《泰東日報》

姓名	生卒年	籍貫	家庭及受教育情況	任《泰東日報》職務	簡介
呂儀文： 原名呂作儀，又名呂宜文，筆名虬髯	1901～1950 （一說 1903 年生）	關東州金州	日本早稻田大學工學部畢業（一說名古屋南業學校）	記者、評論作者	入職《泰東日報》時間不詳，任記者，期間曾寫作大量社論。1924 年 3 月 24 日至 4 月 16 日，隨「滿蒙文化協會」主辦的赴日視察團訪問日本，是目前所知《泰東日報》歷史上首位隨團訪日的記者。作為視察團主要成員，他一方面幫助指導員照相一切，一方面向報社發回數篇旅行通信。1928 年 6 月，張作霖在皇姑屯事件中被炸亡，呂儀文被派赴奉天探訪。離開《泰東日報》後，曾先後任偽滿洲國總理秘書、偽通化省長、偽滿洲國駐德國兼匈牙利等國全權公使等職。 參考文獻：2018 年 5 月 呂儀文外孫王世國、外孫媳李忠君訪談：〈視察團本日歸來 本日下午三時哈爾演北抵埠〉（1924 年 4 月 16 日《泰東日報》）、〈中華青年會星期講演 特請李尚山先生呂儀文兩氏主講〉（1924 年 4 月 19 日《泰東日報》）、〈赴日視察感想之追錄〉（1924 年 4 月 24 日至 5 月 7 日《泰東日報》）、〈惑別西蘭署長竹友德太郎參觀〉（1924 年 12 月 24 日《泰東日報》）、〈代郵〉（1926 年 12 月 6 日《泰東日報》）、〈呂問題演講會 本報記者出講〉（1926 年 12 月 8 日《泰東日報》）、〈呂氏演說詞〉（1926 年 12 月 9 日《泰東日報》）、〈本報記 山下兩特派員之一日發電〉張作霖終續有待（1928 年 6 月 22 日《泰東日報》）、〈本報訪函正式通告〉（1938 年 10 月 15 日《泰東日報》）、張學良就任高未正式謝本報〉（1938 年第七輯）、《呂駐德公使函謝本報》第七輯（1990）、《近代東北人留學日本史》（2015）、《滿洲國駐德公使呂宜文在德國的兩個兒子》（2016 年 8 月 1 日滿洲國《華商報》）等。
劉家興： 字炎生，亦作炎垡	1896～1939	關東州旅順	私塾	編輯	旅順三潤堡人，龍詩善書，18 歲從私塾滿業後入子家小學任教，此後在大連店東銀號任經理。1920 年代（具體時間不詳）任《泰東日報》副刊編輯，具有軟強的愛國意識，與傅立魚交好。後曾任大連《滿洲報》副刊編輯。約 1937 年至 1939 年任職偽滿交通部；1939 年 6 月去世。 參考文獻：2015 年 6 月 劉家興之孫劉博光先生訪談、收答王仁鄰先生贈詩原韻（1923 年 4 月 17 日《泰東日報》《送報》）、〈逍遙漫筆〉（1928 年 9 月 30 日《泰東日報》）等。

姓名	生卒年	籍貫	家庭及受教育情況	任《泰東日報》職務	簡介
呂福亭	?～1923	不詳	家境貧寒	事務員	1924 年 12 月 20 日第 2 版《守節撫孤可嘉》一文中提及，1924 年去世。家境貧寒，去世時年紀較輕，留下兩歲和四歲幼子。參考文獻：《守節撫孤可嘉》1924 年 12 月 20 日《泰東日報》。
苔林：真實姓名不詳	不詳	不詳	不詳	評論作者	真實姓名不詳，但在 1925 年 7 月 13 日所寫的《星期閒話：漫談》一文中自稱「做報紙事業的人」，該文批評當時的東北督辦張作霖對於五卅慘案沒有明確表示。參考文獻：《星期閒話：漫談》（1925 年 7 月 13 日《泰東日報》）。
陶俊卿	不詳	不詳	不詳	營業局員	1925 年左右入社，《泰東日報》創刊 30 週年時曾受嘉獎，是《泰東日報》社員業餘活動團體「泰東俱樂部」的主要組織者之一，任籃球部長。參考文獻：《本報發行一萬號舉行社員表彰式》（1939 年 6 月 14 日《泰東日報》）、《本報俱樂部小史》（1932 年 1 月 1 日《大連報史資料》（1989）等。
李仲剛	不詳	北京	日本早稻田大學	編輯、記者	至遲在 1920 年左右在大連活動，曾參與傅立魚創辦的大連中華青年會，任夜校日語、國文及算學教師。1922 年春，因與傅立魚爭中華青年會領導權，一度離開青年會。旋與毛儀亭、林升亭等人在大連南山創辦愛國教育團體——大連中華增智學校。1926 年 2 月當選國民黨大連市黨部宣傳部長。約在 1929 年入職《泰東日報》，是年 5 月的新聞報導中，已有「本報編輯李仲剛氏」的提法。當月，國民黨軍隊接防此前山東青年會濟南，李仲剛被派往長沙，並順便接待經山東赴東北考察的上海新聞界代表團一行。5 月 26 日，李仲剛又離開南京參加 6 月 1 日舉行的孫中山先生葬禮。李仲剛具體何時離開《泰東日報》不詳。在 1931 年 5 月時已是「國民黨政府外交部情報人員」。此後，投靠日偽，活動於日軍佔領下的青島，曾任在偽警備司令部副官兼軍法處處

姓名	生卒年	籍貫	家庭及受教育情況	任《泰東日報》職務	簡介
					長、僑書處特別市公署(政府)委員等職。 參考文獻：《本報特派專員查山東接收情形》(1929年5月8日《泰東日報》)、《本報特派專員參列泰安臬安中剛記者二十六日出發》(1929年5月26日《泰東日報》)、《遊麼項記》(片：李仲剛)(1929年5月27日《泰東日報》)、《家本關東廳長容原外務大臣函》(1931年10月8日公信關機高支第11839號)、《鎮窗丹心：中共滿洲省委時期鐵中門爭紀實》(1991)、《遼寧省志·工商聯、國民黨志》(2000)、《青島市志·政權志》(2002)、《中共大連地方組織文獻選編 1926~1949》(2009)、《中共六大代表回憶錄》(2014)等。
范鐵儒	不詳	不詳	不詳	見習記者	1926年7月26日《泰東日報》第2版登有「范氏去職」啟事，稱「本報臨時記者見習范鐵儒氏因有他就，昨日起實行與本報脫離關係」。其他資料不詳。 參考文獻：「『范氏去職』啟事」(1926年7月26日《泰東日報》)。
王蘭：字青者	不詳	非關東州本土(一封來信中稱「千里離鄉的王蘭」)	不詳	記者	1920年代末至1930年代初《泰東日報》名記者之一，善陽足球，因頭球技術出色人稱「鐵頂王蘭」，主要從事新聞報導。且熱心於社會公益活動。1928年11月28日，被日本浪人小向白朗設計歐傷，但未因此低頭，稱自己仍將「忠實於記者的職責」。1931年1月，應日本航空輸運株式會社邀請，寫有《朝鮮航空視察記》，派赴王蘭赴不賣、京城等地視察朝鮮航空業，寫有《朝鮮航空秘書及體組幹事。1931年3月辭職他赴潘陽任馬庸大學秘書及體組幹事。 參考文獻：《給王蘭的信》(1928年12月8日《泰東日報》)、《興論和壓迫寺王蘭》(1928年12月13日《泰東日報》)、《本報記者王蘭遇難之經過》(1928年12月21日《泰東日報》)、《大連馮庸田徑友誼比事之詳情補讀》(1930年9月18日《泰東日報》)、《王蘭啟事》(1930年10月1日《泰東日報》)、《朝鮮航空視察記》(1930年1月24至29日《泰東日報》)、《本社同人惜別王蘭君 中青發起送別會》(1931年3月10日《泰東日報》)。

姓名	生卒年	籍貫	家庭及受教育情況	任《泰東日報》職務	簡介
					東日報》、〈送別王蘭君〉（1931年3月12日《泰東日報》）、〈送王蘭赴遼〉（1931年3月14日《泰東日報》）等。
馬冠標 字虎忱	1891～？	北京	東京高等師範學校	編輯長	曾在旅順工科大學、南滿洲鐵道株式會社教科書編輯部任職，約1928年左右任《泰東日報》編輯長。此後任東北大學監督兼教授、東省特區第二中學校校長。1935年任吉林高等師範校長，後轉任僑熱河省教育廳長。1939年任僑熱河省教育廳長。馬冠標任《泰東日報》任職相關資料較少。僅在1928年記者王蘭被打相關報導中提及。 參考文獻：〈本報記者王蘭遇難之經過〉（1928年12月21日《泰東日報》）、〈僑滿人物：僑總理大臣秘書官的回憶〉（1988）、《抗戰時期的淪陷區與偽政權》（2015）、《近代東北人留學日本史》（2015）。
從權：真實姓名不詳	不詳	不詳	不詳	評論作者	1926～1928年間《泰東日報》社論的主要撰寫者，其真實姓名及其他資料不詳，但持反共立場，如撰有《剷除赤化之末議》、《苛稅為造示化之機會》等社論。 參考文獻：《剷除赤化之末議》（1927年9月14日《泰東日報》）、《苛稅為造赤化之機會》（1928年3月9日《泰東日報》）等。
李笛晨 原名李安春、李冷 筆名李冷	1899～1933	奉天蘇家屯	生於奉天蘇家屯大溝鄉蔡屯村一個貧困古樸藝人家庭，後舉家遭遇顛沛。11歲始上學讀書，先後在孟胡屯私塾、本村小學、呂方寺小學（高小）及奉天第一師範求學。	副刊編輯	曾任教於奉天第一師範學校，參與成立奉天首個「共產主義研究小組」。1924年，到復縣（今大連瓦房店市）縣公署教育科工作，結識共產黨員羅四維，經其介紹入黨。1925年返回奉天，為中共滿洲省委奉天支部奉天兵工廠黨小組負責人。1928年中共滿洲省委遭破壞後，前往大連《泰東日報》任副刊編輯，綜合現存各類資料，他是目前可確證的最早一位在《泰東日報》從事黨報編輯而非印刷、販賣等工作的中共最早下黨人。約1929年夏，再次從大連回奉天。1933年，到東北騎兵二師師部任秘書。8月，隨部隊在河北省易水河練習因渡時，不幸犧牲，時年34歲。解放後，經中共中央批准，被追認為革命烈士。 參考文獻：1928～1929年間《泰東日報》署名「冷」相關

—290—

姓名	生卒年	籍貫	家庭及受教育情況	任《泰東日報》職務	簡介
宮慶超	不詳			外勤記者	文章：《給應「求友」的朋友們介紹》（1929年1月13日《泰東日報》）、《遼寧新聞志資料選編》（1986）、《東北新聞史》（2001）、《中共瀋陽黨史人物傳 第1卷》（2003）、《李苗晨傳略》（2008）、《偽滿洲國東北共產黨報人考察》（2013）等。約1928年左右任社。任外勤記者。1932年7月起赴奉天市政府任社會股主任。參考文獻：《本報記者宮慶超君高就 遺缺聘於少彭君接充》（1932年7月1日《泰東日報》）。
劉占元	?～1928	不詳	不詳	營業主任	1928年6月去世，其他資料不詳。參考文獻：《劉占元之逝世》（1928年6月18日《泰東日報》）
周靜庵：又名周恨人	不詳	不詳	不詳	本埠新聞版編輯，副刊《藝苑》編輯	至遲在1928年已入社。曾長期主編大連本埠新聞，同時兼編副刊《藝苑》。具有較高的編輯業務能力。1938年受偽滿洲國弘報協會表彰。日本戰敗後曾一度參與大連市人民政府機關報《新生時報》。仍主編本市新聞。1946年春向《新生時報》提出辭職。去向不詳。他的《編餘回顧瑣記》是考察時《泰東日報》本埠新聞採編的珍貴史料。參考文獻：《藝苑》版頭下方署名、《消閑雜錄》（1929年8月10日《泰東日報》）、《編餘回顧瑣記》（1934年1月1日至3日《泰東日報》）、《社報協會昨日舉行落成式 表彰老社員共五十六名》（1938年11月19日《泰東日報》）、《大連報史資料》（1989）等。
陳濤：原名陳日新、又名陳達民	1900～1990	吉林遼源	1919年就讀於日本慶應義塾大學經濟學部	編輯局長、編輯人	1926年1月從日本留學回國，同年3月加入中國共產黨，5月受中共組織委派赴廣州就任廣東省立第一中學教務主任。1927年1月至1928年10月，先後任武漢、南昌等地從事革命活動，參加「八一」南昌起義，是起義革命軍校政治教官兼第一學生隊政治指導員，是起革命軍事工作委員會成員之一。1929年以後，在大連、瀋陽、北京等地從事文化教育工作和黨的地下工作。曾任吉林和龍縣縣立師範學校教務主任。1929年3月進入《泰東日報》。在短時間內成為該報編輯部...

姓名	生卒年	籍貫	家庭及受教育情況	任《泰東日報》職務	簡介
					門的核心人員，擔任編輯局長和編輯一職。1931年離開大連後曾任東方印書館總編輯等職務。解放戰爭時期，任晉察冀邊區政府工商處秘書、邊區財經辦事處處長、華北人民政府工商部企劃處處長。新中國成立後，長期從事對外經濟貿易工作。20世紀80年代中期，又親自主持、主編中國第一部《日漢辭典》的修訂：《現代日漢大辭典》。20世紀80年代，編審以及《日語學習與研究》雜誌的創刊工作。81歲時應邀赴日本法政大學、愛知大學講學兩個多月，對此，日本多家報刊稱他是「中國研究日語的最高權威和專家」。在85歲時又開始了近千萬字的《日漢大辭典》的主編和專家工作，歷時5年，建國初期，曾多次受到不公正待遇。1950年被開除黨籍，「文化大革命」結束後得以恢復。1990年在北京病逝。 參考文獻：1930年8月1日至1931年7月7日《泰東日報》報頭下方「編輯人」處署名、《偽滿巡視大連工作報告》（1930年5月22日）、《旅順各會長參觀本社》（1930年10月16日《泰東日報》）、「JACAR（アジア歴史資料センター）／（満洲及支那の部）附大連、香港」昭和7年版（上卷）交史料館」》（1933）、《本報畢殿元君與孫玉溫女士訂婚》（1934年10月1日）、《旅順各會長參觀本社》（吳曉天遺稿張光奇1960年8月3日回憶的回憶）、《潘陽黨組織的活動情況》、《一九一七年夏冬有關東北工作的回憶》（陳濤1983年8月19日回憶材料）、《中共大連地方黨史資料彙編 第一冊》（1983）、《陳濤同志逝世》（1983）、《中共大連地方黨史簡編 民主革命時期》（1993）、《中共營口地方史新華社1990年4月19日電》、《雙遼黨史回眸》（2005）、《偽滿洲國東北共產黨考察》（2013）等。
吳曉天：曾用名吳震、吳小天、筆名天天、天天、天嘯	1905～1937	安徽鳳臺	幼時就讀於家鄉私塾，1919～1922年間先後在懷遠含美中學（教會學校）和南京成美中學	編輯	1923年經瞿秋白介紹加入中國共產黨。先後在哈爾濱、瀋陽、大連等地從事革命工作，曾任中共北滿地委委員、共青團北滿地委書記。1927年4月，中共北滿地委遭破壞時被捕。1928年8月獲釋，後回祖父天幫助省委書記陳為人開展黨的工

姓名	生卒年	籍貫	家庭及受教育情況	任《泰東日報》職務	簡介
			肄讀書，1923年入上海大學。		作。1929年夏，被派到大連工作，經喋謙介紹入《泰東日報》任編輯，其間擔任中共大連特支宣傳委員。在《泰東日報》期間，他將該報原有副刊《泰東雜組》易名為《潮音》並創辦純文藝性的《文藝週刊》，為該報副刊改革做出了重要貢獻。他還通過報紙副刊進行普羅文學的有益嘗試，但效果不甚理想。1930年初，因在《泰東日報》上登載紅軍佔領長沙的消息引起日本警察署的注意，離開大連去天津等地從事地下工作。不久，返回安徽省。1932年與東北前委取得聯繫，此後任《國民日報》社長。1933年，在執行任務途中在天津被捕。1937年獲釋，但回家途中病故在旅館。年僅32歲。 參考文獻：《代郵》（1930年10月29日《泰東日報》）、《東方雜誌》（1930年第17號）、《瀋陽黨組織的活動情況》（吳曉天遺稿張光奇1960年8月3日回憶材料）、《中共大連地方黨史資料彙輯》（1983）、《大連地下黨史料選編》（1986）、《大連報史資料》（1989）、《大連地下黨人物傳略》（1989）、《中國共產黨遼南地方組織史資料 1923~1987》、《哈爾濱文史資料 第二十輯》（1997）、《中國共產黨瀋陽地方組織志》（1998）、《安徽省志·人物》（1999）、《東北新聞史》（2001）、《中國共產黨大連歷史大事記 1919.5~2000.12》（2001）、《大連市志》（2002）、《中共瀋陽黨史人物傳 第一卷》、《中國共產黨大連南地方史 第一卷》（2005）、《中國淪陷區文學研究 資料總匯》（2007）、《偽滿洲國東北共產黨報人考察》（2013）、《近代連鈔報業研究》（2014）等。
傅希若： 筆名希若	不詳	安徽 （一說奉天開原）	上海大學	編輯	上海大學畢業，曾任奉天開原任教。中共黨員。1930年初入《泰東日報》任編輯，約在1931年2月離社。同年底入《哈爾濱新報》任編輯。1935年離開東北去新疆，任《天山日報》、《新疆日報》社長。 參考文獻：《潮音》編輯易人啓事（1931年3月9日《泰東日報》）、《東北新聞史》（2001）、《武朝景烈士專集》（2012）、《偽滿洲國東北共產黨報人考察》（2013）等。

姓名	生卒年	籍貫	家庭及受教育情況	任《泰東日報》職務	簡介
周東郊： 又名周春暉、周暢、春	1907～1978	奉天	奉天省立第一師範學校、東北大學	編輯	1917 年夏，以優異成績考入奉天省立第一師範學校。1922 年春，與于草、王真沅、李苗晨等人創辦春潮文學社，出版《春潮》雜誌。1925 年，加入中國共產主義青年團，是奉天最早入團的一批團員，因從事革命活動被學校開除，轉考入東北大學。1926 年 9 月，經吳曉天等人介紹，周東郊轉為中共黨員。1927 年春，因從事革命活動被解聘令退學。1929 年受黨指派到延邊龍井參加《民聲報》編輯工作，繼安懷縣後任總編輯，後因黨員身份暴露被捕，到大連大連後任《泰東日報》編輯。披釋後，周機章一道被大連日警逮捕。1935 年，去新疆，後來成為新疆問題研究專家，1947 年成為儲安平辦的《觀察》雜誌撰稿人。 參考文獻：《嶽窗內外：嶽中生活見聞專輯》（1985）、《逸事新聞史資料選編》（1986）、《洛陽文學藝術資料》（1986）、《大連文史資料》（1989）、《延邊晨報：始末》（1993）、《東北新聞史》（2001）、《為滿洲國東北共產黨人考察》（2013）等。
周璣璋： 筆名小星、白鷗	1902～1981	河北海興	生於農民家庭，幼年入私塾讀書，後畢業於直隸省鹽山縣師範學校	編輯	曾任家鄉龍村小學教員，吉林省和龍縣立第六高小校長。1928 年參加革命。1931 年入《泰東日報》任編輯。「九一八」事變後在南京鐵道部創辦《鐵路職工》週刊，後任《扶輪日報》編輯。1933 年 5 月加入中國共產黨。1938 年初深入淪陷區從事地下工作，任北京教育行政委員會曾秘書。1942 年輾轉到解放區，任冀魯邊區部編審會曾秘書。1945 年任渤海行署宣博隊編輯，創作了《小陰山》、《精忠報國》等劇本。1947 年起擔任華東軍區政治部劇團編輯股長，副團長，後博劇團團長。先後擔任華東軍政文藝團京劇團團長。1955 年起任上海市戲曲學校副校長，兼上海青年京崑劇團團長。此後出任上海市戲曲學校校長，是中國戲劇家協會理事、中國戲劇家協會上海分會常務理事。 參考文獻：《潮音：編輯易人啓事》（1931 年 3 月 9 日《泰東日報》）、《中國戲曲志·上海卷》（1996）、《上海文化藝術志》（2001）、《周璣璋紀念文集》（2012）等。

姓名	生卒年	籍貫	家庭及受教育情況	任《泰東日報》職務	簡介
蓋世英：又名蓋仲人	不詳	不詳	不詳	編輯	從蘇聯歸國的中共黨員，經陳濤介紹入社。任職時間約在1929～1931年間。中共滿洲省委大連特支成立後（包括後來的大連地委期間），是中共《泰東日報》黨小組成員之一。參考文獻：《偽滿巡視大連工作報告》（1930年5月22日）、《大連地下黨史料逐編》（1986）、《大連報史資料》（1989）、《東北新聞史》（2001）、《偽滿洲國東北共產黨人考察》（2013）等。
徐康	不詳	不詳	不詳	編輯	由陳濤介紹進入《泰東日報》任編輯。其他資料不詳。參考資料：《大連報史資料》（1989）。
韓錚宇：本名韓信久、字錚宇	不詳	關東州旅順	1932年4月辭職赴日留學	記者	1931年春進入《泰東日報》任記者，1932年4月辭職赴日留學。此後一度以《錚宇通訊》形式從日本向《泰東日報》發稿。據韓錚宇好友、旅順營城子人也、老成仲重之稱之：「韓君恒久字錚宇、旅順營城子人也、連讀名士多稱之、廣文遊、執事以謹、接友以誠、審其言、觀其行、品洛端方、淑世中之志本社。余睹其面、素即有言『國之興衰亦土也。……韓君之萬志政客久矣、乃即那無惟爾時累於家務、不兇遠地從師、乃乘公餘之晚眼、投入本部法政學院、朝暘夕勵、垂二星辭於燕峻業。」資料來源：《本報記者韓錚宇君赴日留學》（1932年3月26日《泰東日報》）、《送韓君留東序》（1932年3月28日《泰東日報》）、《泰東連濱紳商親友盞公敍中謝沈尚祈邦正》（1932年3月31日《泰東日報》）、《謹呈泰東日報社諸公聊申謝沈尚祈邦正》、《錚宇弟子之志別尚祈邦正》（1932年4月1日《泰東日報》）、《錚宇弟子之漢留學賦此送之》（1932年4月2日《泰東日報》）等。
王書先	不詳	不詳	不詳	記者	曾創作短篇小說《春夢囈》，刊登於《泰東日報》文藝副刊《藝苑》。自稱為球迷，是一個運動界的嗜好者」。1932年元旦刊發於《泰東日報》上的長文《本報俱樂部的小史》，是研究1920年代末至1930年代初《泰東日報》中國報人業餘愛好的珍貴史料。

姓名	生卒年	籍貫	家庭及受教育情況	任《泰東日報》職務	簡介
					參考文獻：《春夢裏》（1932年2月29日、3月1、3、4日《泰東日報》）、《本報俱樂部的小史》（1932年1月1日《泰東日報》）。
蔣模庵	不詳	不詳	不詳	編輯人	1930年7月至1931年11月任編輯。其他資料不詳。參考文獻：《泰東日報》1930年7月8日至1931年11月14日報頭下方「編輯人」處署名。
李承蕃：又名李本良	不詳	關東州金州	1926年畢業於旅順第二中學校。（一說曾赴日本慶應義塾大學留學）	編輯人兼經濟部部長	1931年11月至1937年12月任《泰東日報》編輯人兼經濟部部長。1934年隨「赴日視察商工團」訪問日本，其間任《泰東日報》組織的「本報赴日視察團」，連載《泰東日報商工視察記》，共計94篇，約20萬字，為《泰東日報》歷史上中國報人訪問滿洲之最。離開《泰東日報》後到偽滿師導學校任教師，新中國成立後任大連師專地理組講師。參考文獻：《旅順第二中學校落成式，卒業式兩典禮誌盛》（1926年3月5日《泰東日報》）、《地理學上青泥窪時代的大連》（1931年1月1日《泰東日報》）、《東北消息彙刊》第1期）、《泰日統制下東北報紙的調查》（1934年）、社長助勉有加）（1934年4月14日《泰東日報》）、《赴日視察團視察記》（1934年4月19日至8月9日《泰東日報》）、《赴日視察團一月成功而返》（1934年8月9日《泰東日報》）、《本報紀念第一屆座談會》（1936年10月25日《泰東日報》）、《本報紀念》的史料回憶（1936年10月25日《泰東日報》的史料回憶）（張仁衛1986年3月21日回憶材料）、旅順第二中學校友會回憶錄 1924～1945》（1996）、《遼寧省志 科學技術志》（2008）、《新遼寧博物館紀念遼寧解放六十週年》等。
劉醒亞	1896～？	關東州旅順	不詳	記者	1935年時已是社內較主要的中國人記者，1941年時任關東州奉公聯盟大連支部指導委員。參考文獻：《滿洲國訪日記者團一行昨已歸連》（1935年4月23日《泰東日報》）、《劉醒亞君喬遷新居》（1936年10月30日《泰東日報》）、《建國紀念日講演大會演說之獅子》等。

姓名	生卒年	籍貫	家庭及受教育情況	任《泰東日報》職務	簡介
					呢，「協和萬邦」—劉醒亞氏）（1938 年 3 月 7 日《泰東日報》）、《聯盟各支部滿系指導員決定 對其活躍頗堪期待》（1941 年 8 月 5 日《泰東日報》）、《國旗與祭日—泰公聯盟指導委員 劉醒亞》（1941 年 10 月 29 日《泰東日報》）等。
惠天民	1888～？	江蘇吳縣	不詳	記者	離開《泰東日報》後，曾任長春《民生日報》任編輯。參考文獻：《長春報業史料》（1989）。
張興五	不詳（1893 年之前出生）	關東州金州	不詳	外勤部部長、特報部次長、社會部長	20 世紀三四十年代《泰東日報》外勤採訪的主力記者，曾任外勤部副部長、取材部次長、特報部次長、社會部長等職，在大連紳商及普通市民群體中間有廣泛的社會資源，經常接觸憲敵偽警察、機關和大商人，一般商人不敢得罪他。除了報人身份之外，還是一個「既開明亞又員房地的商人，也曾擔任「興亞奉公聯盟」指導委員。1943 年 5 月參加偽滿洲國軍事部宣傳隊，同年 11 月《泰東日報》創刊紀念式上被授予「勤續報」外勤記者。1946 年 3 月採訪現場對大會選舉國民代表大會候選人的程序提出公開質疑，在會議現場對大會集體反對。遭其他記者質疑，去向不明。 參考文獻：《東北人物志》（1931）、《三報社最後四百米接力本報獲第一》（1936 年 10 月 18 日《泰東日報》）、《本報紀念始政卅年來回顧座談會》（1936 年 10 月 27 日《泰東日報》）、《到飽子高去》（1940 年 5 月 21 日《泰東日報》）、《本報主辦職業女子座談會成績美滿中閉幕》（1940 年 11 月 8 日《泰東日報》）、《泰東日報記者訪見周佛海氏之印象》（1941 年 11 月 3 日《泰東日報》）、《本報記者謁奇道德》（1941 年 4 年 10 日《泰東日報》）、《本報會報工作從軍記：粉碎入路共匪偽宣傳》（1943 年 5 月 14 日《泰東日報》）、《本報創刊紀念宣傳》增築講演 大連地區演會 19 日舉行》（1945 年 4 月 18 日《泰東日報》）、《大連演戰力》（1989）等。

姓名	生卒年	籍貫	家庭及受教育情況	任《泰東日報》職務	簡介
畢殿元	1910～？	關東州金州	10 歲時父親去世，20 歲時母親去世。爲家中長子，有一弟弟和妹妹。畢業於大連中華青年會學校。	記者、文藝部主任	青少年時期就讀於傅立魚等人創辦的大連中華青年會學校，未畢業時即曾常向《泰東日報》投稿各類文學作品。在編輯副刊方面卓有成就，曾任《泰東日報》文藝部主任，創刊並長期主編《兒童》、《體育雙週》、《文藝》、《文藝週刊》以及《群星》等副刊。1934 年 9、10 月間，首任妻子去世，由瀋陽縣縣長、大連青年書局執事徐宏達、《泰東日報》前編輯長陳達民等介紹，與安東女子師範畢業的孫玉溫女士訂婚。1935 年僞滿洲國「皇帝」溥儀訪日期間，畢殿元受派隨「滿洲國扈駕記者團」訪日。具有一定的愛國主義意識，對各地愛國青年投來的表達隱晦的稿件，曾巧妙地予以編發。 參考文獻：《寄給我的朋友趙鳳瑞君》（1929 年 5 月 5 日《泰東日報》）、《給小朋友的一封信》（1931 年 3 月 19 日《泰東日報》）、《編者計劃》（1932 年 6 月 5 日《泰東日報》）、《發刊〈體育雙週〉啓事》（1932 年 6 月 17 日《泰東日報》）、《五十期紀念號發刊感言》（1932 年 9 月 30 日《泰東日報》）、《文藝週刊發刊的小告白》（1933 年 2 月 27 日《泰東日報》）、《追悼畢殿元之故去夫人》（1934 年 5 月 16 日《泰東日報》）、《本報派專員赴京報告國運消息》（1934 年 9 月 28 日《泰東日報》）、《本報畢殿元君與孫玉溫女士訂婚》（1934 年 10 月 1 日《泰東日報》）、《本報扈從記者轉奉赴日 係情報處所派》（1935 年 4 月 4 日《泰東日報》）、《短啓》（1935 年 4 月 5 日《泰東日報》）、《視察歸來感想》（193 年 4 月 23 日《泰東日報》）、《本埠三漢文報設宴爲記者團洗塵 宴畢即於當地解散》（1935 年 4 月 23 日《泰東日報》）、《三報歡迎記者團 洗塵宴會誌盛》（1935 年 4 月 24 日《泰東日報》）、「JACAR（アジア歷史資料センター）Ref.C05034152900、公文備考 昭和 10 年 D 外事 卷 9（防衛省防衛研究所）」（1935）、《大連報史資料》（1989）、《磐石文史資料 第三輯》（1989）等。
趙恂九： 又名趙忠忱，原名	1905～1968	關東州	幼時家貧，因聰穎好學，由金州遼東育英會資助入金州公學堂。	政治版編輯、整理部長、編輯部長、編輯局副總務、論	1929 年從旅順第二中學校畢業進入《泰東日報》，入社初期職務不詳，之後曾先後擔任政治版編輯、整理部長、編輯部長、編輯局副總務、論說委員等職。1939 年 1 月，論

姓名、筆名、大我等	生卒年	籍貫	家庭及受教育情況	任《泰東日報》職務	簡介
趙忠臣、筆名酒、苟酒、大我等			1924年，19歲的趙尚九作為金州僅有的3名學生升入日本在關東州租借地建立的唯一所華人男子普通學校──旅順第二中學校。	說委員、編輯人	說委員尹仙閣去世後，成為社論主要撰稿人，並於1937年12月12日至1944年4月21日擔任《泰東日報》的「滿洲大眾」編輯人。除報人身份外，是當時聞名遐邇也頗具爭議的「滿洲大眾小說作家」，有大量言情小說問世。作為日據時期關東州文人知識分子的代表性人物，趙尚九還曾一度擔任僑道德會關東州總分會名譽會長。1944年4月22日，即日本在關東實行「皇民化」運動的第二日，被日人坂口坎坷「工作不力」而解職。離開《泰東日報》後經歷頗為坎坷，一度賦閒在家。日本投降後，他於1946年在故鄉金州創辦金縣第二中學（現大連市第102中學），次年被免職，轉赴普蘭店任國民黨師資訓練班教員。又北上吉林，被吉林省長梁華盛委任為《吉林日報》副刊編輯，曾任黑龍江鶴崗煤礦做文化教員，1950年回到家鄉大連，1952年被人民政府判刑15年，1968年病故於黑龍江泰來勞改農場。 參考文獻：趙尚九之子秦振鐸先生口述（2016）、《旅順中學入學生內三十六名》（1924年3月2日《泰東日報》）、《語悼故去的亡父》（1932年9月26日《泰東日報》、《荒苑淚》自序）（1939年11月22日《泰東日報》《大連史資料》（1989）、《中國文學大辭典 第三卷》（1991）《簡明大連辭典》（1995）、《旅順第二中學校、旅順高公學部校友回憶錄1924~1945》（1996）、《大連近百年史人物》（1999）、《大連市志·人物志》（2002）、《大連市志·文化志》（2003）、《黑暗下的星火：偽滿洲國文學青年及日本當事人口述》（2011）等。
張仁衡	不詳	不詳	不詳	翻譯科長、整理部長	1934年冬入《泰東日報》社，曾任翻譯科長、整理部長等職。1940年9月隨偽滿洲國弘報社「加盟社記者團」赴日視察日本新聞事業。新中國成立後曾任大連市教育局社會教育科科長等職。 參考文獻：《東遊雜記》（1940年9月12日至10月4日《泰東日報》）、《全聯勞總雜感》（1941年10月12日《泰東日報》）、《本報同仁壽辰童童》（1942年5月17日《泰東日報》）、張仁衡《泰東日報》的史料回憶1986年3月21日《泰東日報回憶》。

姓名	生卒年	籍貫	家庭及受教育情況	任《泰東日報》職務	簡介
王更生	不詳	不詳	不詳	社會部主任	1937年左右任《泰東日報》社會部主任，最後一任編輯人劉士忱入社時的介紹人。1938年4月13日第7版《本報社會主任王君令妹金大會令日舉行》提及其當時職務。 參考文獻：《本報社會主任王君令妹於歸》（1938年4月13日《泰東日報》）、《募恤兵金今日舉行》（1938年11月27日《泰東日報》）、〈大連報史資料〉（1989）等。
尹仙閣： 又名尹士八，筆名仙	?～1939	關東州南關嶺	不詳	論說委員	諳熟中國古詩詞，早年偶在副刊《泰東雜俎》發表詩作及談及詩律的短文。後會長期擔任《泰東日報》論說委員，抗戰全面爆發後社論的主要寫作者，被稱為「州內名士」，但具有較明顯的親日立場。1939年1月31日病故於大連南關嶺本宅。 參考文獻：著名爲「仙」的《泰東日報》社論：《禱夏雜感》（1926年6月1日《泰東日報》）、《誡金憂玉：詩律淺解》（1926年7月11日《泰東日報》）、《借王又吾詞況暗尹十八先生原玉 吟贈尹介甫詞宗希政》（1929年6月21日《泰東日報》）、《值生辰偶吟》（1926年11月18日《泰東日報》）、《尹仙閣君逝去》（1939年2月2日《泰東日報》）、〈大連報史資料〉（1989）等。
韓岡礦	不詳	不詳	不詳	庶務部會計	長期擔任庶務部會計。日本戰敗後，是《泰東日報》「管理委員會」成員，與編輯部楊華亭和發行部陶雲甫同被稱爲解放初期的「管理報社三巨頭」。 參考文獻：〈大連報史資料〉（1989）等。
陶雲甫	不詳	不詳	不詳	營業局販賣部次長	至遲在1939年間時，已任營業局販賣部次長。解放初期，任《泰東日報》「管理委員會」委員。其他資料不詳。 參考文獻：《由君雲甫祖母逝世》（1939年7月28日《泰東日報》）、〈大連報史資料〉（1989）等。

姓名	生卒年	籍貫	家庭及受教育情況	任《泰東日報》職務	簡介
邵鐵漢	不詳	不詳	不詳	記者	任職期間曾翻譯日本法學博士米田實所寫的《中日通商條約問題》，寫作社論《中國廢約運動與日本》等。其他資料不詳。參考文獻：《中國廢約運動與日本》（1928年8月25日《泰東日報》）、《中日通商條約問題》（1928年8月29日《泰東日報》）。
張蘆菴	不詳	不詳	不詳	記者	1929年之前曾任《泰東日報》記者，其他資料不詳。《張蘆菴結婚之盛況》一文曾提及此人為「本報前記者」。參考文獻：《張蘆菴結婚之盛況》（1929年3月22日《泰東日報》）。
劉小坡	不詳	不詳	不詳	記者	1930年10月22日《泰東日報》第7版《本報記者劉小坡逝世》一文中曾提及此人，去世時年僅26歲。參考文獻：《本報記者劉小坡逝世》（1930年10月22日《泰東日報》）。
李生源	不詳	江蘇丹陽	不詳	編輯	曾於1932年1月1日起在《泰東日報》連載長篇小說《眼底微塵錄》、1933年1月1日起連載長篇小說《情海吹笙》。據楊華亭、劉士忱回憶，日本投降後，李生源曾帶《泰東日報》管理委員會名單赴春聯絡國民黨，意圖是「報告泰東日報情況」，並同向日來接收，但離開大連後消息斷絕，直到1946年1、2月間方返回，自稱「到長春後赴社當局，已將管理委員會名單交出，接收日期正在交涉中」，實際上，他並未去長春，而是到撫山談了一場戀愛。參考文獻：《眼底微塵錄》（1932年1月1日《泰東日報》）、《情海吹笙》（1933年1月1日《泰東日報》）、《大連報史資料》（1989）。
周振遠	不詳	不詳	不詳	編輯	曾在北京共同通訊社、順天時報社頭版版編輯。1934年左右任《泰東日報》編輯。參考文獻：《泰日統制下東北報紙調查》（1934第1期《東北消息彙刊》）、《大連報史資料》（1989）。

姓名	生卒年	籍貫	家庭及受教育情況	任《泰東日報》職務	簡介
劉士忱： 本名忠沆，後改名劉淳澤	1913～？	關東州金州	1924年入金州公學堂，1928年入海城順師範，1930年入大海城同澤高中。1930年底《泰東日報》高中。1940年初，曾赴日選擇學校留學，但未果。	翻譯、翻譯部部長、整理部長、特報部長、編輯人	1933年3月入大連《關東報》任校對，不久改任翻譯。1936年轉入大連《滿洲報》，仍充翻譯。1937年，《關東報》《滿洲報》合併於《泰東日報》，劉士忱一度失業，曾投考修滿洲國通訊社被錄取，但未赴任。後經時任《泰東日報》社會部長王康生介紹進入《泰東日報》工作，先後任翻譯、翻譯部長、整理人等職。1939年11月隨「滿洲國記者團」訪日並在《泰東日報》上連載遊記《東遊漫寫》。1940年春曾一度辭職赴日留學，但到日本後未能找到合適學校，1940年底返回《泰東日報》工作。同年7月，南下廣州參加所謂的「日滿華操觚者大會」。歷史上最後一位編輯人。「管理委員會」「保替趙筍九擔任《泰東日報》等設備資產。此後進入大連市人民政府機關報《新生時報》，初期仍主持編輯工作。1946年農曆春節期間，未向報社辭別，離開大連。 參考文獻：《劉士忱君舉行婚禮》（1935年5月3日《泰東日報》）、《東遊漫寫》（1939年11月9日至28日《泰東日報》）、《訪日記者報告講演大會》（1939年12月9日《泰東日報》）、《送劉士忱君赴日留學》（1940年6月2日《泰東日報》）、《南行記》（1941年7月14日至9月19日《泰東日報》）、《致系報界感想文》（1941年8月9日《泰東日報》）、《系郵者代表系參談》（1941年8月9日《泰東日報》）、《昂揚敷急 增強系力 大連地區講演會19日舉行》（1945年4月18日《泰東日報》）、《我和《泰東日報》》（劉士忱1956年4月回憶錄）、《大連史資料》（1989）等。
楊華亭： 本名楊兆棻，筆名楊橋風	1893～？	直隸寧河	先後在村中小學、寧河縣城高小就讀，後考入天津北洋法政附屬中學。1914年考入北京國立法政學校預科，一年	校正部長、編輯次長、論說委員等	曾任《滿洲報》編輯長。1937年該報停刊後失業。1938年11月入長春《大同報》為編輯總務，1940年12月因任長春不能兼理家務和管教子女而辭職回大連。1941年1月入大連《泰東日報》，先為校正部長、後為編輯次長、論說委員，迄至1945年8月大連解放。1945年10月奉蘇軍司令部命令發行《新生時報》，委爲該報副社長。1947年任《關東日

姓名	生卒年	籍貫	家庭及受教育情況	任《泰東日報》職務	簡介
			後，升法律本科。		報》經理。1948年1月調任旅大對外貿易管理局秘書，1952年調任大連商檢局科員。他是《泰東日報》停刊時赴內中國報人的核心人物之一。 參考文獻：〈對州內出版界之期待〉（1942年11月13日《泰東日報》）、〈我的新聞生涯〉楊幸亭1956年回憶材料）、《大連報史資料》（1989）等。
李國華	不詳	不詳	不詳	地方新聞版編輯	1938年左右擔任地方新聞版編輯。解放後張仁術回憶文章中提及。其他資料不詳。 參考文獻：〈《泰東日報》的史料回憶〉（張仁術1986年3月21日回憶材料）。
沈榮泉	不詳	不詳	不詳	地方新聞版編輯	與李國華同時期的地方新聞版編輯。解放後張仁術回憶文章中提及。其他資料不詳。 參考文獻：〈《泰東日報》的史料回憶〉（張仁術1986年3月21日回憶材料）。
于春江	不詳	不詳	不詳	校正部長	1938年左右擔任校正部長。其他資料不詳。 參考文獻：〈《泰東日報》的史料回憶〉（張仁術1986年3月21日回憶材料）。
侯如五	不詳	不詳	不詳	整理部長	曾編輯《兒童》副刊。此後任整理部長。具體時間不詳，約任段榮瑜之後任此職。 參考文獻：〈《泰東日報》的史料回憶〉（張仁術1986年3月21日回憶材料）。
劉曠達	不詳	不詳	不詳	編輯	曾任《泰東日報》編輯。後於1925年5月受大創派遣到長春調查關外形勢，開展「國共合作」。其間應聘到吉林二師任國文教師，與該校學生袖韓守本、王澤等創辦《吉林二師週刊》。 參考文獻：《東北新聞史》（2001）。
于少彭	不詳	不詳	不詳	外勤記者	1932年7月外勤記者宮慶超起離任後，接任外勤記者。 參考文獻：〈本報記者于宮慶超君高就 遠續聘于少彭君接充〉（1932年7月1日《泰東日報》）。

「寄居」在灰暗處：《泰東日報》中國報人研究（1908～1945）

姓名	生卒年	籍貫	家庭及受教育情況	任《泰東日報》職務	簡介
楊子餘	不詳	關東州灣家	不詳	記者	1936年以前已進入《泰東日報》任記者。短跑速度快，曾與社內同人張興五等代表《泰東日報》獲大連三新聞社400米接力賽冠軍。工作至《泰東日報》終刊。解放初期曾加入國民黨。參考文獻：《三報社最後四百米接力 本報接力第一》（1936年10月18日《泰東日報》）、《楊子餘君為先祖父立之碑》（1938年11月5日《泰東日報》）、《大連報史資料》1989）等。
張洪運	不詳	關東州	不詳	記者	1937年底，隨「為滿洲國外法權撤廢答謝使節團」訪日。他是日本發動全面侵華戰爭後首位訪日的《泰東日報》中國報人。赴日後，向報社發回《治廢答謝使節隨行記》21篇，記述自己「每日視察善政之所得」。參考文獻：《治廢答謝使節隨行記》（1937年11月9日至12月1日《泰東日報》）、《赴日感錄》（1937年12月2、3日《泰東日報》）等。
牛青圃：又名牛青章	不詳	不詳	不詳	社員	1937年4月18日與李玉香女士在西崗子東京飯莊舉行結婚典禮。其他資料不詳。資料來源：《牛青圃君結婚典禮》（1937年4月16日《泰東日報》）。
勉：真實姓名不詳	不詳	不詳	不詳	評論作者	1937～1938年間《泰東日報》署名較多的社論作者之一，曾站在日方立場鼓吹中國「早降」，寫有《抗日誤國中國國民當任其咎》等社論。資料來源：《抗日誤國中國國民當任其咎》（1937年11月11日《泰東日報》）、《大勢已去 盍速降乎》（1938年6月11日《泰東日報》）等。
魏秉文：筆名朝雲	1913～1978	奉天營口	不詳	民生部長、藝林部長	能為善畫。1939年初曾為黃炎在《泰東日報》上連載的小說《失了方向的風》畫插圖。1940年左右任《泰東日報》民生部長、藝林部長。1940年9月起任《泰東日報》連載長篇小說《純情》。1940年6月隨溥儀訪日慶祝「日本紀元2600

姓名	生卒年	籍貫	家庭及受教育情況	任《泰東日報》職務	簡介
					年」，同年11月參加為滿洲國協和會組織的「慶祝日本紀元二千六百年巡迴演講映畫班」，到「全滿」各地演講。至遲在1943年7月離開《泰東日報》，到偽滿洲國首都新京任職。1945年加入中國共產黨。後歷任長春市東北中蘇友好協會會總務部長、《長春新報》副總編輯、經理，長春人民廣播電臺副總編輯兼編輯部主任，吉林人民出版社編輯部主任、副總編輯。1978年去世。 參考文獻：《東瀛行》(1940年6月20日至7月16日《泰東日報》)、《代郵》(1940年9月14日《泰東日報》)、《地方印象》(1940年11月27日《泰東日報》)、《全國記者成大會記》(1943年7月11日《泰東日報》)、《編輯家列傳二》(1988)、《大連報史資料》(1989)等。
王丙炎：原名王超，筆名冰言	1899～？	奉天遼源（今屬吉林）	1917年春入北京大學預科，1919年春入人文學系本科。不久因家中歉收，無奈退學。	編輯部職員	1919年冬考入東三省郵政管理局任郵務生。1938年轉調到大連。1939年夏，通過《泰東日報》考試入社任校對。在1941年夏至1942年春東北文壇有關通俗小說的論爭中，他曾在《泰東日報》發表多篇文章參與論爭，是這場論爭的核心人物之一。論爭基本不息後，他從1942年6月起在《泰東日報》連載長篇社會小說《錢》。日本戰敗後，任《新生時報》、《新生時報》副刊編輯。1948年冬，合併，改出《關東日報》，王丙炎任副刊編輯。1951年旅大文協代表大調至關東公署教育廳任編審科編委會被邊緣為特別出席代表。 參考文獻：《合理的生活和娛樂》(1941年6月17日至18日《泰東日報》)、《再談通俗文學》(1942年1月13日《泰東日報》)、《通俗文學就是通俗小說嗎？——以質求實的話》(1942年2月13日《泰東日報》)、《結束時要說的話》(1942年3月10日《泰東日報》)、《社會小說》(1942年6月11日《泰東日報》)、《新舊社會兩重天》(王丙炎1951年12月15日回憶材料)、《難忘的十八個半月——新生時報》，從創刊到終刊的戰鬥歷程》(1989年第6期《大連黨史通訊》)、《大連報史資料》(1989)等。

姓名	生卒年	籍貫	家庭及受教育情況	任《泰東日報》職務	簡介
張孟仁	不詳	不詳	不詳	編輯、記者	約1939年10月進入《泰東日報》，在整理部任職。受到時任整理部部長劉士忱垂教愛護，在《送劉士忱君赴日留學》一文中稱：「仁自初入泰東日報，即直轄屬下，蒙垂教愛護，日日披文稿者且八月有餘。」1943年10月，並參觀「滿洲國」通信社、記者團「赴日考察戰時日本社會情況。每日、讀賣等日本報刊媒體。其間在《泰東日報》上連載《決戰下日本的姿態》。 參考文獻：《送劉士忱君赴日留學》（1940年6月2日《泰東日報》）、《決戰下日本的姿態——滿洲國記者團赴日見聞記》（1943年11月13日至26日《泰東日報》）。
逸民：真實姓名不詳	不詳	不詳	不詳	評論作者	1940年左右《泰東日報》署名較多的社論作者之一，曾指責中華國民政府的「容共抗日」政策，但也曾爲關東州內華人聲張權益。 參考文獻：《東洋政治哲學之高調與日答遣使批准之必要》（1940年5月25日《泰東日報》）、《上下達情之必要》（1940年9月5日《泰東日報》）、《望政府實行低物價政策》（1940年12月13日《泰東日報》）等。
于永志	不詳	不詳	不詳	編輯局工人	1940年入社，任印報工人。1988年2月寫有《一點回憶》一文，是考察《泰東日報》停刊前後情況的重要史料。 參考文獻：《一點回憶》（于永志1988年2月24日回憶材料）。
凝安：筆名又作「凝」，真實姓名不詳	不詳	不詳	不詳	評論作者	1939～1940年間《泰東日報》署名較多的社論作者之一，在建設「大東亞共榮圈」的喧囂聲中曾一度爲關東州華人聲張權益。 參考文獻：《入學期迫近所感》（1940年3月9日《泰東日報》）、《貧民工廠宜作細緻》（1940年3月20日《泰東日報》）等。
江楓	不詳	不詳	不詳	不詳	1940年10月2日《泰東日報》上刊登的《關東州廳經濟調查室：經濟計劃之進展與找等之覺悟》一文署名署「本報江楓」。其他資料不詳。 參考文獻：《經濟計劃之進展與我等之覺悟》（1940年10月2日《泰東日報》）。

姓名	生卒年	籍貫	家庭及受教育情況	任《泰東日報》職務	簡介
韓建堂	不詳	不詳	不詳	編輯	曾任時事版編輯。《泰東日報》停刊後，入《新生時報》，繼續任時事版主編。 參考文獻：《大連報史資料》（1989）。
郭瑞堂	不詳	不詳	不詳	編輯	《泰東日報》終刊時社中資格較老的編輯。《新生時報》創立後，繼續任編輯，但任1946年春辭職。 參考文獻：《大連報史資料》（1989）。
高秀之	不詳	不詳	不詳	記者	1940年7月20～30日，被《泰東日報》派住為江省、黃東安省等地視察「滿洲勤勞奉仕隊」活動狀況。其他資料不詳。 參考文獻：《滿洲勤勞奉仕隊視察記》（1940年8月4日《泰東日報》）
祝秀俠	不詳	不詳	不詳	編輯	《中國文學大辭典》（第三卷）與《抗日戰爭大典》中，均曾提及「1941年東北文壇就通俗小說和新文學作品等問題展開的一場爭論。其時，大連《泰東日報》發表該報編輯祝秀俠的文章，稱讚趙恂九在報上連載的長篇言情小說，對新文學作品在內容、形式方面提出批評，認為通俗小說比新文學作品要好。文章發表後，遭到瀋陽《盛京時報》編輯王秋螢的駁斥。」但查閱此時期《泰東日報》，暫未發現此人及相關文章。（有可能是報紙佚失造成）。 參考文獻：《中國文學大辭典　第三卷》（1991）、《抗日戰爭大典》（1995）。
董文俠	不詳	大別山南麓（具體不詳）	不詳	《家庭》版編輯	曾任《泰東日報》家庭版編輯。在該版開設「家庭問答問答」欄目，將問答內容結集由大連實業館出版，名為《家庭問題解答集》，精裝一大厚冊。1944年1月3日，任在《泰東日報》上發表《談談故鄉新年》一文，稱自己的家鄉「遠在大別山的南面，距離遼左約有五千餘里⋯⋯離開故鄉將近十五年了」。 參考文獻：《黃告》（1940年1月22日《泰東日報》）、《家庭問題解答》（1941）、《談談故鄉新年》（1944年1月3日《泰東日報》）。

姓名	生卒年	籍貫	家庭及受教育情況	任《泰東日報》職務	簡介
于鴻儒	不詳	不詳	不詳	記者	1940年春跟攝班探訪報導了林式武會社滿洲防畫會正在拍攝的電影《情海航程》。1940年11月8日《泰東日報》提及其出席該報主辦的職業女子座談會並發言「隨行記者」,向報社發回多篇文字與攝影稿件(圖片作者署名「鴻儒」),從攝影構圖等方面看,于鴻儒具有較高的攝影水平。 參考文獻:《情海航程外口隊隨從記》(1940年3月24日《泰東日報》)、《本報主辦職業女子座談會》(1940年11月8日《泰東日報》)、《千山探勝記》(1941年4月29日《泰東日報》)、《千山風景大觀(圖)》(1941年5月10日《泰東日報》)等。
侯立常	不詳	不詳	不詳	整理部次長	1940年2月赴日參加「東亞操觚者大會」。其間在《泰東日報》上連載《出席東亞操觚者大會見聞錄》。回大連後,在大連西崗子公學堂以《建設東亞新秩序與日本》為題進行演講。 參考文獻:《東亞操觚者大會滿洲國代表決定》(1940年2月2日《泰東日報》)、《出席者懇談會見聞錄》(1940年2月11日至3月1日《泰東日報》)、《東亞操觚者懇談會派遣記者赴會講演》(1940年3月5日《泰東日報》)、《建設東亞新秩序與日本國民精神》(1940年3月8日至9日《泰東日報》)、《東亞操觚者懇談記者遣派送晚盛大閉幕 涅場懇來垂彩頗呈盛況》(1940年3月8日《泰東日報》)、《大連晚報史資料》(1989)等。
宋子臣	1906～?	不詳	不詳	記者	記者。1941年時任關東州奉公聯盟大連支部指導委員。 參考文獻:《聯盟多支部滿系指導員活躍頗堪增期待》(1941年8月5日《泰東日報》)。
孫世翰 探頭:又作孫世翰、李名	不詳	不詳	曾在北平某學校預科就讀	記者、編輯、特報部次長	日治時期明大連本土作家、文學社團譽書社創始人之一。早年在《泰東日報》文學副刊發表大量作品。在《一篇話》中曾談及自己在北京求學經歷。1943年7月赴新京參加偽滿洲

-308-

姓名	生卒年	籍貫	家庭及受教育情況	任《泰東日報》職務	簡介
島魂・石漠					國「全國記者煉成大會」。1944年10月19日第4版《紅樓夢集體批評》一文也曾提及他的「島魂記者」職務。1944年2月1日起主編副刊《文學》(半月刊)。1945年4月19日，在《泰東日報》社的組織下，與取材部部長嚴展眠五、特報部長劉比忱一起「以嘴代筆」，向關東州內民眾「傳達時局實況與鼓舞州人增強戰意」。 參考文獻：《文藝週刊》、《繁濤》、《水夹》等《泰東日報》文藝副刊上署名「島魂」的相關文章：《一篇舊話》(1934年11月22日、29日《泰東日報》)、《讀〈純情〉後》(1941年8月28日《泰東日報》)、《全國記者煉成大會記》(1943年7月11日《泰東日報》)、《編者的話》(1944年2月1日《泰東日報》)、《紅樓夢集體批評》(1944年10月19日《泰東日報》)、《昂揚戰意 增強集體戰力 大連地區講演會19日舉行》(1945年4月18日《泰東日報》)等。
宋子仁	不詳	奉天復縣	不詳	體育記者	1934年左右曾任大連中華青年會體育幹事。載報時期擔任《泰東日報》體育記者。除報導大連本埠各類體育賽事外，曾探訪1937年「全國」第六次體育大會。 參考文獻：《大連中華青年會附屬中小學校概況一覽表》(1927年第6卷第7期《青年翼》)、《視察團昨覽東波 於藏送舉大會》(1934年4月14日《泰東日報》)、《全國第六次體育大會 大連足球三戰三捷》(1937年8月27日《泰東日報》)、《津連都市足球交驟賽 津隊出奇功獲勝》(1939年4月28日《泰東日報》)等。
文安祿	不詳	不詳	不詳	編輯部員	1939年8月16日報紙第7版有短訊《文安祿令郎逝世》，提及其於報社任編輯部員。解放後曾任《大連日報》任職，至反右運動開始前後離職。 參考文獻：原大連市新聞工作者協會秘書長于景生先生口述(2017年8月7日於于景生先生家中)、《文安祿史資料》(1939年8月16日《泰東日報》)、《大連史資料》(1989)等。

姓名	生卒年	籍貫	家庭及受教育情況	任《泰東日報》職務	簡介
段葆瑜	不詳	不詳	不詳	校正部長、整理部長	1940年1月1日《泰東日報》新年特刊第17版刊有「新年交好運」一文，署名「本報校正部長段葆瑜」，該文提倡所謂的「博愛」，在一定程度上反映出下層民眾的同情。另據段任整理部長的張仁術回憶在1940年後也曾擔任整理部長一職。 參考文獻：《新年交好運》（1940年1月1日《泰東日報》）、《〈泰東日報〉的史料回憶》（張仁術1986年3月21日回憶材料）。
王春魁（女）	不詳	不詳	不詳	營業局職員	1942年左右任《泰東日報》營業局職員。 參考文獻：《本報同人喜筆童》（1942年5月17日《泰東日報》）。
白全武	1920～？	關東州金州	畢業於大連商業講習所，後赴日本京都某大學法律系就讀	記者、編輯	日本留學回連後入《泰東日報》，任記者、時事版編輯。現今留存的《泰東日報》上，有白全武1944年10月版批判、11月參加戲劇《紅樓夢》集體批判、11月隨署名「朝鮮煉成視察團」訪問朝鮮的報導，均署名「泰東日報記者」。1945年春節前夕，短暫離職赴關內與晉察冀邊區公安管理處平西情報站建立聯繫。回連後，組織成立「六人情報小組」，從事黨的地下情報工作。日本投降後，帶領「六人情報」小組」成員到地下街上張貼「中國共產黨萬歲」「八路軍萬歲」等標語，並參照毛澤東新民主主義論寫作題為《中國向何處去》的小冊子散發，之後又發起籌辦「大連社會科學研究會」、雜誌《大眾》、停刊後《泰東日報《人民呼聲》。此後曾任大連廣播電臺編輯科長、副臺長等職。1949年10月、農村支部教育科長。調中共中央東北局宣傳部任黨校教育科長、1954年9月調中國人民解放軍總部天津聯絡局任參謀處處負責人，顧問等。1982年離休。 參考文獻：《紅樓〉集體批判》（1944年10月19日《泰東日報》）、《州人教育令公布紀念：朝鮮煉成視察團派送》（1944年11月18日《泰東日報》）、《中國廣播電…》（1985）、《解放初期的大連》…

姓名	生卒年	籍貫	家庭及受教育情況	任《泰東日報》職務	簡介
					視年鑑》(1988)、《大連黨史通訊》(1989 年第 6 期)、《大連報史資料》(1989)、《桃李不言 下自成蹊》(1996)、《尋沈萍—憶沈萍》(2014)、《尋找共產黨》(家族內部傳閱資料)、原《泰東日報》編輯部職員劉漢老人口述 (2017 年 7 月 8 日於劉漢老人家中)等。
劉漢：原名劉承福	1926~	關東州金州	生於金州城南門外南山村一個貧農之家。1934~1938 年就讀於南山村小學，1938~1940 就讀於金州南金書院高小，1940~1944 就讀於大連商業學堂	編輯部副職員	1944 年 5 月入《泰東日報》編輯部，負責管理相片。1944 年 12 月考入長春偽滿情報記者養成所。1945 年參加警察襄邊區京西情報站始大連情報組工作。1945 年 8 月下旬至 10 月下旬，參與大連大眾書店籌備處和社會科學研究會工作。1945 年 10 月下旬與白全武、于明籌建中共大連市委機關報《人民呼聲》，發刊後任記者、編輯等職。新中國成立後，曾任大連市委黨校教務處長、組織處長等職務。1956~1986 年到大連醫學院（現大連醫科大學）工作，歷任宣傳部長、代理組織部長、統戰部長、大連醫學院附屬第一醫院黨委書記、教務處長。1986 年 4 月離休。 參考文獻：劉漢老人訪談 (2017 年 7 月 8 日於劉漢老人家中)、《尋找共產黨》(家族內部傳閱資料，中)、《尋找共產黨》(家族內部傳閱資料，2014)、《大連黨史資料》(1989)、《解放初期的大連》(1985)、《大連商業學堂校友紀念冊 1918~1945》(1998)、《六人情報小組：那一支難忘的青春之歌》(2011 年 8 月 21 日《大連晚報》)等。
洛鵬	1922~？	奉天復縣	1943 年畢業於大連商業講習所。	記者	洛鵬在《泰東日報》工作的時間及所用筆名不詳，但任本次研究對象老報人劉漢、于景生兩位先生的訪談中，均確認洛鵬曾在《泰東日報》任記者。1945 年 8 月參加革命，同年 11 月 5 日加入中國共產黨。1945 年 11 月至 1949 年 4 月，先後在大連《新生時報》、《關東日報》、《實話報》任通聯科長、採訪科長。1949 年 5 月調入《關話報》任通聯部副部長。1951 年 5 月至 1960 年 12 月，先後在旅大《民主青年》雜誌社、共青團大連市委宣傳部、旅大市教育工會、旅大市總工會、中共旅大市委擔任社長、部長、秘書長、主席

姓名	生卒年	籍貫	家庭及受教育情況	任《泰東日報》職務	簡介
					主任、研究員等職。1961 年 1 月，調任《旅大日報》編輯部主任。1978 年 5 月後，任《旅大日報》社副總編。1985 年 6 月離休。他主編的《大連報史資料》是研究日據時期大連新聞業的珍貴史料。 參考文獻：劉漢老人訪談（2017 年 7 月 8 日於劉漢老人家中）、《大連日報》老報人、原大連市新聞工作者協會秘書長于景生先生訪談（2017 年 8 月 7 日於于景生先生家中）、《大連賓話報史料集》（2003）等。

參考文獻

報刊文獻

《泰東日報》（中文）

《盛京時報》（中文）

《滿洲報》（中文）

《關東報》（中文）

《新文化》（中文）

《青年翼》（中文）

《申報》（中文）

《大公報》（中文）

《遼東詩壇》（中文）

《大同報》（中文）

《大連新聞》（日文）

《新生時報》（中文）

《人民呼聲》（中文）

《東北商工月報》（中文）

《滿洲日日新聞》（日文）

《大阪朝日新聞》（日文）

著作類

日文

1. 玄洋社社史編纂會，玄洋社社史〔M〕，東京：玄洋社社史編纂會，1917。

2. 加藤清風，深谷松濤，東三省官紳史〔M〕，大連：東三省官紳史發行局，1917。

3. 支那研究會，最新支那紳士錄〔M〕，東京：富山房，1919。

4. 田邊種治郎，東三省官紳錄〔M〕，大連：東三省官紳錄刊行局，1924。

5. 佐田弘志郎，滿洲に於ける言論機關の現勢〔M〕，大連：南滿洲鐵道株式會社，1926。

6. 內尾直昌，滿洲國名士錄〔M〕，東京：株式會社人事興信所，1934。

7. 黑龍會，東亞先覺志士記傳〔M〕，東京：黑龍會出版部，1936。

8. 対支功労者伝記編纂會，対支回顧錄〔M〕，東京：対支功労者伝記編纂會，1936。

9. 金子雪齋，雪齋遺稿〔M〕，大連：振東學社，1937。

10. 木村武盛，在滿日滿人名錄 昭和 11～12 年〔M〕，大連：滿洲日日新聞社，1937。

11. 太田誠，雪齋先生遺芳錄〔M〕，大連：振東學社，1938。

12. 中野正剛，魂を吐く〔M〕，東京：金星堂，1938。

13. 藤本上則，頭山精神〔M〕，東京：大日本頭山精神會，1939。

14. 滿洲日日新聞社，滿洲職員錄〔M〕，大連：滿洲日日新聞社・大連日日新聞社，1940。

15. 由井濱權平，滿洲タイムス廢刊紀念謝恩誌〔M〕，大連：滿洲タイムス社，1941。

16. 対支功労者伝記編纂會，対支回顧錄 続〔M〕，東京：対支功労者伝記編纂會，1941～1942。

17. 中西利八，中國紳士錄〔M〕，東京：滿蒙資料協會，1942。

18. 渡辺龍策，大陸浪人：明治ロマンチシズマの榮光と挫折〔M〕，東京：番町書房，1967。

19. 春原昭彥，日本新聞通史：紙面クロニクル〔M〕，東京：現代ジャーナリズム出版会，1974。

20. 菊池寬，滿鐵外史〔M〕，東京：原書房，1975。

21. 小野秀雄，日本新聞發達史〔M〕，東京：五月書房，1982。

22. 淺野虎三郎，大連市史（復刻版）〔M〕，東京：原書房，1989。

23. 中下正治，新聞にみる日中關係史：中國の日本人經營紙〔M〕，東京：研文出版，1996。

24. 李相哲，滿州における日本人經營新聞の歷史〔M〕，東京：凱風社，2000。

25. 加瀨和俊，戰間期日本の新聞產業：經營事情と社論を中心に〔M〕，東京：東京大學社會科學研究所，2011。

26. 岡村敬二，滿洲出版史〔M〕，東京：吉川弘文館，2012。

英文

1. Louise Young，*The Japan's Total Empire：Manchuria and the Culture of Wartime Imperialism*〔M〕，California：University of California Press，1999。

2. Bill Ashcroft，Gareth Griffiths，Helen Tiffin，*Key Concepts in Post - Colonial Studies*〔M〕，London and New York：Routledge，1999。

3. Rana Mitter，*The Manchurian Myth：Nationalism，Resistance，and Collaboration in Modern China*〔M〕，California：University of California Press，2000。

4. Prasenjit Duara，*Sovereignty and Authenticity：Manchukuo and the East Asian Modern*〔M〕，New York：Rowman & Littlefield Publishers，2003。

5. Riffe D，Lacy S，Fico F，*Analyzing media messages ：Using Quantitative Content Analysis in Research*〔M〕，Routledge／Taylor & Francis Group，2014。

中文

1. 傅立魚，大連要覽〔M〕，大連：泰東日報社，1918。

2. 趙君豪，遊塵瑣記〔M〕，上海：琅玕精舍，1934。

3. 趙恂九，他的懺悔〔M〕，大連：大連實業洋行出版部，1935。

4. 趙恂九，流動〔M〕，大連：泰東日報社出版部，1935。

5. 鄭孝胥，滿洲建國溯源史略〔M〕，新京：（偽）滿洲國政府，1937。

6. 趙新言，倭寇對東北的新聞侵略〔M〕，重慶：東北問題研究社，1940。

7. 趙恂九，荒郊淚 1〔M〕，安東：誠文信書局，1941。

8. 趙恂九，荒郊淚 2〔M〕，安東：誠文信書局，1941。

9. 趙恂九，聲聲慢〔M〕，安東：誠文信書局，1941。

10. 長澤千代造，（偽）滿洲國弘報關係法規集（滿文）〔M〕，新京：滿洲新聞協會，1942。

11. 趙恂九，春夢〔M〕，安東：誠文信書局，1942。

12. 趙恂九，夢斷花殘〔M〕，大連：大連實業洋行，1942。

13. 趙恂九，風雨之夜〔M〕，大連：啓東書社，1943。

14. 趙恂九，小説做法之研究〔M.，大連：啓東書社，1943。

15. 程其恒，戰時中國報業〔M〕，桂林：銘眞出版社，1944。

16. 張靜盧，中國出版史料補編〔M〕，北京：中華書局，1957。

17. 東亞同文會，對華回憶錄〔M〕，胡錫華，譯，北京：商務印書館，1959。

18. 溥儀，我的前半生〔M〕，北京：群眾出版社，1964。

19. 李則芬，中日關係史〔M〕，臺北：臺灣中華書局，1970。

20. 曾虚白，中國新聞史〔M〕，臺北：三民書局，1977。

21. 姜念東，偽滿洲國史〔M〕，長春：吉林人民出版社，1980。

22. 方漢奇，中國近代報刊史〔M〕，太原：山西人民出版社，1981。

23. 上海社會科學院歷史研究所，五卅運動史料：第1卷〔M〕，上海：上海人民出版社，1981。

24. 草柳大藏，滿鐵調查部内幕〔M〕，劉耀武等，譯，哈爾濱：黑龍江人民出版社，1982。

25. 關寬治，島田俊彦，滿洲事變〔M〕，王振鎖，王家驊，譯，上海：上海譯文出版社，1983。

26. 井上清，日本帝國主義的形成〔M〕，宿久高等，譯，北京：人民出版社，1984。

27. 常城，李鴻文，朱建華，現代東北史〔M〕，哈爾濱：黑龍江教育出版社，1985。

28. 大來佐武郎，東奔西走——一個經濟學家的自傳〔M〕，丁謙等，譯，北京：國際文化出版公司，1985。

29. 吳濁流，亞細亞的孤兒〔M〕，人民文學出版社，1986。

30. 王建中，白長青，董興泉，東北現代文學研究論文集〔M〕，瀋陽：遼寧大學出版社，1986。

31. 上海社會科學院歷史研究所，五卅運動史料 第二卷〔M〕，上海：上海人民出版社，1986。

32. 蕭紅，生死場〔M〕，哈爾濱：北方文藝出版社，1987。

33. 滿史會，滿洲開發四十年史〔M〕，東北淪陷十四年史遼寧編寫組，譯，北京：新華出版社，1988。

34. 《東北現代文學史》編寫組，東北現代文學史〔M〕，瀋陽：瀋陽出版社，1989。

35. 日本滿洲國史刊行會，滿洲國史：總論〔M〕，步平等，譯，哈爾濱：黑

龍江省社會科學院歷史研究所，1990。

36. 「國史館」中華民國史事紀要組，中華民國史事紀要（初稿）中華民國十九年一至三月份〔M〕，臺北：「國史館」，1990。

37. 史和，姚福申，葉翠娣，中國近代報刊名錄〔M〕，福州：福建人民出版社，1991。

38. 胡道靜，新聞史上的新時代〔M〕，上海：上海書店，1991。

39. 朽木寒三，小白龍傳奇：一個日本浪人在中國的大陸的經歷〔M〕，袁韶瑩等，譯，長春：吉林文史出版社，1991。

40. 顧明義，張德良，日本侵佔旅大四十年史〔M〕，瀋陽：遼寧人民出版社，1991。

41. 張贛生，民國通俗小說論稿〔M〕，重慶出版社，1991。

42. 方漢奇，中國新聞事業通史：第 1、2、3 卷〔M〕，北京：中國人民大學出版社，1992，1996，1999。

43. 孫邦，偽滿文化〔M〕，長春：吉林人民出版社，1993。

44. 孫邦，偽滿人物〔M〕，長春：吉林人民出版社，1993。

45. 袁進，鴛鴦蝴蝶派〔M〕，上海：上海書店出版社，1994。

46. 方克立，中國哲學大辭典〔M〕，北京：中國社會科學出版社，1994。

47. 于植元，董志正，簡明大連詞典〔M〕，大連：大連出版社，1995。

48. 王文彬，中國現代報史資料彙輯〔G〕，重慶：重慶出版社，1996。

49. 張毓茂，東北現代文學大系〔M〕，瀋陽出版社，1996。

50. 沈毅，近代大連城市經濟研究〔M〕，瀋陽：遼寧古籍出版社，1996。

51. 李振榮，林針，吳濱，桃李不言，下自成蹊——憶沈濤〔M〕，大連：大連出版社，1996。

52. 錢理群主編，中國淪陷區文學大系 通俗小說卷 〔M〕，南寧：廣西教育出版社，1998。

53. 江宜樺，自由主義、民族主義與國家認同〔M〕，臺北：揚志文化事業股份有限公司，1998。

54. 周作人，周作人文類編·日本管窺〔M〕，長沙：湖南文藝出版社，1998。

55. 邱沛篁等，新聞傳播百科全書〔M〕，成都：四川人民出版社，1998。

56. 李振遠，長夜·曙光：殖民統治時期大連的文化藝術〔M〕，大連：大連出版社，1999。

57. 王勝利等，大連近百年史人物〔M〕，瀋陽：遼寧人民出版社，1999。

58. 羅繼祖，楓窗三錄〔M〕，大連：大連出版社，2000。

59. 黑龍江日報社新聞志編輯室，東北新聞史〔M〕，哈爾濱：黑龍江人民出

版社，2001。

60. 岡田英樹，偽滿洲國文學〔M〕，靳叢林，譯，長春：吉林大學出版社，2001。

61. 劉功成，王彥靜，二十世紀大連工人運動史〔M〕，瀋陽：遼寧人民出版社，2001。

62. 蓋爾納，民族與民族主義〔M〕，韓紅，譯，北京：中央編譯出版社，2002。

63. 卓南生，中國近代報業發展史（1915～1874）〔M〕，北京：社會科學出版社，2002，

64. 孫歌，主體彌散的空間〔M〕，南昌：江西教育出版社，2002。

65. 穆欣，關向應傳〔M〕，北京：中共黨史出版社，2002。

66. 戈公振，中國報學史〔M〕，上海：上海古籍出版社，2003。

67. 梵·迪克，作為話語的新聞〔M〕，曾慶香，譯，北京：華夏出版社，2003。

68. 薩義德，文化與帝國主義〔M〕，李琨，譯，北京：生活·讀書·新知三聯書店，2003。

69. 本尼迪克特·安德森，想像的共同體：民族主義的起源與散布〔M〕，吳叡人，譯，上海：上海世紀出版集團，2003。

70. 張挺，大連百年報紙〔M〕，北京：國際文化出版公司，2003。

71. 上海社會科學院歷史研究所，五卅運動史料：第3卷〔M〕，上海：上海人民出版社，2005。

72. 齊紅深，見證日本侵華殖民教育〔M〕，瀋陽：遼海出版社，2005。

73. 霍布斯鮑姆，民族與民族主義〔M〕，李金梅，譯，上海：上海世紀出版集團，2006。

74. 宋成有，新編日本近代史〔M〕，北京：北京大學出版社，2006。

75. 荊子馨，成為日本人：殖民地臺灣與認同政治〔M〕，臺北：麥田出版，2006。

76. 許紀霖，近代中國知識分子的公共交往〔M〕，上海：上海人民出版社，2007。

77. 費正清，費維愷，劍橋中華民國史1912～1949〔M〕，劉敬坤等，譯，北京：中國社會科學出版社，2007。

78. 彭放，中國淪陷區文學研究〔M〕，黑龍江人民出版社，2007。

79. 薩義德，東方學〔M〕，王宇根，譯，北京：生活·讀書·新知三聯書店，2007。

80. 山本文雄，日本大眾傳媒史〔M〕，諸葛蔚東，譯，桂林：廣西師範大學出版社，2007。

81. 中國歷史文獻研究會，大連圖書館，典籍文化研究〔M〕，瀋陽：萬卷出

版公司，2007。

82. 孫寶田，旅大文獻徵存〔M〕，大連出版社，2008。

83. 趙建國，分解與重構：清季民初的報界團體〔M〕，北京：生活・讀書・新知三聯書店，2008。

84. 程麗紅，清代報人研究〔M〕，北京：社會科學文獻出版社，2008，

85. 劉慧娟，東北淪陷時期文學史料〔M〕，長春：吉林人民出版社，2008。

86. 林語堂，中國新聞輿論史〔M〕，上海：上海人民出版社，2008。

87. 郭鐵樁等，日本殖民統治大連四十年史（上、下）〔M〕，北京：社會科學文獻出版社，2008。

88. 溥儀，溥儀日記全本〔M〕，天津人民出版社，2009。

89. 杜贊奇，從民族國家拯救歷史：民族主義話語與中國現代史研究〔M〕，王憲明等，譯，南京：江蘇人民出版社，2009。

90. 謝學詩，偽滿洲國史新編〔M〕，北京：人民出版社，2008。

91. 東北淪陷十四年史總編室，日本殖民地文化研究會，偽滿洲國的真相：中日學者共同研究〔M〕，北京：社會科學文獻出版社，2010。

92. 宋志勇，田慶立，日本近現代對華關係史〔M〕，北京：世界知識出版社，2010。

93. 計璧瑞，被殖民者的精神印記〔M〕，廈門：廈門大學出版社，2010。

94. 堀幸雄，戰前日本國家主義運動史〔M〕，熊達雲，譯，北京：社會科學文獻出版社，2010。

95. 趙敏恒，外人在華新聞事業〔M〕，王海等，譯，廣州：暨南大學出版社，2011。

96. 樊亞平，中國新聞從業者職業認同研究（1915～1927）〔M〕，北京：人民出版社，2011。

97. 周寧，跨文化研究：以中國形象為方法〔M〕，北京：商務印書館，2011。

98. 黃俊傑，東亞文化交流中的儒家經典與理念：互動、轉化與融合〔M〕，臺北：臺灣大學出版中心，2011。

99. 中共中央黨史研究室，中國共產黨歷史（1921～1949）：第1卷上冊〔M〕，北京：中共黨史出版社，2011。

100. 上海戲劇學院附屬戲曲學校，周璣璋紀念文集〔C〕，上海：上海戲劇學院附屬戲曲學校，2012。

101. 傅斯年，東北史綱〔M〕，上海古籍出版社，2012。

102. 周佳榮，近代日人在華報業活動〔M〕，長沙：嶽麓書社，2012。

103. 逢增玉，東北現當代文學論稿〔M〕，北京：中國社會科學出版社，2012。

104. 程維榮，旅大租借地史〔M〕，上海：上海社會科學院出版社，2012。

105. 北京大學日本研究中心，日本學：第 17 輯〔M〕，北京：世界知識出版社，2012。

106. 李彬，傳播符號論〔M〕，清華大學出版社，2012。

107. 黃東，塑造順民：華北日偽的「國家認同」建構〔M〕，北京：社會科學文獻出版社，2013。

108. 彭雷霆，近代中國人的日本認識（1871～1915）〔M〕，北京：社會科學文獻出版社，2013。

109. 蔣蕾，精神抵抗：東北淪陷區報紙文學副刊的政治身份與文化身份〔M〕，長春：吉林人民出版社，2014。

110. 孫繼強，侵華戰爭時期的日本報界研究（1931～1945）〔M〕，北京：中央編譯出版社，2014。

111. 趙園，明清之際士大夫研究〔M〕，北京大學出版社，2014。

112. 中共中央黨史研究室第一研究部，中共六大代表回憶錄〔M〕，北京：中共黨史出版社，2014。

113. 卜正民，秩序的淪陷〔M〕，潘敏，譯，北京：商務印書館，2015。

114. 王柯，民族主義與近代中日關係〔M〕，香港：香港中文大學出版社，2015。

115. 前阪俊之，太平洋戰爭與日本新聞〔M〕，晏英，譯，新星出版社，2015。

116. 解學詩，關東軍滿鐵與偽滿洲國的建立〔M〕，北京：社會科學文獻出版社，2015。

117. 劉慧娟，東北淪陷時期文學作品與史料編年集成〔M〕，北京：線裝書局，2015。

118. 李家珍，印刷與政治：《時報》與晚晴中國的改革文化〔M〕，王樊一婧，譯，桂林：廣西師範大學出版社，2015。

119. 陳言，忽值山河改〔M〕，北京：中央編譯出版社，2016。

120. 錢理群，溫儒敏，吳福輝，中國現代文學三十年：修訂本〔M〕，北京：北京大學出版社，2016。

121. 許紀霖，中國知識分子十論〔M〕，上海：復旦大學出版社，2017。

地方志、文史資料及年鑒等

1. 滿洲日日新聞社，滿洲年鑒：昭和十一年〔M〕，新京，1936。

2. 遼寧社會科學院地方黨史研究所，中共滿洲省委時期回憶錄選編：第 1 冊〔M〕，瀋陽，1983。

3. 大連地方黨史編輯室，中共大連地方黨史資料彙輯〔G〕，大連，1983。

4. 中共大連市委黨史資料徵集辦公室，解放初期的大連〔M〕，大連，1985。

5. 大連市公安局史志研究室，大連公安史選編：第1輯〔G〕，大連，1985。

6. 中國人民政治協商會議吉林省委員會文史資料研究委員會，吉林文史資料：第6輯〔M〕，長春，1985。

7. 中國人民政治協商會議吉林省委員會文史資料研究委員會，鐵窗內外：獄中生活見聞專輯〔M〕，長春，1985。

8. 中共大連市委黨史資料徵編委員會，大連地下黨史料選編〔G〕，大連，1986。

9. 大連人民廣播電臺，大連廣播回憶錄：第1輯〔M〕，大連，1986。

10. 遼寧省大連市中級人民法院院志領導小組辦公室，大連法院史資料選編：1〔G〕，大連，1986。

11. 大連市公安局史志研究室，大連公安史選編：第2輯〔M〕，大連，1986。

12. 政協鐵嶺縣文史資料委員會，鐵嶺文史資料彙編：第5輯〔M〕，鐵嶺，1986。

13. 大連市公安局，大連公安歷史長編〔M〕，大連，1987。

14. 遼寧省大連市中級人民法院院志領導小組辦公室編，大連法院史資料選編：2〔M〕，大連，1987。

15. 大連市藝術研究室，大連文化藝術史料：第3輯〔M〕，大連，1987。

16. 中國人民政治協商會議遼寧省大連市委員會文史資料研究委員會，大連文史資料：第3輯〔M〕，大連，1987。

17. 長春市地方史志編纂委員會，偽滿人物：偽總理大臣秘書官的回憶〔M〕，長春，1987。

18. 大連市藝術研究所，大連文化藝術史料：第4輯〔M〕，大連，1988。

19. 中共大連市委黨史研究室，大連地下黨人物傳略〔M〕，大連，1989。

20. 大連市金州區地方志纂委員會辦公室，金縣志〔M〕，大連：大連出版社，1989。

21. 大連日報社，大連報史資料〔M〕，大連：大連日報社，1989。

22. 政協吉林磐石縣文史資料研究委員會，磐石文史資料：第3輯〔M〕，磐石，1989。

23. 中國人民政治協商會議英山縣委員會文史資料委員會，英山文史資料：第1輯〔M〕，英山，1989。

24. 政協鐵嶺縣文史資料委員會，鐵嶺文史資料彙編：第5輯〔G〕，鐵嶺，1989。

25. 中共大連市委黨史研究室，大連中華青年會史料集〔M〕，大連，1990。

26. 大連市公安局史志研究室，大連公安史選編：第3輯〔M〕，大連，1990。

27. 遼寧新聞志（報紙部分）編寫組，遼寧新聞志資料選編〔G〕，瀋陽：遼寧省地方志辦公室，1990。

28. 中共瀋陽市委黨史研究室，遼寧省司法廳瀋陽勞改分局，鐵窗丹心：中共滿洲省委時期獄中鬥爭紀實〔M〕，瀋陽：遼寧人民出版社，1991。

29. 中國人民政治協商會議遼寧省委員會文史資料委員會，遼寧文史資料・遼寧文史人物錄：總第 39 輯〔M〕，瀋陽，1993。

30. 中國人民政治協商會議青島市市北區委員會文史資料研究委員會，市北文史資料：第 2 輯〔M〕，青島，1993。

31. 湖北省報業志編纂委員會，湖北省報業志〔M〕，北京：新華出版社，1996。

32. 大連市史志辦公室，大連市志・報業志〔M〕，大連：大連出版社，1998。

33. 英山縣志編纂委員會，英山縣志〔M〕，北京：中華書局，1998。

34. 大連市史志辦公室，中共大連地方史〔M〕，大連：大連出版社，1998。

35. 遼寧省地方志編纂委員會辦公室，遼寧省志・報業志〔M〕，瀋陽：遼寧科學技術出版社，1999。

36. 遼寧省地方志編纂委員會辦公室，遼寧省志・文化志〔M〕，瀋陽：遼寧科學技術出版社，1999。

37. 遼寧省地方志編纂委員會辦公室，遼寧省志・出版志〔M〕，瀋陽：遼寧科學技術出版社，1999。

38. 遼寧省地方志編纂委員會辦公室，遼寧省志・民主黨派・工商聯・國民黨志〔M〕，瀋陽：遼寧科學技術出版社，2000。

39. 大連市史志辦公室，中國共產黨大連歷史大事記（1919.5～2000.12）〔M〕，大連：大連出版社，2001。

40. 吉林省圖書館特藏部，僞滿洲國史料：影印本〔M〕，北京：全國圖書館文獻複製中心，2002。

41. 青島市史志辦公室，青島市志・政權志〔M〕，北京：新華出版社，2002。

42. 大連市史志辦公室，大連市志・文化志〔M〕，大連：大連出版社，2003。

43. 金毓黻，奉天通志：影印本〔M〕，瀋陽：遼海出版社，2003。

44. 中共瀋陽市蘇家屯區委黨史研究室，中共蘇家屯地方史：第 1 卷〔M〕，瀋陽，2008。

45. 吉林省圖書館，滿洲國現勢：影印本〔M〕，桂林：廣西師範大學出版社，2013。

46. 三澗堡街道志編纂委員會，三澗堡街道志〔M〕，瀋陽：遼寧民族出版社，2015。

回憶錄與校友錄

1. 旅順第二中學校、高公中學部《校友回憶錄》編委會，旅順第二中學校、旅順高公中學部校友回憶錄（1924～1945）〔M〕，大連，1996。

2. 大連商業學堂校友紀念冊編委會，大連商業學堂校友紀念冊（1918～1945）〔M〕，大連，1998。

3. 旅順師範校友通訊編輯組，朝陽・晚霞：校友通訊（1908～1945）〔M〕，大連，2000。

4. 劉漢，尋找共產黨：劉漢回憶錄（家族內部傳閱資料）〔M〕，大連，2014。

5. 劉潮爭，半島風雲錄（家族內部傳閱資料）〔M〕，大連，2017。

檔案文獻

日本外務省外交史料館檔案

1. 「JACAR（アジア歷史資料センター）Ref.B13080922700、各國ニ於ケル出版法規並出版物取締關係雜件（N-2-2-0-5）（外務省外交史料館）」

2. 「JACAR（アジア歷史資料センター）Ref.B02130802900、支那（附香港）ニ於ケル新聞及通信ニ關スル調查／大正 14 年 7 月印刷 大正 13 年末現在（情-26）（外務省外交史料館）」。

3. 「JACAR（アジア歷史資料センター）Ref.B02130809700、支那（附香港）ニ於ケル新聞及通信ニ關スル調查／大正 15 年 7 月印刷 大正 14 年末現在（情-27）（外務省外交史料館）」。

4. 「JACAR（アジア歷史資料センター）Ref.B02130798300、現代中華民國滿州帝國人名鑒 東亜同文會調查部（情-22）（外務省外交史料館）」

5. 「JACAR（アジア歷史資料センター）Ref.B02130128500、執務報告 昭和十五年度東亜局第二課（東亜-19）（外務省外交史料館）」

6. 「JACAR（アジア歷史資料センター）Ref.B03040617300、新聞雜志操縱關係雜纂／秦東日報（1-3-1-1_38_001）（外務省外交史料館）」。

7. 「JACAR（アジア歷史資料センター）Ref.B03040888800、新聞雜志ニ關スル調查雜件／支那ノ部 第五卷（1-3-2-46_1_4_005）（外務省外交史料館）」

8. 「JACAR（アジア歷史資料センター）Ref.B02130835000、外國に於ける新聞 昭和 7 年版（上卷）／（滿州及支那の部、附大連、香港）（情-35）（外務省外交史料館）」

9. 「JACAR（アジア歷史資料センター）Ref.B02130840900、外國に於ける新聞 昭和 9 年版（上卷）／（滿州國及中華民國の部、附大連、香

港）（情-37）（外務省外交史料館）」

10. 「JACAR（アジア歴史資料センター）Ref.B03040887800、新聞雑誌ニ関スル調査雑件／支那ノ部　第五卷（1-3-2-46_1_4_005）（外務省外交史料館）」

11. 「JACAR（アジア歴史資料センター）Ref，B02031065200、外國新聞、雑志ニ関スル調査雑件／新聞調査報告（定期調査関係）第五卷（A-3-5-0-3_1_005）（外務省外交史料館）」

12. 「JACAR（アジア歴史資料センター）Ref.B03040881000、新聞雑誌ニ関スル調査雑件／支那ノ部　第一卷（1-3-2-46_1_4_001）（外務省外交史料館）」

13. 「JACAR（アジア歴史資料センター）Ref.B03041573600、関東都督府政況報告並雑報　第十三卷（1-5-3-12_014）（外務省外交史料館）」

14. 「JACAR（アジア歴史資料センター）Ref.B02031058700、外國新聞、雑志ニ関スル調査雑件／新聞調査報告（定期調査関係）第一卷（A-3-5-0-3_1_001）（外務省外交史料館）」。

15. 「JACAR（アジア歴史資料センター）Ref.B02031198500、南満州鐵道附屬地行政権並司法権ニ関スル雑件　第一卷（A-4-4-0-1_001）（外務省外交史料館）」

日本防衛省防衛研究所檔案

1. 「JACAR（アジア歴史資料センター）Ref.C05034152900、公文備考　昭和10年D外事　卷9（防衛省防衛研究所）」，

2. 「JACAR（アジア歴史資料センター）Ref.C05034815800、公文備考　昭和11年D外事卷4（防衛省防衛研究所）」

論文類

中文

1. 洛鵬，難忘的十八個半月——《新生時報》從創刊到終刊的戰鬥歷程〔J〕，大連黨史通訊，1989（6）。

2. 金子雲，大連人民的朋友——金子雪齋〔J〕，遼寧師範大學學報，1988（6）。

3. 洛鵬，我地下黨和愛國知識分子在《泰東日報》的革命活動〔J〕，大連黨史，1990（3）。

4. 馬依弘，「九一八」事變前日本在我國東北殖民文化活動論述〔J〕，日本研究，1992（12）。

5. 沈毅，近代大連城市人口略論〔J〕，社會科學輯刊，1993（2）。

6. 王子平，金子平吉其人其事〔A〕，劉廣堂，關捷，「近百年中日關係與 21世紀之展望」國際學術研討會文集（下集）〔C〕，大連：大連出版社，2000，

7. 劉曉麗，從《麒麟》雜誌看東北淪陷時期的通俗文學〔J〕，中國現代文學研究叢刊，2005（3）。

8. 姜飛，殖民話語的特性分析〔J〕，學習與實踐，2006（7）。

9. 荊蕙蘭，曲曉範，傅立魚與近代民主思想在大連的傳播〔J〕，歷史教學問題，2008（6）。

10. 蘇明，「詩意」的幻滅：中國遊記與近代日本人中國觀之建立〔J〕，學術月刊，2008（8）。

11. 周奇，趙建國，近代中國報人群體的興起與社會變遷〔J〕，學術月刊，2008（10）。

12. 魏剛，于春燕，傅立魚主筆下的《泰東日報》〔J〕，大連近代史研究，2009（年刊）。

13. 余亞莉，馬光，清末民初報人對新聞自由的認識〔J〕，中國社會科學院研究生院學報，2009（1），

14. 王潤澤，現實與理想的圖景：民初報人現代報刊意識探析（1916～1928）〔J〕，國際新聞界，2010（1）。

15. 劉功成，勇為大連工人階級鼓與呼——《泰東日報》對第一次國共合作時期大連工運報導要覽〔J〕，大連近代史研究，2011（年刊）。

16. 程麗紅，葉彤，近代日本來華民間報人的文化立場——以新聞傳播為視角的考察〔J〕，東北亞論壇，2011（4）。

17. 馬慶，論中國近現代報人的地理分布〔J〕，湖北社會科學，2011（11）。

18. 張曉剛，張琦偉，金子雪齋與傅立魚合作時期的《泰東日報》〔J〕，日本研究，2012（4）。

19. 羅映純，林如鵬，公共交往與民國報人群體的形成〔J〕，新聞與傳播研究，2012（5）。

20. 蔣蕾，偽滿洲國共產黨報人考察〔A〕，童兵，經驗與歷程——建黨90週年中國共產黨新聞思想研討會論文集〔C〕，上海：復旦大學出版社，2013。

21. 劉景嵐，姜瑩，試析「九一八」事變後東北土匪抗日原因及其局限性〔J〕，東北師大學報（哲學社會科學版），2013（6）。

22. 任劍濤，胡適與國家認同〔J〕，開放時代，2013（6）。

23. 李禮，近代報人社會形象與地位的重塑——以近代報刊史料的發掘為據

〔J〕，中國出版，2015（1）。

24. 詹麗，殖民語境下的另類表述——兼論偽滿洲國通俗小說的五種類型〔J〕，現代中文學刊，2015（6）。

25. 蔣蕾，楊悅，以法律之名製造的「新聞樊籬」——對偽滿新聞統制的歷史考察〔J〕，社會科學戰線，2016（6）。

26. 蔣蕾，陳曦，偽滿時期抵抗文學的地下書寫與戰後呈現〔J〕，社會科學戰線，2019（3）

日文

1. 中野泰雄，日本におけるデモクラシーとアジア主義〔J〕，亜細亜大學經濟學紀要，1975，1（12）。

2. 高紅梅，大連における傅立魚：ナショナリズムと植民地のはざまで〔J〕，言語・地域文化研究，2005（11）。

3. 橋本雄一，『五四』前後の大連における傅立魚の思想と言語——1919年ごろの日本植民地に生きた中國知識人を觀察するということ〔A〕，『立命館文學』615號（岡田英樹先生退職記念號）〔C〕，京都：立命館大學，2010。

4. 張楓，大連における泰東日報の經營動向と新聞論調：中國人社會との關係を中心に》〔A〕，加瀨和俊，戰間期日本の新聞產業：經營事情と社論を中心に〔C〕，東京：東京大學社會科學研究所，2011。

學位論文

1. 趙建明，近代遼寧報業研究（1899～1949）〔D〕，吉林大學，2010。
2. 劉嬌，日據時期大連地區的商會研究〔D〕，遼寧師範大學，2011。
3. 詹麗，東北淪陷時期通俗小說研究〔D〕，吉林大學，2012。
4. 周玉佼，大連中華青年會研究（1920～1934）〔D〕，河南師範大學，2013。
5. 李梅梅，民初東三省中日記者大會研究〔D〕，黑龍江大學，2013，
6. 郭精宇，飯河道雄在華文化活動研究〔D〕，吉林大學，2015。

訪談

1. 2015年6月，劉博光先生（原《泰東日報》編輯劉家興之孫）。
2. 2016年10月，李振鐸先生（原《泰東日報》編輯人趙恂九之子）。
3. 2017年7月，劉漢先生（原《泰東日報》編輯部職員）。
4. 2017年7月，李振遠先生（原大連市文化局副局長、大連藝術研究所所長、大連京劇團團長、《大連市志・文化志》主編）。

5. 2017 年 8 月，于景生先生（原《大連日報》總編室主任、大連市新聞工作者協會秘書長）。

6. 2017 年 8 月，劉潮爭先生（原《泰東日報》編輯劉家興之子）。

7. 2018 年 5 月，王世國先生（原《泰東日報》記者呂儀文外孫）、李惠君女士（原《泰東日報》記者呂儀文外孫媳、王世國之妻）。

後　記

　　從騰格里沙漠邊緣一座小城的城區道路設計，到日本在華統治最久地區知識人群體的辦報史、精神史研究，從工科跨到文科，一路走來，嘗到了不少艱辛。但和很多學土木出身的人一樣，我們大多不善於表達內心蓄積的情感，以至於，竟不知如何落筆去寫這段後記。

　　本書由我的博士論文修改、完善而成。定稿後，我又去到《泰東日報》舊址所在的小巷，在那棟三層日式舊建築前佇立良久。受儒家道統影響，我們多喜歡讚頌英勇的反抗，同情顛沛的流亡，那些難離故土、忍辱存活的芸芸眾生則被掃進晦暗的歷史角落——供職於《泰東日報》的中國報人們即是如此。但我想，得有一束光去照亮他們，「我們既不能接受在歷史眞實面前添油加醋，也不能對已發生的歷史事實置若罔聞」。

　　恩師蔣蕾教授幫我選定了本書的選題，悉心指導了本書寫作的整個過程。老師是東北淪陷區媒介與文化研究領域的權威學者，爲學嚴謹、專注，爲人淡泊、正直，不趨時勢，不騖名利，是我心中景仰的高山。因學習工科出身，我的文史功底很差，是老師幫我釐清了研究中有歧義的概念，訂正了論文中多處史實錯誤，更教會我做好學術研究的一些基本原則。她的諄諄教誨和殷切期望，無時無刻不在影響、鞭策著我。畢業後，我選擇到南方工作，當面聆聽恩師教誨的機會和時間少了，但每當遇到工作或生活中的困惑，都是先想到向她求教，聽其指點，而她也總是不斷予以關心和幫助。時間愈久，愈能感到，人生得遇這樣的老師，是何其幸運、幸福！

　　東北淪陷區媒介與文化研究是個孤獨而辛苦的差事，幸有我的同門楊悅、王詩戈、陳曦的相伴。永遠忘不了我們和老師一起在黃昏中的星海灣劃

著小船的開心和熱鬧。論文從開題到寫作，無不得到他們的鼓勵和幫助。我們無數次暢談，時有激烈的爭論，但更多地是分享資料，互相關心，彼此勉勵，一起在老師的指點下專心做學問。

感謝接受我訪談的諸位先生：原《泰東日報》編輯部職員劉漢老人，原《泰東日報》編輯人趙恂九之子李振鐸先生，原《泰東日報》記者、偽滿洲國駐德國兼匈牙利公使呂儀文外孫王世國先生、外孫媳李惠君女士，原《泰東日報》報人劉家興之子劉潮爭先生、之孫劉博光先生，原大連市文化局副局長、《大連市志·文化志》主編李振遠先生，原《大連日報》總編室主任、大連市新聞工作者協會秘書長于景生先生，大連圖書館退休副研究館員、滿鐵資料整理與研究專家王子平先生……他們當中，最年長的劉潮爭先生已 95 歲高齡，年紀最小的王子平先生也已近六旬。諸位先生熱情接受了我的訪談，對我的寫作寄予期望，予以鼓勵。從大連到南昌工作時，沒有來得及跟這些老人們一一道別，但到南昌後，我總能收到他們發來的信息或打來的電話，關心我的工作和生活，這讓我極爲感動！

《泰東日報》縮微卷片共 120 卷，我在大連圖書館讀了四年，記下 22 本、總計 30 多萬字的筆記。在古籍部 403 室，我「親手」用壞了 2 台膠片機（至今仍無法修復，恐怕要永遠「退役」了）。對此，向大連圖書館深深地致以歉意。同時，由衷地感謝古籍部于莉娜、劉衛新兩位老師，四年多的時光，我給她們添了很多麻煩，得到了她們很多幫助。

查閱報紙膠片期間，有幸結識已從大連藝術研究所退休、當時正在從事地方文化史料整理的任蓮英老師。見我讀膠片不吃午飯，她堅持用自己的餐票帶我到圖書館員工餐廳用餐。年逾六旬的她幫我聯繫了多位受訪者，並陪我一同去做訪談。炎炎夏日，她爲幫我節省路費，捨不得讓我打車去受訪者家中，陪我走了很遠很遠的路。

感謝大連工業大學外國語學院院長劉愛君老師、復旦大學日本研究中心副研究員王廣濤老師、中國社會科學院近代史研究所博士後王毅、大連圖書館白雲書院院長孫海鵬老師、大連市中級人民法院晉曉兵師兄、大連市公安局宣傳處葛峰老師、報刊收藏家張挺老人、煙臺大學新聞系李日老師、日本立命館大學鄧麗霞博士、日本龍谷大學孫曉萌博士以及我的同門王藝博師弟在史料方面提供的幫助。

感謝德國《華商報》王偉耘老師、大連醫科大學宣傳統戰部副部長胡莉

莉老師、遼寧師範大學影視藝術學院莊君老師、萬水千山文化傳播（上海）有限公司執行董事兼總經理張天明先生在人物訪談方面爲我提供了線索和聯絡。

感謝北京社科院文化研究所研究員陳言老師，上海社科院歷史研究所研究員何方昱老師，《秩序的淪陷》一書的譯者、同濟大學政治與國際關係學院潘敏老師，與她們的交流使我開拓了視野，使我對殖民問題的複雜性有了更加深入的理解。

原大連市文化局副局長李振遠老師、遼寧師範大學教育學院譚皓老師、暨南大學新聞與傳播學院王明亮老師在緊張的工作之餘，閱讀了我的書稿，給出了中肯而準確的批評意見，在此向他們致以最誠摯的謝意！

感謝與我朝夕相伴的愛人。書稿寫作過程中，她一邊忙於繁重的圖書編輯工作，一邊以專業編輯的視角幫我校閱論文並提出修改意見，同時還要照料我的生活。擬將書稿準備出版之際，我們迎來可愛的女兒，小生命的來臨，爲我們一家的生活增添了新的絢爛色彩。這本書也是爸爸送給她的一份禮物。

感謝生養我的父母。此前在蘭州求學七年，他們日夜牽掛，如今又離開家鄉去到遠方，無法陪在身邊予其更多報答。我往往十分固執，他們總能包容，支持我所做的決定。父母讀書不多，但誠樸善良，是我爲人處世最好的示範。岳父母則在我忙於工作和校對書稿之際，幫我悉心照顧女兒，無私地給予我們幫助。

對於本書能夠入選方漢奇先生任主編、王潤澤教授和程曼麗教授任副主編的《中國新聞史研究輯刊‧第四編》，頗感榮幸。書稿最終付梓，得到花木蘭文化事業有限公司、江西師範大學新聞與傳播學院的支持和幫助，以及我的博士後導師、復旦大學新聞學院馬淩教授的關心和指點，對此亦深表感謝！

由於時間和個人能力的限制，加之史料的極度匱乏，本書尚存在諸多不足，將會在日後的研究中努力彌補、完善。

梁德學

二〇一九年盛夏